las luces ...
adornan sus...
nieve blanca, beso tierno,
noche y luna estoy contento.

de verte otra vez de nuevo.
mano a mano el tiempo
me trae tu risa me elevo,
suerte, y ningún contratiempo.

lluvia envuelta de seda,
palomas buscando calor
brasas sin despedida.

para quererte la razón,
una mañana amaneció
hermosa y dulce, corazón.

Feliz 2008. alberto dp.

**MARGARIDA REBELO PINTO** | Nada es casual

*A mis padres, por su infinito amor y generosidad.*

*A Mafalda, Bruno, Paulo, Vera y Geninha,
con quienes sé que puedo contar para siempre.*

*A mi hijo Lourenço.*

*A los chicos de la Oficina do Livro,
compañeros de sueños y de lucha.*

*A Hugo.*

Sólo creería en un Dios que supiese bailar.

NIETZSCHE
*Also sprach Zarathustra:*
*Ein Buch für Alle und Keinen*

... el amor es una enfermedad [...]
cuando creemos ver en él nuestra cura.

MANEL CRUZ
(Ornatos Violeta),
*Ouvi Dizer*

# 1

He conseguido adelantar la reunión con el Banco Internacional do Porto sin Jorge, que se ha puesto como unas pascuas por no tener que ir. A veces pienso que mi vida no sería lo mismo sin esos pequeños malabarismos que voy improvisando para conseguir que el tiempo me alcance. Tampoco me manda nadie trabajar de directora creativa en una agencia de poca monta, de la que encima soy socia, y tener una empresa de plantas artificiales llamada Jardín sin Regadera. Divertido, ¿no? Son los restos mortales de la *copy senior* que se hartó de aguantar a pseudocreativos babeando por un premio publicitario. Cuando miro atrás y recuerdo que di siete años de mi vida a las más importantes multinacionales, hasta siento náuseas. Prefiero mil veces ser una pequeña y modesta empresaria que vive en una buhardilla en Santa Catarina, que una pujante y esclavizada mujer de éxito con un piso en Nova Campolide. Seré pobre, pero al menos no estoy obligada a hacer campañas de champús que nos dejan calvos en menos de tres años, ni a convencer al pobre e ingenuo consumidor de que debe alimentarse de derivados lácteos con un cero coma siete por ciento de leche. Todo ello sin contar con la paciencia que hay que tener para soportar directores creativos adjuntos con ese corte de pelo tan recto y sexualmente ambiguos.

Meto el coche en un garaje, después de haber buscado aparcamiento fuera, intentando no pensar en la fortuna que voy a pagar cuando vuelva a buscarlo por la noche, y subo a la decimocuarta planta de la Torre C.

Ahí arriba no se oye ni el vuelo de una mosca. Es un *loft* dividido con biombos grises, pálidamente adornados con unas plantitas rastreras. ¡Ostras! A éstos ya no les vendo nada, pero tampoco era éste mi propósito, así que no me siento defraudada. Puede ser que cuando se decidan a abrir sucursales, yo esté en el lugar adecuado, en el momento oportuno, y gane algo de pasta colocando ficus y otras plantas artificiales, inodoras y poco exigentes que son la alegría de mi cuenta corriente. Aunque no sé si estos tipos piensan abrir sucursales. Un banco de Oporto en Lisboa. No entrarán a matar, seguro. Prefieren ser discretos y eficientes, como manda la filosofía norteña.

La chica de recepción pertenece a ese tipo de mujeres que ha nacido sin una pizca de feminidad. Va uniformada, con los galones de una de esas empresas de seguridad que están de moda, de la que el banco es accionista mayoritario. Sinergias. Le pido que comunique al señor Miguel No Sé Qué que ya he llegado. Miro mi Gucci negro y dorado que Tiago me regaló en mi cumpleaños y que a Alfonso le parece una vulgaridad. Este tío es idiota. El reloj es una monada. Vale que no es un Rolex, ni un Chaumet, pero tampoco es una imitación de diez dólares comprada en Chinatown como los de Patrícia.

Voy con cuatro minutos de retraso, lo que en Portugal equivale a llegar un cuarto de hora antes. Me siento y, como no soy capaz de estarme quieta, abro el Filofax y empiezo a pasar los teléfonos que tengo excesivamente emborronados a la agenda electrónica. Una ganga del *free-shop* que compré sólo para ver si me habitúo a la tecnología. El ordenador fue todo un problema, pero al final conseguí hacerme con él.

Oigo unos pasos apagados. Es el tal señor Miguel. Pelo corto, gafas, traje gris, camisa azul, corbata insulsa. Apretón de manos acompañado de una sonrisa tímida.

Un «perfil bajo» con piernas. Lo sigo hasta el despacho y nos sentamos a una pequeña mesa de reuniones para decidir cuántas fotos van en esta o aquella fachada, y esto y lo otro. El señor Miguel es bastante despierto. Quiere organizarlo todo deprisa y bien, sin entretenerse en comentarios inútiles. Se siente visiblemente incómodo con la fina textura del *body* que me marca el pecho y que se ve debajo del jersey entreabierto. Mala suerte, hijo, porque como éste es un banco púdico, me he puesto una falda hasta el tobillo para parecer recatada.

Al cabo de diez minutos me pregunta si tengo un hermano que se llama Pedro. Pues sí. Fuimos compañeros en la facultad, me dice con la sonrisa de quien se acaba de comer el primer peón en una partida de ajedrez. A partir de ahora nada será como antes. Conocer a alguien que está relacionado con otro alguien a quien se conoce es una de las reglas básicas para alcanzar el éxito en Portugal. Lo difícil es ser una persona anónima. Y esta vez no lo soy. Qué suerte, formo parte de la aldea global. Nunca hemos sido tan provincianos como ahora: todo el mundo se mira el ombligo.

Salgo de la reunión después de haber encontrado a Luís en su móvil. Qué práctico. La gente siempre está localizable, como si nuestra vida dependiese de que nos encuentren en un plazo máximo de treinta segundos. Lo peor de los elegantes aparatitos son las facturas que llegan a fin de mes. Y qué detalladas. He sabido de dos casos de maridos atentos que descubrieron las infidelidades de sus mujeres gracias a lo descriptivo de la factura. Llamaban cinco veces por semana al mismo número, que no era ni el del masajista ni el de la canguro. Tremendo problemón. Luís intentó resistir la invasión del diablillo sonoro en su vida privada, pero acabó por ceder al gran pecado de los años noventa en Portugal.

Lo espero a la puerta de Façonnable, donde flotan lustrosas corbatas de colores vivos y camisas a rayas muy largas con la etiqueta debidamente cosida en el lado derecho del bolsillo para que no haya lugar a error en cuanto al estatus. Menos mal que Tiago no usa esta mierda. No hay que tener paciencia con este tipo de gente. A Tiago no le interesan las marcas. Bueno, a lo mejor no le interesan porque es un ignorante. Cuando lo conocí, llevaba trajes cruzados que le iban dos tallas grandes, tenía media docena de corbatas cutres y viejas, y creía que Labrador era una tienda donde vendían perros.

Al cabo de media hora de espera llega Luís. Desgraciadamente no ha traído la furgoneta. Le ha parecido más divertido ir presumiendo de MGB de colección y voy a llegar a Guincho con el pelo hecho una pena, pero está tan contento que no tengo valor para pedirle que eche la capota. Para consolarme me ofrece uno de esos gorros de cuero negro, forrado de borreguillo blanco, que parece salido de la película *La vuelta al mundo en ochenta días*. Del mal, el menos.

Una de las cosas que más me gustan de Luís es que todo lo que hace lo hace bien. Ir en un descapotable significa protegerse del frío, el viento y otras inclemencias que las compañías de seguros nunca cubren. Pero es mejor así. El volumen del pelo, que me ha costado toda una hora de secador, se va a ir al cuerno.

Llegamos al hotel de Guincho y nos disponemos a almorzar mirando al mar, o a los ojos del otro, lo que acaba por ser más o menos lo mismo. En ese momento su móvil empieza a sonar. Como la entrada del hotel es de piedra, el ruido que produce es ensordecedor y Luís se da prisa en contestar. Resulta bastante inapropiado oír un teléfono sonando en Guincho, en una playa desierta a la orilla del mar. Hace años que las playas de moda en el Algarve están infestadas de pijas desocupadas que no paran de exhibir sus monstruitos como si fuesen animales de compañía. Sé de una que se quedó sin su juguetito en plenas vacaciones porque unos graciosos le dejaron un mensaje diciendo que el número de llamadas había superado los 500.000 escudos. Todo hecho con la mayor profesionalidad y con voz de operador telefónico. El marido se puso hecho una fiera y le confiscó el objeto de deseo. Genial.

Luís despacha con la secretaria, que se había olvidado de recordarle la reunión al final de la tarde, y por fin nos sentamos a la mesa. Hace más o menos un año que venimos a almorzar aquí. Los empleados nos saludan ceremoniosamente, a él lo tratan de señor y a mí de señorita. Cualquier día empiezan a salirme arrugas y canas y ellos seguirán llamándome señorita. Pero no me importa. Luís se pone a hablar de negocios y escucha mi opinión sobre esto y aquello. Tiene casi cincuenta años y no entiendo por qué considera tan importante mi punto de vista, pero eso me halaga y no necesito más explicación.

El almuerzo pasa deprisa y cuando quiero darme cuenta ya son las cuatro de la tarde. Luís me mira con cara de Bassett Hound sin orejas largas y me pregunta por qué no nos quedamos un poquito más. Sé perfectamente a qué se refiere. Luís quiere acostarse conmigo ahora mismo, le encanta hacer el amor después de comer: es su hora.


Y aún dicen que los hombres empiezan a quedarse sin horas a partir de los cincuenta. Santa inocencia.


De camino a Lisboa, vemos la luna levantándose por encima de la ciudad. Llena, llena a no poder más. Parece un decorado. Qué anochecer tan increíble. Le pido que me deje en el centro comercial Amoreiras porque tengo el coche en el aparcamiento. Todavía me queda tiempo para devorar uno de esos cruasanes rellenos de chocolate que te dejan el estómago a tope. Después habrá que pasar por el supermercado para comprar una cenita simpática y un kilo de azúcar moreno, porque Tiago usa y abusa del susodicho. Qué anochecer tan bueno. En el viaje de regreso, Luís se sincera y me cuenta las últimas escenitas que le ha montado su mujer. Soy su cómplice y al mismo tiempo le ofrezco una visión crítica de la situación. Me encanta oírlo hablar, pero cuando empieza a quejarse de la mujer, me apetece preguntarle primero por qué se casó con ella y segundo por qué no se separa. En vez de eso, me callo y me pregunto por centésima vez por qué los hombres que tienen mujeres fantásticas se pasan la vida de amante en amante y los que se casan con mujeres pesadas son fieles.

João soporta a Sofia desde hace cinco años y nunca le ha sido infiel. Y eso que ella, en un concurso, se llevaría de calle el premio a la mujer más plomazo del mundo. Siempre de morros, enfadada, con cara de que le deban y no le paguen. Qué poca paciencia.

Mañana voy a llamar a João, a lo mejor está libre para comer. João tiene la exclusiva de ser el más serio de todos mis ex novios, el hombre que ha sido «el gran amor de mi vida», de los de «para siempre jamás», de los de muchas lágrimas e infinidad de noches en blanco soñando despierta. Los años han pulido el amor adolescente y disparatado que hoy se resume en un deseo sublimado y una inquebrantable amistad. Lo que el tiempo no cure... Y pensar que durante más de diez años soñé que viviría con él, que me casaría con él, que huiría con él o tan sólo que me refugiaría entre sus brazos... Quizás he alcanzado ya la última etapa que precede a la edad adulta y he aprendido a desarrollar la capacidad de renunciar a lo que no está a mi alcance y de ser feliz con lo que la vida me ofrece. ¡Qué horror! No puede ser, me niego. Debe de ser el orden natural de las cosas, sólo eso. Cuando me acuerdo del día en que lo conocí, me viene a la memoria la imagen fresca e intacta, como si todo hubiese pasado hace cinco minutos. Y ocurrió hace ya más de diez años. Los misterios del recuerdo. Siempre nos acordamos de los detalles. Lo esencial de los hechos se archiva en la memoria como un gran paquete. Las cintas que lo adornaban se extienden hasta el presente, en memorias de cortos fragmentos. Aunque he pasado con él muchos momentos, sólo me acuerdo de algunos. Y el primero es siempre el que queda. Estaba en casa de mi primo Duarte cuando sonó el timbre y me pidieron que abriese la puerta. Ésa fue la primera vez que vi a João. Bronceado, ojos azules rasgados, pelo castaño claro, Lacoste verde y pantalones de deporte beis. Una verdadera aparición. Yo era una muchacha con cara de niña: dieciséis años de piel lechosa y ni una sola curva. Sólo piernas, brazos y cuello, ojos muy abiertos y chistes fáciles. Los adultos me encontraban impertinente y divertida. Cuando hablaban de mí con frecuencia empleaban las palabras «chiquilla precoz», adjetivación que yo misma aprendí a cultivar para vencer la indiferencia y parecer interesante (¡eso creía yo!) a toda costa. João estaba a años luz de mí, con sus veintitrés años de buena vida, una carrera de economía en Boston, un coche en la puerta y unas cuantas novias aguardando su turno. Aunque para mí nada era imposible. Me puse a hablar con él e intenté mostrarle que era «muy despierta», al menos para mi edad. João me miraba como un niño de diez años mira las muñecas, pero acabó por encontrarme graciosa y me animó. Se dio cuenta de que yo estaba fascinada y halagó con sádicas cucharaditas de atención mi cabecita tonta y el ingenuo corazón que resonaba en mi pecho con la potencia de un taladro. Volví a verlo varias veces a lo largo de ese verano y escribí en mi diario que, cuando fuese mayor, sería su novia. Nada más natural que telefonearlo el día que cumplí dieciocho años para anunciarle que ya tenía edad para salir con él. Durante dos años había guardado en secreto su teléfono, que había robado de la agenda de mi primo Duarte, esperando el día D. João tardó algunos segundos en comprender que quien lo llamaba por teléfono intentando conquistarlo era la niña blanquita como un vaso de leche que dos años atrás había llevado en brazos. Le pareció que yo tenía la cara muy dura, pero una vez más le divirtió la idea de hacer sufrir al polluelo. Con dieciocho años ya había adquirido algunas formas, aunque todavía era un ser físicamente incipiente, pero había ganado en labia después de muchas noches en el Bananas y el Ad Lib, y estaba acostumbrada a seducir a cualquier chico que no fuese quince años mayor que yo. Me creía una mujer fatal, pero, ahora, cuando pienso en mí a esa edad, me dan ganas de reír al pensar lo infantil que era en el fondo. Encantadora. Bueno, mejor dejo ya de contar el cuento de *La ratita presumida*. Mañana voy a comer con él y ya está. Hablaremos de todo sin tiempo para nada, porque un almuerzo al mes no da ni para las migajas de una relación de diez años. Pero menos da una piedra y a mí todavía me gusta verlo. Tiago acepta estos almuerzos con la naturalidad que le es propia y que no he visto en ningún otro hombre. Al principio tuvo un poco de celos, pero desde que lo conoció, asegura que ya no siente ningún temor. Y lo más gracioso es que lo dice de verdad, porque Tiago no piensa nunca en disfrazar lo que siente. Su orgullo se lo impide. Si se sintiese afectado de algún modo, no dudaría en protestar. Pero no es el caso. Habla de João con toda naturalidad y simpatía. Acepta mi antiguo amor por él como un patrimonio natural e inevitable de mi existencia y lleva el asunto de una forma envidiable. Pero sólo porque me sabe cerca de él y está seguro de sí mismo. Afortunadamente existen hombres así. Cualquier otro ya me habría montado una escena de celos a la antigua debido a mis almuerzos con João, que de vez en cuando me hacen sentir viva. Como él no protesta, yo no guardo secretos y así no hay misterios. Bueno, no estoy siendo del todo honesta: Tiago no sabe que existe Luís. Pero, la verdad, ¿por qué habría de contárselo? No estamos casados, no nos hemos jurado fidelidad ni amor eterno. En fin, que todavía no hemos llegado a ese punto. De vez en cuando, Tiago saca el tema de la boda, tanteándome, como quien no quiere la cosa, pero entonces me hago la loca y finjo que no entiendo nada. Además, Luís es lo que podría llamarse un rollito. Máximo entendimiento y mínima implicación. Perfecto. Por otra parte, ver a João es, actualmente, como ir a ver por décima vez *Cinema Paradiso*, que me encanta, pero ya conozco todas las escenas, me sé los diálogos de memoria y no fallo una secuencia. En el fondo, João es como si fuese de la familia, forma parte del mobiliario. Prefiero no pensar si todavía lo amo, porque en el fondo sé que sí, aunque intento convencerme de que tengo derecho a dejarme amar por otro hombre. Ese hombre es Tiago, aunque también sé que podría ser cualquier otro. Excepto Luís, claro que él está casado. De todas formas, da lo mismo porque ninguno de ellos es João.

¿No será que sólo se ama una vez en la vida? ¿Que no es posible repetir ese amor absoluto, arrebatador, profundo, violento, inigualable e inolvidable? Me temo que sí, pero espero que no. Mañana, si almuerzo con João, mencionaré el tema de mi boda con Tiago, sólo para ver su reacción. No sé muy bien si quiero casarme con Tiago, ya veremos. Yo por lo menos voy a lanzar los dados. El que los recoja como pueda. Si por lo menos quisiese a Tiago de verdad... pero no. Lo que más me gusta es que me quiere. Y lo peor es que me quiere de verdad.

## 2

Levantarme a las seis y veinte. Apagar el despertador para no molestar a Sofia. Ducharme, afeitarme, elegir un traje, una camisa, la corbata adecuada, todo esto sin tener la sensación de que estoy perdiendo el tiempo. La ropa interior es fácil. Los calzoncillos son todos blancos y los calcetines, negros. Debería volver a comprar esos boxers de Coup de Coeur con conejitos en variadas e imaginativas posturas erótico-acrobáticas. Vera me dio unos que me encantaban, pero no sé dónde los metió Sofia. Debió de pensar que eran un regalo de una antigua novia y se los quedó. O si no, unos con un Bugs Bunny o con un Correcaminos. Pero no. Estoy mucho más agotado de lo que podría haber imaginado nunca.

Me pesa la vida entera en esa fábrica desbordada por la ineptitud de mi hermano y la locura de mi padre. Y encima Sofia se queja todos los días de que ya no le presto atención ni me preocupo por los niños. Qué estupidez. Cuando João Maria se pone enfermo, soy yo quien lo lleva al pediatra. Si Teresinha llora por la noche, quien va a calmarla soy yo. Hago lo que puedo para darles una vida cómoda. Y los problemas de Sofia se resumen en el drama del microondas averiado o en el trastorno que supone llevar a João Maria y a Teresinha a casa de su madre cuando queremos salir el fin de semana. Las tragedias domésticas de doña Sofia y su pequeño mundo. O, como mucho, los desastres de Sofia, como cuando incendió una lámpara porque la cubrió con una sábana. João Maria todavía era un bebé. Afortunada vida esta. Afortunada vida a la que nunca se acostumbrará, porque los de Oporto son como son en cualquier parte del mundo. Además, Sofia no necesita trabajar. Aunque, a lo mejor, le convendría. En cambio a mí me convendría dejar de trabajar. Llevo desde los veintiuno en esto. En Boston era diferente. Salía a las siete, pero también volvía a las cinco. Salía a correr, jugaba al tenis casi todos los días, coleccionaba novias y, los fines de semana, me iba a esquiar. Desde que volví a Portugal no he parado ni un segundo. Y de eso hace ya cinco años. Me parece una eternidad. En América todo resultaba más fácil. Los tíos pueden ser pesados, pero por lo menos no son como aquí: incompetentes, embusteros, oportunistas, presuntuosos, imbéciles. Después de tantos años en el extranjero, no consigo adaptarme a esto. Qué país tan hermoso y qué pueblo tan mediocre. Cada día de trabajo representa un esfuerzo sobrehumano para conseguir que la gente cumpla con los mínimos que se le piden. Y como me paso el día en ello, por la noche he de ocuparme de mi propio trabajo, porque nadie me paga para hacer de policía, pero si no vigilo las cosas, me quedo sin fábrica y sin nada. Un rollo. Y continúo descubriendo las tonterías que mi padre fue acumulando a lo largo de los años. Han salido todas a la superficie, y con unos intereses que harían palidecer a un usurero profesional. No hay nada que hacer. Es lo de siempre. Una generación lucha, crea y construye. Y la siguiente saquea, descapitaliza y arruina el imperio. Con suerte, la que sigue intenta recuperarlo todo. Mala suerte para los que nazcan en ésta. A veces actúo de forma tan mecánica, que empiezo a pensar si no estaré cumpliendo una misión por encargo o pagando por las promesas de otros. Como si no fuese dueño de mi voluntad y luchase por un ideal abstracto. Sin embargo, es el futuro de mi familia lo que está en juego, y todo aquello que me enseñaron que eran «nuestros valores».

Se salva mi madre, cuya tenacidad, inteligencia y determinación continúan gobernando el barco y me ayudan a velar por mi desorientada familia.

Salgo de casa y todavía es noche cerrada. La puerta de la verja se abre silenciosamente, cómplice de mis madrugadoras salidas y de mis regresos tardíos. Atrás queda mi pequeño paraíso. La casa que he construido a mi medida, el jardín por donde paseo con João Maria y los árboles que me acogen cuando estoy tan cansado que no me apetece oír el ruido de la familia. Al entrar, siempre miro los macizos de lavanda que planté pensando en Vera. Un día, ella me dio un puñado de semillas y me pidió que las sembrase en su honor. Pobre Vera. No sabe ya qué inventar para formar parte de mi vida. Como si no lo fuese desde siempre.

Dos minutos después estoy en la autopista. Acelero hasta llegar a los normales ciento cuarenta kilómetros por hora. Un poco de música antes de que el teléfono empiece a sonar. The Style Council, *Confessions of a Pop Group*. Una cinta que Vera me grabó antes de casarme y que nunca me canso de oír. No hablamos desde hace casi un mes. No tengo tiempo ni para llamarla. He de pedirle a Isabel que la llame. Isabel es la secretaria ideal. Una solterona de mediana edad con cara de haber entrado en la menopausia antes de los cuarenta, con las dioptrías de un topo y la destreza de un castor. Nunca se olvida de nada, nada se le escapa. Tiene la memoria que yo nunca he tenido y es extremadamente discreta. No sé qué sería de mí sin ella. Lleva en la fábrica desde los dieciocho años. Entró como mecanógrafa, mi padre la tuvo bajo su protección y la convirtió en su secretaria. Muchas veces me pregunto, adivinando al mismo tiempo la respuesta que no quiero desvelar, si no habrá habido ahí un romance. Me acuerdo de ella todavía joven, cuando yo era un niño y mi padre me llevaba a la fábrica para que aprendiese el oficio desde pequeñito. Esa típica actitud suya para llamar la atención. Con seis años no hay niño que se interese por el corcho, a no ser que quiera hacer una colección de tapones. A pesar de todo, me divertía. Me gustaba ver las misteriosas y ruidosas máquinas, y a los sonrientes operarios. Isabel siempre tenía caramelos en el cajón y yo nunca los rechazaba. Actualmente, ella recuerda esos tiempos con amargura y añoranza. No le perdona a mi padre el estado en que dejó la fábrica y, probablemente, tampoco le perdona otras cosas que yo nunca sabré. Pero me adora. Ve en mí al hijo que nunca tuvo y dispensa a mi hermano Paulo el mismo trato. Forma parte de la casa, pobre Isabel. Tengo que pensar en la manera de proporcionarle una buena jubilación, cuando dentro de unos años la miopía le borre el horizonte y la ciática le impida moverse.

A estas horas todavía hay poca circulación. En un momento llego a Alfragide. Después, las curvas y contracurvas hasta la puerta de la fábrica. Hoy el teléfono no ha sonado. Qué milagro. Llego a las siete y media y aprovecho para poner en orden papeles y más papeles. Isabel llega a las ocho y media, puntual y discreta como siempre: parece una bombilla Softone.

A las diez y pico, después de haber telefoneado a una docena de clientes, me pasa una llamada. Es la señorita Vera, señor. Me gustaría mucho saber por qué la llama así, aunque cuando habla directamente con ella la trata de «señora». Debe de ser por su voz, que sigue sonando infantil. Hace muchos años, cuando Vera todavía era una cría, me acompañó a la fábrica y a Isabel le cayó simpática. Siempre se refiere a ella como «señorita». Con Sofia es diferente. Comenzó por decir «su señora», pero le expliqué que no era necesaria tanta ceremonia, además de que la expresión me sonaba fatal, de manera que Isabel pasó a llamarla señora Sofia. Creo que lo entiendo. Las solteras son las jóvenes. Y ella, en su interior, debe de pensar que Vera es soltera. Me pasa la llamada. Al otro lado, la voz fresca y jovial a la que los años se han encargado de bajar el timbre.

—¡Buenos días, querido!

—¿Cómo estás? Hoy he pensado en ti. Ya sé que es un tópico, pero es verdad —añado.

—A lo mejor te he llamado por eso.

Vera tiene la manía de las premoniciones y de los mensajes telepáticos. Nadie es perfecto.

—Seguro —replico—. He mandado el mensaje en un avioncito de papel que ha sido interceptado por un radar.

—A lo mejor llevabas la ventanilla abierta y alguien que había encima lo ha oído y le ha parecido gracioso —dice ella, sin perder el registro. Esta mujer siempre consigue divertirme.

—¿Comemos juntos?

—Claro —responde—, por eso te he llamado.

Quedamos a una hora, en el restaurante de siempre. Esta vez no estamos mucho tiempo al teléfono. Sólo lo hacemos cuando sabemos que, por cualquier razón, no podremos vernos. Me apresuro a despachar asuntos hasta las doce y media, y enseguida salgo. Cuando llego al Papagaio da Serafina, ella ya me está esperando. En el aparcamiento, con la puerta entreabierta, revuelve unos papeles. Siempre consigue aparentar que no espera ansiosamente mi llegada, pero ya conozco sus trucos. Su mirada brilla cuando me ve. Se levanta del asiento del conductor y me da un afectuoso beso. Lleva un conjunto de chaqueta y pantalón con un chaleco a juego, camisa blanca y zapatos de cordones. El *look* masculino es perfecto, porque le da una apariencia enormemente femenina. Los pantalones le quedan anchos y me meto con ella.

—¡Qué delgada estás!

No se da cuenta de que es un elogio y se pone a la defensiva.

—Qué va, si estoy más gorda.

—Hija, ni que te comieses cada día un cordero entero con pan.

Cuando era pequeña, parecía un saco de huesos. Después, el cuerpo ganó algunas curvas poco convincentes que no obstante suavizaron su esmirriada figura. Ahora, cerca de los treinta, pasa perfectamente por una chica de veinte. Está guapa. El pelo bien arreglado, el lápiz de labios discreto y el maquillaje muy ligero, de tipo «qué buen aspecto tengo, ¿no te parece?». Siempre la misma, siempre igual. Caminamos hasta el restaurante y vamos charlando. Me habla con la calma y la elocuencia que acostumbra a desplegar cuando está conmigo. Con los años, se ha vuelto una mujer madura, con determinación y, como no ha perdido frescura ni dulzura, resulta encantadora. Pero hoy la encuentro más ansiosa que de costumbre y presiento que quiere contarme algo. Así es. Justo antes de elegir entre el mero y el entrecot, me anuncia que va a casarse.

—¿Con Tiago?

—¿Con quién iba a ser? —Y remata, pragmática—. Contigo seguro que no, porque te casaste con otra mujer.

Empieza el ataque. Finjo que no me he percatado de la ligerísima inflexión de voz que le acaba de salir sin querer.

—Pero ¿lo dices en serio?

—¡Claro! ¡No voy a bromear sobre algo así! —Y continúa, triunfante—. A principios del próximo año, en marzo.

—¡Pero eso es dentro de seis meses!

—Pues sí. ¿Y qué?

Está desafiándome, pero no pienso seguirle el juego.

—Bien, estupendo. Sólo me gustaría saber qué te parecerá estar con Tiago dentro de unos años.

Esta vez tarda un poco en responder. Está pensando a quinientos por hora cómo explicarse sin que le ponga objeciones. Llega el camarero y pedimos el mero y el entrecot, aparcando el asunto anterior.

Mi pulso se acelera y me irrita sentir que la sangre me corre más deprisa, pero disimulo y empiezo a hacer las preguntas habituales: dónde será, si ya se ha hecho el vestido, dónde está el anillo de prometida, etc. Apenas la oigo. Intento imaginarme a Vera casada, pero no lo consigo. Con hijos sí, siempre la he imaginado. Un hijo mío, a veces hablábamos de eso. Pero ¿casada? He hecho un esfuerzo para asimilar la idea antes de acabar de comer. Vera ya me había hablado de casarse, pero siempre me había parecido un farol. Esta vez no lo es. La conversación no era sólo de cara a la galería. He intentado pincharla, pero las respuestas que he obtenido ya estaban meditadas. Cada vez que pensaba algo para interrumpirla, se adelantaba a los argumentos que se me ocurrían y los rebatía con la agilidad de un campeón de esgrima y la lucidez de un psicoterapeuta.

Ella tenía razón en muchas de las cosas que decía. Se llevaban bien. Juntos estaban creando un proyecto de vida. Se querían. Deseaban tener hijos. Todo como en las telenovelas. Pero el discurso resultaba demasiado lineal, demasiado construido y racionalizado para ser completamente sincero. He sentido que algo se me estaba escapando.

—¿Intentas convencerme a mí, o a ti misma?

Ha bajado la mirada y no ha respondido. Condescendiente, he cambiado de tema. No me apetecía discutir y he considerado que, en el fondo, ella tenía razón. Sólo quería protegerla, siempre he querido protegerla, como se hace con una hermana pequeña. Durante muchos años esperó que yo regresara a Portugal y alimentó el sueño infantil de casarse conmigo. Cuando volví casado, ella descubrió que había perdido la apuesta de su vida. Cinco años después, se disponía a rehacer su vida con otro hombre y a construir con él todo aquello que nunca le dije que construiría con ella. Y encima con un buen tío. Por lo menos eso me ha parecido las dos veces que lo he visto, me ha causado buena impresión. Y la quiere, eso se ve a la legua. Un cuadro perfecto. O casi perfecto, porque ella no lo quiere. Pero eso, ¿no sería pedir demasiado? ¿Quién consigue estar con la persona que realmente quiere en su vida? No conozco a nadie.

Al terminar la comida, me he sentido agotado. Le he hablado de Sofía y del deplorable estado al que ha llegado nuestro matrimonio. Vera me ha escuchado con atención, adivinando como siempre el final de mis frases, con ese don que Dios le ha dado para entender todo lo que digo y todo lo que no quiero decir. Me ha aconsejado que no me separe por los niños, a no ser que ya no exista otra posibilidad. Como si la hubiese. Ambos sabíamos que no estábamos allí para fingir que la solución mágica iba a salir de una chistera. Ambos con el orgullo herido, pero ninguno con ganas de dar su brazo a torcer. Antes de casarme, cogí el avión y me vine aquí a hablar con ella. En aquel momento, estaba convencido de que mi boda con Sofía no era un error. Ella me advirtió que iba a cometer un disparate, pero que no era buena consejera porque seguía enamorada de mí. Ahora debo admitir que acertó de lleno en sus previsiones. «Te vienes a vivir con ella a Cascais, no se adapta, tenéis hijos y cada uno quiere educarlos a su manera. Y después, si te separas, ella se vuelve a Oporto con los niños y quedas reducido a los fines de semana.» Dramático panorama. Pero desgraciadamente bastante cercano a la realidad. Por lo menos hasta ahora había acertado en todo. Y ya se irán cumpliendo las siguientes etapas del *rally*. Siempre me ha dicho que nunca sería mi amante y ha cumplido su palabra. Tampoco he intentado que lo fuese, aunque muchas veces, a lo largo de estos cinco años, he pensado en la posibilidad de acostarme con ella. Pero sé que para ella sería una humillación convertirse en mi amante después de haberme esperado durante tantos años. No le falta razón. Después de todo, ella quería ser mi mujer, siempre lo quiso y no se contentaría con menos. «Podría volver a ser tu novia un día, si te separases y yo estuviese sola en ese momento. Pero tu amante no. Además, tú no necesitas una amante. Necesitas a una persona que te comprenda y te escuche. Creo que mi amistad es mucho más valiosa que cualquier otra cosa.»

Esas mismas palabras dichas por otra mujer habrían parecido normales y corrientes, incluso pretenciosas. Pero salidas de su boca, eran irremediablemente ciertas. Y la mirada dulce con la que habló estaba, una vez más, traicionándola. No pude resistirme: se convirtió en mi mejor amiga. Y ahora resulta que mi mejor amiga va a casarse.

Nos hemos despedido con un beso rápido y comprometedor, y me he quedado mirándola mientras arrancaba, con la ventanilla abierta y las gafas de sol. Hemos prometido seguir viéndonos, no desaparecer el uno de la vida del otro. ¡Como si eso fuese posible! Vera entró en mi vida sin darme cuenta y nunca más saldrá. Me he quedado allí plantado, en medio del aparcamiento, mientras su coche bajaba la rampa y desaparecía por el otro lado de la rotonda. Después, lentamente, me he metido en el coche y he cogido la autopista en dirección a la fábrica. Me he acordado de la última vez que nos acostamos. De eso hará más de cinco años. ¡Cuánto tiempo! Sin embargo, ha sido como si todavía sintiese el olor de su piel y estuviese allí mismo, a mi lado, echada en la cama con las sábanas arrugadas en el suelo, sonriéndome dulcemente, con esa dulzura que sólo conocen las mujeres que sienten placer. Si quisiera, bastaría una palabra para que esa mujer fuese mía otra vez. Pero no. Ahora no. Mi vida ya es demasiado complicada.

Sólo he tenido que sentarme ante el escritorio para olvidar todo lo que me había pasado por la cabeza. He de trabajar. No me queda tiempo para vivir. ¿Hasta cuándo tendré que aguantar este peso, la obligación de arreglar los disparates de mi padre y asegurarles a mis hijos un principio de vida sin demasiadas dificultades? Siento nostalgia de la universidad en Boston, donde todo era fácil. Allí, no pasaba de ayudante. Aquí, me llaman jefe. No tengo tiempo ni espacio en la cabeza para pensar si soy feliz o no con Sofía, si mi matrimonio va durar un mes o un año más. No tengo tiempo para nada. Y mucho menos para mí.

3

No debería haber ido a comer con él. Al final siempre caigo en la trampa. Cuando quedo con él, me convenzo de que es como si fuese a almorzar con cualquier otro amigo. Queda lejos el tiempo en que temblaba de los pies a la cabeza, se me secaba la garganta y las manos se me helaban. La edad tiene sus ventajas. Ahora sólo siento una leve y domesticada inquietud minutos antes del encuentro, la voluntad de resultar agradable a sus ojos sin que parezca que me he arreglado a propósito para él. Pero cuando aparece puntualmente, es como si el mundo entero dejase de existir. No obstante, mi actitud es siempre intachablemente moderada. Por lo menos, doy lo mejor de mí. Él piensa que me he vuelto una persona tranquila. A lo mejor tiene razón. Como dijo Sam Shepard en *Crónicas de motel*, «la gente de aquí se ha convertido en la gente que finge ser». Mi caso es una crónica portuguesa un poco estúpida. Durante años lo llamé, irónicamente, una fantasía de Navidad, porque era siempre esa época la que me devolvía a João. La distancia que aprendí a crear con relación a lo que siento me ha convertido en mi mayor crítica. Y me echo a reír cuando alguna amiga empieza una vaga disertación sobre el tema y hace conjeturas que llevan diez años enraizadas en mi cabeza. Siempre he sabido que João nunca ha estado enamorado de mí y siempre he deseado que eso ocurriese algún día. También sé que ha sido mi tenacidad (o tozudez) lo que me ha permitido aproximarme a él a lo largo de todos estos años. La puerta ha estado siempre abierta, incluso ahora que la he entornado para que se sienta un poco fuera. ¡Qué estúpida! Me he pasado todo el almuerzo intentando convencerle de que quiero casarme y me he despedido insinuándome, diciéndole que un día podría ser su novia. Yo quiero casarme para toda la vida y ser feliz para siempre como en los cuentos de hadas o, peor aún, como mi madre y mi padre. Incluso quiero creer que Tiago es el hombre adecuado para mí, pero João lleva razón en todo lo que dice. Faltan cosas en nuestra relación. Curiosamente, son las mismas que faltan entre Sofia y él. No quería dar mi brazo a torcer, pero cuando me ha preguntado si mi disertación era para convencerlo a él o para convencerme a mí misma, me ha desarmado. Soy demasiado transparente, excesivamente cercana, siempre le ha resultado fácil adivinar lo que pienso y continúa metiéndose dentro de mí, aunque finja que lo estoy echando fuera. El argumento es sólo pasable y mi actuación no llega a mediocre. ¡Mierda! Después de estar con él, me siento indefensa, desarmada y, lo peor de todo, insegura. De repente, pierdo la convicción, la consistencia, quedo a la deriva. Sin embargo... sin embargo, es bueno verlo, abrirme a él, dejarlo hablar, ayudarlo, lo mucho o poco que puedo, con mi proximidad y mi eterno apoyo en la peor fase de su vida. Querer a una persona debe de ser eso. Querer sin interferir, desear sin poseer, amar sin exigir. Es ridículo pensar así. Pero es la verdad, la más pura de las verdades.

Mañana voy a Oporto para hacer el reportaje sobre la nueva oficina principal del BIP. Un artículo más sobre el banco que aparecerá en la revista que el mismo banco distribuye entre sus clientes. He visto procedimientos menos evidentes. De hecho, si la revista es del banco, ¿por qué no habría de servir para publicitar la misma institución que la sustenta? Lo que no me apetece nada es ir al banco. Parece mentira, pero conozco mejor Madrid, París o Nueva York que Oporto. Y además, detesto viajar en coche y tengo una alergia letal a los empleados de banca en abstracto. Pobre Tiago, ¡es empleado de banca! Me gusta verlo salir por la mañana tan bien peinado y encorbatado, pero me da pena cuando a veces voy al banco a la hora de comer y lo veo sentado a una mesa gris cubierta de papeles. Me gustaba más cuando presentaba el programa de economía en la televisión. Por lo menos daba más gusto verlo.

Además, Tiago no es ambicioso, sabe que un día heredará una docena de edificios en Lisboa y, si es listo, vivirá de las rentas. No tiene la garra de João, ni su inteligencia, ni su pedigrí. Pero ¿quién tiene todo eso? Ojalá João no fuese un dios para mí, ojalá consiguiese descubrirle los pies de barro, si al menos se partiese el pedestal y él quedase reducido a polvo, cenizas, nada. Pero no. Me he acostumbrado a esta imagen y no consigo verlo de otra manera.

En medio de toda esta historia, estoy enrollada con Luís. Si João lo supiese, me retiraría la palabra. Pero es que Luís resulta irresistible. O a lo mejor es que no tengo capacidad para resistirme. Cada vez que estoy con él, siempre pienso que va a ser la última, pero después me llama y empiezo a pensar que por qué no. Un día de éstos he de contarle a João que tengo una aventura. Y de paso le comento que no me entiendo muy bien en la cama con Tiago. Claro que primero tendría que averiguar por qué. No debo de estar muy bien de la cabeza. ¿Cómo puedo pensar en casarme con Tiago si no lo quiero, no lo admiro, no tiene nada que ver conmigo y ni siquiera me apetece acostarme con él? La respuesta es aterradoramente simple y abyecta: quiero casarme. Quiero tener hijos. Quiero ser madre. Quiero un estatuto, un papel, una misión en la tierra. No aguanto más pararme delante de los escaparates de ropa de bebé, jugar con los hijos de los demás, ver las fotografías de los hijos de João y soñar que son míos. Quiero un bebé sólo para mí. Una vida. Una familia. Un hogar. Algo que sirva de base para sentir que mi vida ha sufrido un cambio desde el tiempo que me enamoré de João. Si al menos dejase de quererlo, conseguiría liberarme, empezar desde cero y ser dueña de mí misma. Pero en vez de eso finjo ante él, ante Tiago, ante Luís y, lo que es peor, ante mí misma, que ya no lo quiero. Qué estúpida. Esto acabará fatal.

Una llamada en el móvil me hace volver a la tierra. Es Luís. Quiere saber cómo estoy. Finjo que no se oye bien y cuelgo. Después desconecto el móvil y paro el coche. Estoy en la orilla del río, a unos cientos de metros del despacho. Necesito detenerme a pensar qué voy a hacer con mi vida. No quiero casarme con Tiago, sólo quiero casarme. Son cosas diferentes, ¿o no? ¿Y si me quedase sola y esperase a que apareciera otra persona? ¡Ostras!, debe de haber alguien en el mundo con quien consiga entenderme, de quien pueda enamorarme y que de verdad se enamore de mí. ¿Tan difícil es acertar con las personas? Por lo visto, sí. Luís no acertó con su mujer, João no acertó con Sofía y yo no voy a acertar con Tiago. Lo que nace torcido, tarde o nunca se endereza, dice el pueblo con razón. Tengo que armarme de valor y explicarle a Tiago que estamos cometiendo una gran equivocación que nos va a jorobar la vida a los dos. Espero que Tiago se dé cuenta. Sensibilidad no le falta. Inteligencia, un poco, pero sensibilidad no. ¿Y no será la sensibilidad una forma de inteligencia, después de todo? Hoy hablaré con él. Le pido unos días para pensar, él se va de casa temporalmente y a la larga ya no vuelve. ¡Si todo fuese tan fácil! Llegará el invierno y sé que voy a morirme de frío debajo de mi edredón de plumas, pero no puedo alargar más esta equivocación. Tengo que acabar con esto antes de subir al cadalso, que es como si dijéramos el altar. ¿Por qué estoy llorando? A lo mejor porque tengo miedo, como todo el mundo, a quedarme sola. Maria dice que es cuestión de acostumbrarse. Tal vez tenga razón. Vuelvo al despacho y acabo de prepararlo todo para mañana. Esta noche tendré una conversación con Tiago. Cuanto antes, mejor.

Tiago mete la llave en la puerta y lo veo entrar con la cara de siempre, contento y dispuesto a pasar una velada en la tranquilidad de la vida insípida de las parejas que fingen mal que son pareja. Me llama «chatita», que es algo que me pone enferma. Le he dicho un par de veces que no me gusta que me llame así, le he sugerido otras maneras, como querida, por ejemplo, pero es más fuerte que él. No se da cuenta de que cada vez que me llama «chatita» aumenta el capital de aversión que siento por él, del que ni siquiera es totalmente responsable. A veces me odio por no quererlo. Patrícia, pobre, que tiene de superficial lo que le falta de inteligencia, considera que Tiago es lo mejor que podía haber encontrado. Claro, que Patrícia no se da cuenta de que no quería ni quiero encontrar nada, que Tiago apareció inesperadamente cuando salí de la televisión, después de pasar tres años de calvario porque me negué a acostarme con el editor de nacional. Debe de haber sido la única vez que me he arrepentido de haber cambiado la publicidad por otra cosa. Eran demasiados años encerrada en despachos, me apetecía variar. Formar parte de la redacción de un informativo diario me pareció irresistible. Entré sin miedo y eso fue lo que me ayudó: el primer día ya estaba visionando casetes y montando reportajes de internacional. Aprendí todo lo que sé con José António, uno de los mejores periodistas y presentadores de siempre. Todo iba sobre ruedas hasta que llegó Victor Lopes. Victor Lopes se consideraba un auténtico conquistador y estuvo recorriendo el circuito de chicas de la redacción hasta que tropezó conmigo. Ni alto ni bajo, tenía el encanto barato de los tíos que suben a pulso y no reparan en medios para alcanzar sus fines. El mayor problema no fue darle un bofetón, fue tener que darle varios. La primera vez que hizo de las suyas, estábamos en la cantina y empezó a hacer comentarios sobre mis piernas. Le expliqué con calma que no me parecía la conversación apropiada, él pidió disculpas y se calló. Esa misma noche, después de acabar el informativo, bajamos juntos en el ascensor hasta el garaje y decidió adoptar la táctica del ataque frontal. Se pegó a mí cuando yo estaba metiendo la llave en la cerradura para abrir el coche y empezó a jadear y a decir palabras inconexas. No cabe duda de que los hombres, entre los cuarenta y los cincuenta, o se vuelven más refinados o se envilecen. Como éste no tenía manera de refinarse, se envileció. Tuve que darle una torta y, a partir de ahí, las cosas fueron complicándose. El tío no me dejaba en paz. Me pedía que montara reportajes que él mismo sabía que no saldrían al aire, criticaba mi trabajo sistemáticamente bien alto y claro para avergonzarme delante de toda la redacción, y hacía cuanto podía para quitarme la poca confianza que tenía como periodista. José António intentó protegerme varias veces, pero Victor estaba decidido a acabar conmigo. Cuando José António se pasó a la competencia con un contrato millonario, me quedé sin apoyo. Una amiga mía periodista dice que, en las redacciones de las cadenas de televisión, la mitad intenta joder a la otra mitad y quien no jode a nadie está jodido. Así estaba yo. Entonces conocí a Tiago, que hacía un programa diario de economía. Tiago es muy atractivo, no hay mujer que no pase por su lado en la calle sin mirarlo. Además desprende un aire simpático, afable y, tal vez por ser tan encantador, no da la impresión de perseguir a las mujeres. Al cabo de tres años estaba exhausta, sobre todo porque mi último verano en la televisión coincidió con la boda de João. Tiago fue mi tabla de salvación. No entiendo cómo he estado durante dos años con este hombre con el que pienso acabar dentro de media hora. Creo que simplemente me acomodé. Me acostumbré a su cuerpo y su voz, a la vida sosegada de los enamorados sin futuro, a quedarme sentada en el salón leyendo un libro mientras él me preparaba la cena. Pero nunca lo he querido. Ahora estoy segura.

Claro que, cuando empezó todo, estaba profundamente convencida de que estaba muy enamorada. Había algo en él que me encantaba. Descubrí qué era la primera vez que lo llevé a cenar a casa de mis padres. Mi madre lo saludó con simpatía y lo recibió con toda delicadeza. Al día siguiente me llamó por teléfono y me dijo:

—Tu amigo es muy simpático, hija. Es una pena que se parezca tanto a João.

Tenía razón.


Tiago entra y enseguida viene a darme un beso lánguido que me resulta vomitivo.

—¿Qué tal, chatita? ¿Cómo te ha ido el día?

A veces, este hombre me irrita tanto que llego a tener la sensación física de que las uñas me crecen de rabia. Qué tío.

—Hola. Siéntate aquí. Tenemos que hablar.

—¿Ha pasado algo?

El chico empieza a preocuparse. Mi expresión de directora de escuela con más de cincuenta años y virgen a su pesar lo ha asustado. Me apetece vacilar, ceder, darle un beso y olvidarlo todo, pero no puedo.

—He estado pensando en mi vida, en nuestra vida, y creo que hemos de tomar una decisión...

—¿Y bien?

—Bueno, creo que no vamos a casarnos.

Tiago pone esa expresión poco inteligente de quien se esfuerza en pensar sin que se le ocurra nada. Y como, de hecho, no se le ocurre nada, se queda callado como un estúpido, mirándome.

—¿Estás con alguien?

No puedo decirle que sí, porque éste no es el motivo para terminar nuestra relación. Luís no tiene nada que ver con esta coyuntura, así que continúo la conversación.

—No necesito estar con nadie para decidir que ya no quiero casarme contigo, ¿no?

Tiago no acaba de creerme.

—Pienso que me estás engañando..., cambias de idea, así de repente...

Se levanta, se mete las manos en los bolsillos y empieza andar de un lado para otro.

—Entonces... si no quieres casarte, ¿qué es lo que quieres hacer?

Ahora. Ahora o nunca. TENGO que conseguirlo.

—Tiago... yo quería... lo que me parecería mejor sería... he estado pensando y he llegado a la conclusión de que deberíamos... de que deberíamos separarnos...

Tiago se detiene delante de mí, con las manos en los bolsillos, y me fijo en que tiene una mancha de salsa de tomate en la camisa. Es increíble la cantidad de hombres que se manchan cuando comen.

—¿Qué estás mirando?

No puedo decirle que, de repente, me he puesto a divagar sobre la mancha. Sería ofensivo.

—Nada. ¿Has oído lo que te he dicho?

—Lo he oído —responde con un hilo de voz. Respira profundamente y se arma de valor—. Si eso es lo que quieres, no voy a discutir. Últimamente no estamos muy bien, hemos entrado en una rutina estúpida. —Me mira con cara de Calimero y añade—: Ya ni siquiera quieres hacer el amor conmigo... dime sólo una cosa: ¿no estás con nadie?

Miento como una bellaca. ¡Es tan fácil! Con la práctica, todo se perfecciona.

—No —respondo despacio, muy seria, mirándolo a los ojos para que no me queden dudas de lo buena mentirosa que soy. Puede que no haya nacido para esto, pero con los años le he cogido el tranquillo—. Mira, creo que es mejor que hoy duermas en el salón. Mañana tengo que ir a Oporto y... —se me ocurre una idea brillante— tal vez tenga que quedarme un día o dos. Tú puedes aprovechar y hacer la mudanza en esos días...

—¿Estás segura de que eso es lo que quieres?

Me entran ganas de responderle que una mujer nunca está segura de nada.

—No, pero ahora tiene que ser así.

Por suerte, suena el teléfono. Es Patrícia, que me pregunta si me apetece ir a comer una pizza. Ha ido al Chiado y está a dos pasos de aquí, me recogería en la puerta. Acepto inmediatamente. Tiago me mira asombrado. No puede creer que la conversación haya acabado ahí. Y yo no puedo creer que haya sido tan fácil y que, ahora, encima, se me presente la oportunidad de desaparecer. Hay personas con suerte, y yo soy una de ellas. Le doy un fugaz beso y bajo la escalera en un galope nervioso y alborozado. Dos minutos después aparece Patrícia en su Mercedes Clase A plateado. Quien tiene novios ricos, ya se sabe.

—¿Que has cortado? ¡Pero si es un encanto!

Patrícia no se entera de nada. Claro que ella nunca se da cuenta de nada, no sé de qué me asombro.

—Si quieres, quédate tú con él —respondo con frialdad.

—¡Qué graciosa! —replica con aire de gravedad—. Sabes perfectamente que mi relación con Alberto va en serio, es como si estuviésemos casados.

Sí, sí. Te gusta la vida que te da, hija. De eso a quererlo hay un paso que, probablemente, nunca conseguirás dar por más que quieras. Pero te gusta jugar a ser rica, y estás en tu derecho.

—¿En qué estás pensando?

A veces me da por pensar que Patrícia no es tan burra como parece. O que puedo convertirme momentáneamente en un monigote y que los otros leerán mis pensamientos, desparramados en un bocadillo, como en los cómics.

—En nada. Todo ha terminado. Ya no le quiero. En realidad, nunca le he querido.

Patrícia me mira de reojo con aire reprobatorio. No sé por qué continúo siendo amiga suya después de tanto tiempo. ¡Es tan tonta, superficial e interesada! De pequeñas, cuando íbamos al colegio, parecíamos hermanas siamesas. Pero con los años me parece que cada vez tenemos menos en común. Seguimos siendo amigas sólo porque eso nos da esa noción de intemporalidad tan agradable para las amistades. Patrícia se ha convertido en una *barbie*, y las *barbies* ya están pasadas de moda. Primero intentó conseguir un novio fino. Hace dos años conoció a Alberto y cambió de idea. Después de todo, lo que le interesa es el dinero, el poder adquisitivo, una vida desahogada, vacaciones en el Caribe. Y como siempre ha sido una pretenciosa, aunque haya hecho un esfuerzo notable por civilizarse, cuando conoció a Alberto le pareció ideal. Claro que, siendo un pretencioso al que le gusta tirarse el pegote como a ella, era evidente que acabarían entendiéndose a las mil maravillas. Cuando las personas están hechas de la misma pasta, se reconocen automáticamente.

—Te quedarás sola...

La muy estúpida, de vez en cuando consigue decir algo inteligente. João tiene razón cuando afirma que nadie es totalmente estúpido. Y aquí está Patrícia para demostrar esa teoría.

Decido cambiar de tema y, al cabo de treinta segundos, Patrícia ya está hablando del dúplex «fantástico y con unas vistas que cortan la respiración» que Alberto quiere comprar en la avenida Infante Santo, y de cómo está intentando convencerlo para ir a Estoril o, quizás, a Cascais. Siempre ha soñado con Cascais, pobre Patrícia. Nunca ha entendido que son las personas las que dan categoría a las casas, no las casas las que dan categoría a las personas.

Echo de menos a Maria. Desde que se casó con António y se ha hecho agricultora apenas la veo. Vive en una finca a media docena de kilómetros de Santarém, rodeada de patos, gallinas, perros y caballos. No entiendo cómo una mujer tan mundana y sofisticada ha podido cambiar Lisboa por el aburrimiento de la vida provinciana. Aunque a lo mejor sí que lo entiendo. Cada vez que voy a visitarla, la veo más joven, más fresca y con un aire más feliz. Por lo menos con Maria tenía conversaciones inteligentes. Nos entendíamos bien, nunca me falló en nada, siempre ha sido mi mejor amiga. Debería hablar con ella de toda esta historia con Tiago.

Cuando regreso a casa ya no está. Ha dejado una nota sujeta con un imán en la nevera en la que dice que se va a dormir a casa de su madre. Siento un escalofrío que me sube por la espalda. Ahora que ya he conseguido lo que quería, no me queda más remedio que aguantarme. El chico ha demostrado personalidad al irse esta noche. Lo mejor es no pensar mucho en el asunto. Voy a acostarme, mañana es día de viaje. Oporto, allá voy.

# 4

El tal señor Miguel está ya esperándome cuando desembarco en la oficina principal de Banca Privada del BIP, en uno de aquellos edificios que parece que vayan a caerse a un lado de la avenida da Boavista. El viaje ha ido bien, sin percances. No soy un as de la carretera, pero me defiendo. En compañía de Diana Krall y de la banda sonora de *Blade Runner*, he llegado a Oporto en menos de tres horas.

Si pudiese, viviría en Oporto. Me encanta el acento, los barrios de la Ribeira, de Foz, el Castelo do Queijo, las buenas tiendas y esa dulzura provinciana de las pequeñas grandes ciudades. Oporto es un sueño, una especie de tierra prometida. Cuando era pequeña, pasé unas vacaciones inolvidables en casa de los abuelos de Maria, una casa solariega con un enorme desván, donde nos disfrazábamos con vestidos de baile antiguos e intentábamos descifrar cartas y postales escritas con caligrafía artística. Después, nunca más volví; por eso, regresar a Oporto me sabe a infancia perdida. Y perdida ando yo ahora en el cinturón de la ciudad en busca de la avenida da Boavista. Nunca entiendo esto. Finalmente, doy con el sitio, que no es difícil porque el edificio donde se ha instalado el banco es tan grande que no le pasaría desapercibido ni a una mula ciega.

Entro en la oficina principal del banco, toda decorada en estilo inglés, con las paredes cubiertas de cuadros de artistas contemporáneos. El señor Miguel me conduce hasta una salita confortable y me pide que espere mientras va a buscar al director, un tal Manuel Menezes. Entran los dos con aire ceremonioso. El director es un hombre bajo, con sonrisa de circunstancias y con gafas, discreto, igual al resto de empleados de banca. Nos estrechamos la mano con cierta formalidad. El señor Manuel me pide con simpatía que lo trate sólo por el nombre, mientras él se empeña en llamarme señora Vera, sólo para que tenga que pedirle que me corresponda con la misma familiaridad con que me ha recibido. Tratamientos aparte, empieza a mostrarme las magníficas instalaciones de Banca Privada, iniciando la visita guiada por las tres salas de espera dispuestas estratégicamente de forma que los clientes nunca se crucen en la entrada de los despachos. Me dan ganas de preguntarle por qué escogieron la avenida más céntrica de Oporto si pretendían ser tan discretos, pero no estoy aquí para hablar, sino para escuchar, así que me limito a esbozar sonrisas diplomáticas. Quieren un reportaje «completo y esclarecedor del excelente trabajo que el BIP ha desarrollado en el área de Banca Privada, cuyo exponente es el refinamiento y el buen gusto de este edificio, así como su vasta y ya considerable colección de arte». Le respondo que, siendo publicitaria, poco entiendo de números, pero Manuel asiente con aire condescendiente y observa que la visión de un lego es mucho más creíble, y que además «estamos vendiendo imagen, no un producto financiero en especial». Me he dado cuenta de que su principal preocupación es la imagen, que todo gira alrededor de este concepto. Debe de tener un BMW, serie tres, negro, tapizado en cuero y molduras cromadas, llantas personalizadas, o a lo mejor un descapotable de colección, tal vez un Mercedes antiguo o un Morgan. Habla despacio, pausadamente, es obvio que está acostumbrado a medir cada palabra, como si también le costase dinero pronunciarlas. Es de esos tipos fríos, implacables, cautelosos que viven en las grandes instituciones bancarias. Aun así, mi olfato de perdiguero detecta un perfume delicioso que me resulta vagamente familiar y cuyo rastro no consigo identificar. En el primer piso nos topamos con una escultura horrenda de no sé qué artista, que según ellos es muy bueno pero que a mí sólo logra suscitarme la palabra «interesante». Es una buena palabra. Sirve para casi todo, porque no significa nada. Observo discretamente a mi guía en esta visita profesional al palacio de la pasta. Menezes. Sofia también es Menezes. ¿Tendrá algo que ver con Sofia? No, supongo que no. A lo mejor es primo, de alguna rama de la familia de Oporto. En toda familia que se precie ha de haber una rama de Oporto.

—¿Quería preguntarme algo?

Parece que no se le escapa nada a mi interlocutor.

—Sí... ¿de qué año es el edificio? —pregunto desorientada y sin ninguna convicción. Qué mal. Ya se ha dado cuenta de que estoy observándolo. Y lo peor es que no consigo quitarle los ojos de encima. Ni siquiera es un tío guapo, con buena figura, pero le sobra encanto, su tono de voz me gusta muchísimo, y debe de estar acostumbrado a tener éxito con las mujeres. Se ve enseguida.

Me concentro en tomar notas para elaborar más tarde el texto del reportaje. Evidentemente, ellos no querrán leerlo, así que organizo las ideas en ese sentido. Soy una mercenaria, es lo que hay. En vez de champús, estoy vendiendo dinero, prestigio y no sé cuantas cosas más. Qué horror. Debería estar en casa escribiendo mi libro. Me sentiría mejor. Por suerte, me he traído el ordenador portátil, puede que esta noche todavía abra el archivo y decida qué voy a hacer con esta historia.

—¿Quiere almorzar con nosotros? —pregunta Miguel, muy formal. Cuando estoy a punto de decirle que no, mi mirada se cruza con la de Manuel.

—Seguro que sí...

Malo. Este tío tiene exceso de autoconfianza. Aunque sólo sea para castigarlo, voy a decir que no.

—Agradezco enormemente su invitación, pero tengo ya algunos compromisos...

—En ese caso, permítame que la lleve. ¿Dónde quiere que la deje?

¿Y ahora qué? No tengo ningún compromiso, no conozco a nadie en Oporto, la única amiga de aquí es Maria y hace diez años que vive en Santarém. ¿Cómo salgo de ésta?

—¿Me permiten un minuto, por favor? —Cojo la cartera y bajo la escalera.

Salgo y me quedo en la puerta andando de un lado para otro. Ya sé: voy a fingir que llamo para anular el almuerzo. Conecto el móvil y enseguida me aparece el simbolito de los mensajes. El primero es de Luís, deseándome un buen viaje. El segundo es de Afonso, para saber cómo va todo. El tercero es de Tiago, que me pide que lo llame. Es evidente que la cosa no será tan fácil como parecía en un principio.

Los dos ejecutivos salen y me miran inquisitivamente. Les sonrío lo más *cool* que puedo, dadas las circunstancias.

—Al final lo he anulado.

—Excelente. ¿Conoce bien Oporto?

Niego con un gesto.

—Estoy en sus manos...

Qué estupidez. ¿Por qué he dicho eso? Lo que voy a hacer es callarme, si no, aún voy a fastidiarla.

—Entonces, no podía estar en mejores manos —sentencia Miguel—. Manel es un gran anfitrión, conoce mejor que nadie la ciudad.

—Pero ¿es de aquí? —pregunto sólo por seguir la conversación.

—Más o menos —responde el anfitrión con aire distraído—. ¿Le apetece carne o pescado?

—Pasta.

—En ese caso, lo mejor es que volvamos al banco.

De repente, todos nos echamos a reír. Tiene algo, no hay duda.

—Vamos a llevarla al Cafeína. ¿Ha oído hablar de él?

—Manel, te agradezco la invitación, pero he de preparar un informe antes de volver a Lisboa —interrumpe Miguel con cara de quien va a darse el piro—. Vera, no se molestará si no les acompaño, ¿verdad?

Le dedico una sonrisa de compromiso. Deben de haberlo planeado todo cuando yo he bajado interpretando el papel de ejecutiva ocupada.

—Claro que no, Miguel.

Me estrecha la mano con una mezcla de simpatía y frialdad.

—Entonces, nos vemos en Lisboa. Ha sido un placer verla y gracias por su atención. Salude a su hermano de mi parte.

Miguel se despide con una sonrisa de circunstancias. Los dos nos quedamos mirándolo mientras entra en el coche y arranca.

—¿Miguel es amigo de su hermano?

—Estudiaron juntos en la facultad.

—Y usted, señorita, ¿qué ha estudiado?

Me ha encantado lo de «señorita». Antónia, la mujer que me crió, me llamaba así.

—La «señorita» estudió Comunicación Social en la Universidade Nova.

—¿Le molesta que la llame así?

—No, hasta me parece divertido, para variar.

—¿Vamos?

Estos tíos de Oporto, de hecho, deben de tener su gracia.

He acertado con el coche. Es un BMW, pero en vez de ser serie tres es serie cinco. En lo demás, he dado en el clavo. Tapicería de piel, salpicadero de raíz de nogal, llantas mega extra, y en el cedé suenan los *Nocturnos* de Chopin. Todo impecablemente cuidado. Se nota que el dueño adora su vehículo. En los asientos traseros se advierten indicios de que es jugador de golf.

—¿No se cansa de lanzar la pelota lejos con el único propósito de ir detrás de ella?

—¿Qué pelota?

—La de golf.

—No. Es como ir de caza, pero sin tiros. Y mucho más elegante, ¿no le parece?

Elegante lo eres tú, tontito.

—Voy a llevarla a uno de mis restaurantes preferidos —anuncia Manel mientras aparca el coche en una calle perpendicular al mar, en Foz.

—¿El Cafeína? Nunca he estado.

—Siempre hay una primera vez para todo —concluye con aire ausente antes de apagar el motor.

Bueno, bueno... todavía no nos hemos sentado a la mesa y ya empiezan los comentarios insinuantes. Esto no puede acabar bien.

No escondo mi agrado por la elección. El Cafeína es de esos restaurantes que te conquistan antes de dar el primer bocado. Tengo la sensación de que voy a volver aquí muchas veces. Estoy dudando entre unos *fettuccine* y unos *tagliatelle* cuando el móvil empieza a sonar. Ostras, es Tiago. Pido disculpas a mi compañero de mesa y contesto contrariada. Tiago me pregunta cómo estoy y respondo con evasivas. Pregunta cuándo vuelvo y le digo que tal vez mañana. En los ojos del anfitrión portuense detecto un brillo que, inmediatamente, intenta disimular. Qué estúpida, ya estoy dejándole margen para maniobrar. Tiago me dice que tenemos que hablar y le respondo que ya veremos. De repente, pierde los nervios y empieza a gritarme que no puedo hacerle esto, que es indecente, etc., etc. Le pido que se calme. Y delante de mí, Manel asiste encantado a la conversación. Es evidente que está saboreando el plato. Al final, le digo a Tiago que estoy en un almuerzo de trabajo y que lo llamaré después. Cuelgo, molesta por la conversación. Manel continua mirándome con cara de regodeo.

—¿Entonces?
—¿Perdón?
—¿Quiere *fettuccine* o *tagliatelle*?

Qué susto. Por un momento pensé que iba a preguntarme cómo había acabado la conversación.

—*Tagliatelle*.
—Buena elección. Estoy seguro de que va a gustarle...
—Usted está seguro de muchas cosas...
—No, es usted quien parece estar segura. Me compadezco del pobre con el que acaba de hablar. No quisiera estar en su piel.
—No le gustaría, no —respondo secamente.
—Perdone, no he querido parecer poco delicado o indiscreto.
—No lo ha sido. Lo he sido yo. Ni siquiera debería haber contestado.

No me lo puedo creer. Esta mierda está sonando otra vez. Es Luís. Contesto, a pesar de todo, menos contrariada. Nos saludamos, le cuento que estoy comiendo en el Cafeína y que vuelvo mañana a Lisboa. Luís todavía sugiere que puede coger el avión a última hora de la tarde y cenar conmigo, pero le digo sin dudar que no merece la pena. No insiste. Nunca insiste. No sé si se debe al carácter o a la edad, pero es la persona menos pesada del mundo. Nos despedimos con el afecto desprendido típico de las relaciones sin ataduras. Antes de que llame alguien más, desconecto el trasto con determinación.

—Debe de ser la mujer más solicitada de Lisboa...
—Qué va, las apariencias engañan... Dígame una cosa, ¿hace mucho tiempo que está en el banco?
—Un poco...

—¿Y le gusta?
—Digamos que no me disgusta.
—¿Siempre ha trabajado en el sector?
—No. Viví algunos años en el extranjero. Después trabajé con la familia... hace sólo tres años que estoy en el banco. Y usted, señorita, ¿qué hace exactamente, además de atender cincuenta llamadas por minuto de su lista de admiradores?

Finjo no haber reparado en la broma. Lo que el tío quiere es hablar.

—Soy socia de una agencia de publicidad, una firma pequeña, y tengo una empresa de plantas artificiales que se llama Jardín sin Regadera.

Manel empieza a reírse a carcajadas.

—¿Jardín sin Regadera? Es un nombre genial. ¡Seguro que fue usted quien lo inventó!

Pobre, no sabe cómo seducirme. Primero insinúa que soy una mujer solicitada y después sugiere que poseo cierto ingenio.

—Pues... sí, casualmente fui yo. El nombre iba a ser El Jardinero Perezoso, pero después me pareció que el adjetivo «perezoso» podía dar una imagen negativa. Imagine si, por ejemplo, me atrasase en la entrega de un pedido...

Manel continúa riéndose.

—¿Puedo contratarla para inventar nombres el día que vuelva a la vida de empresario? Sin duda necesitaré una imaginación como la suya...

—Ya veremos.

Lo que podrías hacer es contratarme para poner plantas en tu chiringuito, pienso, aunque no se lo digo. La oficina principal de un banco con tanto prestigio no debe compadecerse de mis versiones plastificadas de naturalezas vivas. Pero que facturaría más con un solo pedido que con este rollo de revista trimestral, eso seguro.

Lo miro fijamente. Este hombre tiene algo especial.

Me dan ganas de pasarme toda la tarde hablando con él. Y no es sólo encanto o simpatía; es otra cosa que no consigo definir: una mezcla alquímica de dulzura e inteligencia. Y el color de sus ojos es idéntico al de João.
—¿Qué hará esta tarde?
—No tengo ni idea.
—Yo he de pasar por el banco a buscar unos documentos y después, si quiere, puedo enseñarle Oporto. Será un placer.
—¡Pero yo ya conozco Oporto!
—No lo creo, no lo creo... Ustedes vienen aquí, directamente de la capital del imperio, convencidos de que conocen esto, y después siempre se sorprenden.

No merece la pena que le diga que ya estoy sorprendida. De todos modos, creo que ya se ha dado cuenta.
—Tiene ganas de quedarse aquí, ¿verdad?
—¿Qué le hace suponer eso?
—Bueno, no le atrae la idea de volver a Lisboa. Por lo menos es lo que me ha parecido cuando hablaba por teléfono...

Habla bajo, particularmente bajito, como si ni yo misma pudiese oír lo que dice. Siento que su mirada penetra en mi mente. Y me siento excepcionalmente permeable, indefensa ante su perspicacia y rapidez. Si no le encontrase alguna gracia, ese tipo de comentarios me parecerían inoportunos y de mal gusto. Pero hay algo en él que me desarma, y lo peor es que no me importa nada el hecho de que me desarme.
—Tiene razón, en Lisboa hay demasiadas cosas que resolver...
—¿Asuntos pendientes?
—O dependientes, como prefiera llamarlos.

Acabamos de almorzar tarde, después de una larga conversación en la que ambos revelamos más de lo que nos habría gustado acerca de nuestras vidas. Manel me cuenta que se fue a Inglaterra después de una relación turbulenta. Vivió en Londres siete años. Estudió administración de empresas y aceptó su primer trabajo en Estados Unidos, en la Nestlé. Después regresó a Portugal y trabajó en los negocios de la familia. Fue invitado por el entonces presidente del BIP para ser uno de los pioneros del nuevo proyecto. Dos años después, montó el Banca Privada.

—Llevo una vida sosegada y tranquila, nada comparable a la agitación lisboeta en la que vivís los de por ahí abajo —concluye con calma.

Es eso. Es justamente eso. Es su calma lo que me seduce. El tono de voz bajo y pausado, la mirada tranquila, los gestos ponderados, las palabras escogidas, el sosiego y el recogimiento. Éste es el tipo de hombre que se pasa horas encerrado en casa leyendo y escuchando a Keith Jarrett. Apuesto a que tiene una casa acogedora, con sofás llenos de cojines y docenas de marcos con fotografías de los amigos en el salón. Pertenece al *strong silent type* que Woody Allen tanto envidia. Y yo también.

—¿No te alteras nunca?

Mi interlocutor sonríe encantado.

—¿Qué quieres decir con eso?

—Quiero decir que... si nunca pierdes el control. Tienes un aire tan serio...

—No sólo parezco serio, es que lo soy. Los de Oporto no parecemos nada. Nos limitamos a ser como somos.

Esta dicotomía Lisboa *versus* Oporto ya me está cargando.

—¿Le tienes manía a Lisboa o es que desearías haber nacido allí?

Me mira fijamente. Ahora ha decidido dejar que el silencio se instale de una forma tan incómoda que me obliga a retroceder en mi embestida. Está bien, no estoy en mi territorio, no es una buena idea hostigar al enemigo.

—No me hagas caso, ha sido una tontería.

—No importa, ya estoy acostumbrado. Es que vosotros, los de por allí, no tenéis la menor idea de que el norte es otro mundo... o por lo menos otro país.

—Pues no, pero con el Fútbol Club de Oporto, que no para de ganar desde hace tantos años, y lo de Oporto 2001, creo que es el momento de superar los complejos —no resisto la broma fatal—, por lo menos, hasta que construyan el metro...

Toma, lo estabas pidiendo a gritos. Ahora, si eres listo no respondas, cambia de tema y te vengas en la cena.

—¿Quieres postre? Aquí tienen uno fabuloso, sorbete de limón con vodka. ¿Te apetece probarlo?

Asiento con la cabeza mientras me mira con aire enigmático. Está tan sorprendido conmigo como yo con él. «Siempre hay un Portugal desconocido que te está esperando.» No sé por qué, pero tengo la sensación de que este viaje a Oporto va a afectarme de alguna manera. Si tuviese una pizca de sentido común, me ponía ya mismo de camino a Lisboa y aún llegaba a tiempo de cenar con Tiago y de explicarle que no me interesa y que nada me hará cambiar de idea. Pero, como dicen los españoles, «el sentido común es el menos común de todos los sentidos». Y yo siento esta atracción fatal por el abismo, siempre tiendo a correr riesgos y desafiar a la suerte. Daría lo que fuese para no tener que ver a Tiago tan pronto otra vez. ¿Por qué es siempre tan difícil acabar las relaciones, incluso cuando ya están acabadas? ¿Por qué una persona se resiste tanto a enterrar a los muertos y a cortar lazos que sabe que no sirven para nada en absoluto más que para complicar la vida y alargar la existencia? João se pasa la vida quejándose de que su boda con Sofia fue un error y no hace nada para cambiar la situación. Nadie hace nada en esta mierda de país, todos prefieren integrarse en el sistema en lugar de darle la vuelta a la vida.

—Si pensases con un poquito más de calma, no tendrías tantas arrugas en esa frente de buena estudiante...

Ya está otra vez intentando coger el hilo de mis pensamientos. La camarera se acerca.

—Dos sorbetes de limón con vodka, por favor, mientras la señora decide si me va a mandar a paseo o no —le dice a la muchacha de pelo lacio y gafas graduadas—. ¿A usted qué le parece? ¿Cree que merezco que me mande a paseo?

Es extraordinario. Está coqueteando con la camarera y de paso se divierte con la cara que pongo. La chica lo mira algo avergonzada y esboza una sonrisa forzada.

—Déjelo, creo que al señor le gusta gastar bromas.

La muchacha se aleja con pasos cortos y vacilantes.

—¿Cómo lo sabes?

—Con tanto desparpajo, debes de hacer estas gracietas todos los días.

—No creas... —dice mirándome fijamente con aire seductor—. Yo de ti, me quedaría... Me parece que vamos a llevarnos muy bien... ¿Tú qué crees?

Cabrón. Me estás tendiendo una trampa y la verdad es que me apetece caer en ella.

—Puedo reservarte una habitación en el Ipanema Park. Es un hotel simpático y queda cerca de mi casa... así tendríamos más tiempo para hablar. Estaría bien, ¿no?

Seguro que estaría bien, desde luego, muy bien.

—Gracias, pero he decidido volver hoy mismo a Lisboa.

—Como prefieras. Pero puedes volver por la noche y pasar la tarde conmigo. ¿No te parece buena idea?

El postre aterriza finalmente en la mesa. Manel tiene razón. El sorbete de limón con vodka es una combinación de primera. Saboreo el manjar mientras Manel me observa encantado.

—Veo que te gustan las cosas que te recomiendo...

—Pues sí.

—Y eso que todavía no has visto nada.

Si se pagasen impuestos por presumir, este tío apoquinaba el máximo.

—Con lo que he visto ya tengo suficiente.

—Pero yo no.

—¿Qué quieres decir con eso?

—Quiero decir que eres una mujer excepcional en demasiadas cosas como para que no me interese por ti. Eres muy lista, sabes lo que quieres, trabajas bien, eres guapa, me gusta tu manera de arreglarte, eres refinada, elegante, tienes *savoir faire*, tienes... muy buen aspecto, te encuentro mucho encanto, ¿qué más quieres que te diga?

Quiero que te calles, estúpido. Sabes muy bien que las mujeres no saben resistirse a los elogios y tú te aprovechas de eso. Sabes que si no te callas, tal vez no me vaya a Lisboa ni hoy, ni mañana, ni después.

—Di lo que quieras, Manel. Conozco a los de tu clase. Eres un ligón profesional, puedes decirme lo que te apetezca, que me entra a cien por hora y me sale a doscientos.

—¡Qué bueno! Nunca había oído esta expresión. A ver si consigo recordarla. Pero si en esta mesa hay un ligón profesional ése no soy yo. A la señorita le encanta seducir, aunque no sepa si la persona que tiene delante le interesa o no.

El tío tiene la capacidad de subvertir la realidad. Está jugando con el efecto espejo. Me dice que soy como él para desviar mi atención. Eso me gusta, y también me asusta un poco.

—Te equivocas —añadió—. Ya he visto que te gusta hacer juicios precipitados y ése es el primer paso para equivocarse. Yo, en cambio, soy un solitario. Considero que la amistad es un bien demasiado preciso para entregárselo a cualquiera. No hablo de mi vida con nadie a no ser que merezca mi total confianza. La confianza es como la intimidad: tarda años en cimentarse y fortalecerse, y puede caer por tierra a la primera indiscreción. Supongo que tú eres distinta. Debes ser de esas personas que tienen muchos amigos y son muy populares. Se ve enseguida que te gusta seducir, conquistar, usar y después, cuando ya te has hartado, desenvainas la espada y le cortas la cabeza a un pobre mortal sin pena ni compasión.

Me quedo callada sin saber qué contestar, porque si lo hago, será como admitir que tiene razón. Pero lo peor es que la tiene. Le he cortado la cabeza a Tiago en una conversación de cinco minutos y ahora sólo quiero librarme de él. Un día de éstos me cansaré de tener un lío con Luís y le cortaré la cabeza con idéntica facilidad. He hecho esto demasiadas veces a demasiados hombres en mi vida. Es evidente que va de farol, pero como todo buen jugador, sabe que el farol es una táctica falible aunque indispensable en cualquier juego. Y esta vez ha acertado.

—¿Y tú nunca le has cortado la cabeza a nadie?

—No, sólo cuando presiento que la mía peligra. En ese momento me adelanto. Pero es un reflejo normal, ¿no crees?

—¿Y ya te han cortado la cabeza?

—Claro que sí. He aprendido a costa mía. Dolió un poco, pero he desarrollado cierta capacidad de premonición.

—¿Para qué?

—Para cortar antes la del adversario.

Me quedo mirándolo con la cuchara en la mano. Intento formarme un juicio y no lo consigo. ¿Es un tipo frío y calculador, implacable y totalmente racional, o está sólo defendiéndose?

—¿Recuerdas que hace un momento hemos hablado de mi primera novia? Cuando me fui de Oporto a Inglaterra fue por ella. No aguantaba estar en la misma ciudad, me resultaba del todo insoportable la idea de encontrármela en la calle y ya no formar parte de su vida, ni ella de la mía...

—Pero tú no debías de tener más de veinte años, todavía eras un crío...

—Eso no tiene nada que ver. Al contrario. Son los primeros amores los que nos marcan para toda la vida.

Me mira fijamente.

—Y por tu cara, deduzco que te ha pasado lo mismo.

Estúpido. No se le escapa nada. O es que soy más transparente que el cristal. Opto por no responder. Es como si estuviéramos en el diván de un terapeuta, pero de ahí a contarle mi vida va un trecho que no me interesa recorrer.

—Le pasa a todo el mundo, es un lugar común.

—No lo es, Vera. Piénsalo bien. No todo el mundo pasa por ello. Pero cuando pasa, es algo que nos marca para toda la vida. Marta fue mi gran amor, la mujer que más he querido... tal vez esté exagerando, o tal vez no, si digo que fue la mujer que, de hecho, he amado. Y sólo tenía diecisiete años cuando la conocí. Cuando todo acabó, pensé que iba a morir. Me encerré una semana en mi habitación, no quería ver a nadie. Mi madre me dejaba comida en la puerta, tardé casi un mes en salir de casa. De no ser por un gran amigo que me obligó a reaccionar, no sé qué habría pasado. Estaba deshecho, completamente destruido. Y cuando volví a verla un tiempo más tarde, me sentí tan mal que comprendí que no podíamos vivir en la misma ciudad. Por eso me fui. Y por eso estuve siete años fuera.

Me he quedado sin palabras. Nunca había oído una confesión amorosa hecha con tanto fervor y sinceridad. Sólo de mujeres, pero entre mujeres es diferente. Hay una proximidad imbatible a la que ningún hombre con un poco de sentido común se atreve. Este hombre ha conseguido sorprenderme. Me ha abierto su alma de repente. Me ha mostrado su mayor fragilidad. Vuelvo a observar su cara. Redonda, suave, de facciones armónicas, sin un rasgo de dureza. Los ojos azules, la nariz perfecta, la boca pequeña, la sonrisa afable, calurosa, una expresión de niño pequeño que lo hace irresistible.

—No me mires así. Eso ya pasó, fue hace más de diez años, actualmente no tiene ninguna importancia.

—¿Y no la has visto nunca más?

—No. He sabido que se casó y después se separó. Que tiene un hijo de tres años, que continúa viviendo en Oporto. Pero no sé nada más, en realidad no quiero saberlo.

Tomamos un café y Manel pide la cuenta. Estoy perdiendo la capacidad de reacción. Rebobino mi vida y me acuerdo del amor avasallador que sentí por João durante toda mi adolescencia. De cómo me temblaban las piernas la primera vez que me dio la mano. Del primer beso que nos dimos en Bananas, al son de una canción de Phil Collins, *Against All Odds*. Se llevaban minifaldas negras ajustadas y tacones altos con jerséis de colores vivos de Benetton. Me sentía mayor, tenía dieciocho años y un hombre de veinticinco se fijaba en mí, me veía atractiva, me apretaba la cintura y me llamaba querida, pequeña, bebé. Y yo flotaba en el cielo, como un pájaro que nunca quiere dejar de volar, y exhibía el trofeo con orgullo. João y yo íbamos de la mano. Me besaba delante de todo el mundo como si quisiese mostrarles a todos que tenía novia. Pero era sólo el ligue de una noche, a él le daba lo mismo que fuese yo u otra cualquiera. Se estaba vengando de todas las mujeres, no quería a ninguna. De no ser por mi insistencia y abnegación, nunca habríamos sido amigos al cabo de los años, cuando yo seguía convencida de que algún día llegaría a quererme y él descubrió que la niña con piernas de jirafa que lo idolatraba tenía dos dedos de frente y se había convertido en toda una mujer. *Against All Odds*. Es gracioso. He logrado, muchas veces sin saber muy bien cómo, instalarme en su vida, a pesar de todas las previsiones y contrariedades, hasta formar parte de la familia. Cuando él me miraba, sabía que siempre estaría ahí, esperándolo, dispuesta a aceptar lo que él quisiera, siempre servicial, siempre cerca, siempre anhelante. ¿No será que al final estoy aprendiendo que quien espera raramente alcanza?

—Todos tenemos nuestras Martas.

Manel me mira despacio, como si estuviese leyéndome el alma. Y es lo que hace. Se ha dado cuenta de que también yo cargo con mi propia historia, que mi cruz es como la suya, la cruz de un amor inacabado, de un amor contenido y fracasado, la tristeza de haberlo invertido todo y haberlo perdido todo, de sobrar en un mundo impar donde probablemente nunca conseguiremos encajar con nadie más, porque habíamos perdido el cuerpo y el espíritu exactos y únicos para la comunión de las almas. Se desea a mucha gente, se pierde la cabeza por algunas personas, hay entusiasmos, pasiones, atracciones más o menos fatales, pero amor sólo hay uno. El primero. El último. El único y definitivo. Sólo se ama una vez en la vida.

—Sólo se ama una vez en la vida.

—No digas eso. La vida no puede acabar ahí. No es posible que no haya una segunda oportunidad.

Nos quedamos callados, mirándonos. Ambos sabemos que es verdad, pero ninguno de los dos quiere aceptarlo. Los dos estamos pensando que, al final, tal vez no sea así, que para todo existe una segunda oportunidad en la vida. Que la segunda oportunidad puede ser aquí y ahora, en este preciso momento, en este encuentro de almas, en esta sensación inexplicable y arrebatadora de ver crecer el embrión de lo que un día tal vez se transforme en un gran amor, en aquel amor.

El silencio nos acerca. Veo la mano de Manel avanzar sobre la mesa y caer sobre la mía. Siento la magia del primer roce, cuando dos pieles intercambian las primeras palabras. La temperatura de su mano es perfecta, reconfortante y tibia, sin ser caliente. Y los ojos, otra vez los ojos espiando mis secretos, azules, idénticos a los de João. Y el perfume ya lo sé, lo he descubierto, es Davidoff. Es el mismo que usa João. Tenía que ser así. Es imposible, esto no me puede estar pasando. Pero ojalá pase. Dios lo quiera. Dios va a querer. Y yo también.

—¿Vamos a dar un paseo?
—Sí. ¿Adónde?
—Aquí, por la zona de Foz.

Me levanto algo inestable. El vino de la comida y el vodka del sorbete han hecho una combinación explosiva y me han entrado en la sangre a la velocidad de la luz. Ahora tengo que esperar a que el café mitigue el efecto del alcohol.

El aire de la calle me sienta bien. Manel me ofrece el brazo, como hacen las señoras mayores unas con otras cuando van por la calle y tienen miedo de perder el equilibrio y romperse la cadera. Bajamos lentamente hacia el río. Hace un sol radiante, se siente despuntar la primavera a pesar del frío. Me pongo los guantes de piel y meto las manos en los bolsillos del abrigo. Mientras caminamos del brazo, le hablo de mi infancia en Praia Grande, en la Quinta das Três Fontes en Colares, que mi abuelo vendió después del 25 de Abril. De mi amiga Maria, que se fue a vivir a Santarém, y de cuánto la echo de menos en Lisboa, cerca de mí, al alcance de la mano. De Patrícia, de sus idioteces y de su novio, el nuevo rico. Del espíritu crítico de mi madre, de la muerte de mi padre al poco de fallecer mi abuelo, en 1980. Manel me cuenta su infancia en la Granja; de los cursos de natación en los que se tragaba cinco litros de agua en cada clase, pero que le quitaron el miedo al agua definitivamente; de las carreras en Vespa por callejuelas escapando de la policía; de las señoras inglesas que se llevaban libros a la playa y dirigían miradas de censura a la moda de los bikinis.

Cantamos canciones de José Cid que aprendimos con diez años y nos reímos de la pareja de tontos que hacemos. La gente que pasa por nuestro lado nos observa con desconfiada perplejidad, pero no nos importa. Estamos completamente entregados. O mejor, estamos entregados el uno al otro.

Caminamos toda la tarde, nos recorremos el barrio, Manel me enseña las casas más bonitas y me va diciendo quién vive en ellas, como si conociese personalmente a las grandes familias de Oporto. Poco a poco me voy dando cuenta de que la ciudad vive anclada en el tiempo, de que los conocidos todavía conversan unos minutos cuando se cruzan por la calle, de lo ceremoniosa que es la gente, y de lo hospitalaria y afable que es sin resultar exageradamente cortés.

Son más de las siete cuando llegamos a su casa y decidimos quedarnos allí a cenar. Es tal cual la había imaginado: un piso pequeño y acogedor, una urbanización privada, con vistas al mar, pintado de amarillo mostaza, con cuadros modernos y grabados antiguos, cajas de plata y soperas de la Compañía de las Indias. Clásico y sobrio como él. Me siento extrañamente cómoda en esta casa que respira buenos libros y buena música. Descubro instintivamente a Keith Jarrett entre cedés de Wim Mertens, Tony Bennett y Charles Aznavour y me quedo impresionada al comprobar la cantidad de discos que tenemos en común. Me deleito viendo los poema de Alberto Caeiro subrayados a lápiz que han quedado olvidados encima de la mesa. La letra de él es pequeña, discreta, difícil de leer, no logro descifrar las notas escritas con rigor y precisión.

Pasamos la noche hablando, haciendo el amor, hablando y haciendo el amor otra vez, sin cansarnos nunca, como si el tiempo no pasase, las horas no pesasen y la vida en la tierra ni siquiera existiese.

Me estoy enamorando minuto a minuto, segundo a

segundo. Me siento dispersa en él y en todo lo que lo rodea. Sé que este juego es peligroso y arriesgado, hace muchos años que no lo juego, pero eso ahora no me preocupa. Quiero perder la cabeza y dejarme ir en los brazos de este hombre. Del aplauso nace el amor, escribió Gabriel García Marquez, y yo admiro a este hombre. Admiro todo lo que hace y dice, su forma de hacer y de decir. Admiro su calma y ponderación, su forma sosegada de amar, su espíritu crítico y observador, su cabeza pensante y su acusada personalidad sin un rasgo de dureza. Quiero tenerlo cerca de mí, aunque sólo sea por un día, aunque sea por un instante. Estoy enamorándome otra vez, pero ya nada me preocupa. He perdido el miedo, sólo soy anhelo. Manel me mira con los ojos llenos de curiosidad y placer, como si quisiese grabar en su memoria cada momento, cada gesto, cada movimiento de mi boca.

—Hay momentos en la vida en los que me siento tan cerca de la perfección que podría morir al cabo de una hora y no me importaría.

Le respondo: yo también, yo también...

Cuando miro el reloj son más de las cinco de la mañana y me sorprendo de verme tan fresca, como si el cuerpo no fuese mío, como si allí estuviese sólo mi espíritu en el aire, suspendido, flotando.

—Sólo quiero que me prometas una cosa: el día que te canses de mí y me cortes la cabeza, hazlo despacio, muy despacito para que no sienta nada...

Manel me abraza otra vez, se levanta y me trae el desayuno a la cama. El día despunta fuera mientras dentro bailamos durante horas, fundidos el uno en el otro, como si hubiésemos crecido bailando juntos.

Y esa misma mañana, algunas horas más tarde, cuando me despierto a su lado y veo que se levanta para descorrer un poco las cortinas, me doy cuenta de que dentro de unos años se va a quedar calvo y de que no me va a importar.

5

Qué hija de puta. Me despidió con prisas y me colgó el teléfono. Desde ayer, estoy esperando que vuelva de Oporto y nada. La llamo cada media hora y esta cafre tiene la mierda de móvil desconectado. Debe de haber ido con un tío, pero ¿con quién? ¿Será con ese socio suyo de la agencia, Jorge? No, imposible; tiene mal aliento y mide dos palmos menos que ella. Además ni siquiera son amigos. Han trabajado juntos muchos años, pero eso no hace que sean amigos. Lo digo por experiencia: llevo tres años en la misma sucursal y es como si hubiese entrado ayer mismo. Pero ella está con un tío, seguro, eso no me lo quita nadie de la cabeza. Y no es João. João es una especie de hermano mayor, en plan protector. Algo platónico; mal resuelto, pero platónico. Al menos hoy por hoy. Además, João ya se la tiró las veces que quiso cuando ella todavía era una cría. No, él no es. Aunque es un tío peligroso. Desde luego, ella cambió de idea acerca de la boda cuando fue a comer con él. Se ve que estuvieron hablando del tema, seguro que el tío la desanimó. Pero no es él. Vera siempre dice que lo esperó demasiados años cuando todavía era soltero como para darle el gusto una vez ya casado. Puede que sea el tío del BIP, ese tal Miguel que es amigo de su hermano. A ella siempre le han ido los amigos de su hermano. A lo mejor es ese tío. Se ve que el tipo es de esos «arregladitos», un cuatro ojos con aspecto de niño bueno... ¡Tenía tantas ganas de ir a Oporto a hacer el reportaje para la revista del banco! Debe de ser él. Está claro.

Estoy jodido. Con la vida ya organizada, una chica simpática que yo pensaba que me quería, más que guapa, como un tren, con una casa estupenda, independiente, y le da por cambiar de idea. Menos mal que no compré la mierda de anillo. Ahora estaría riéndose en mi cara con una joya en el dedo. Mi madre sí que tiene razón. Dice que ella nunca ha sido de fiar. Siempre le ha parecido muy finolis, muy niña pija. Pero me gustó ese aire de niña bien, le da clase, distinción. De no ser por ella, todavía me compraría los trajes en las tiendas equivocadas. Y náuticos en los hipermercados. Ella me ha civilizado un poco, eso debo reconocerlo. Siempre ha dicho que me quería porque no era un pijo como sus amigos. Fue ella quien fue a por mí en la RTP cuando la despidieron por culpa de aquel idiota que tenía la costumbre de tirarse a todas las de prácticas. La pobre pagó caro no seguirle el rollo. El tío ese fue un estúpido al pensar que una mujer como Vera iba a fijarse en él. Todo esto no habría tenido la más mínima importancia si no la hubiese echado. Pero ella supo reaccionar con mucha clase. Llegó a la redacción, se encaró a las demás tías y les soltó en la cara: la diferencia entre nosotras es que vosotras folláis por deber y yo lo hago por placer. Muy típico de Vera. No tiene pelos en la lengua, eso es una de las cosas que siempre me ha gustado de ella. Un tío en su sano juicio no rechaza a una mujer guapa y lista, que además nos da cuerda. Sólo si es maricón. La invité a cenar un sábado por la noche, pasadas las nueve y media. Me replicó sin contemplaciones que seguramente le había dado la vuelta a la agenda antes de llegar a su número, pero conseguí convencerla y fuimos a cenar al Alcântara Café. A veces la suerte viene de cara: había elegido su restaurante preferido sin saberlo. A partir de ahí, los dos estábamos predispuestos a descubrir mil y una coincidencias que, inevitablemente, nos iban a aproximar, que era justamente lo que nosotros queríamos. Aquello empezó bien. Demasiado bien, a decir verdad. Pero me dejé llevar, ¿y por qué no? Después de todo, ¿por qué un tío enrollado y con buena pinta como yo no ha de tener una novia enrollada y guapa? Es lo lógico. O por lo menos a mí me lo parecía.

Y resulta que es una hija de puta, la tía. Si piensa que puede mandarme a paseo tan ricamente, está muy equivocada. No le he dado años de mi vida para nada. Si esto no fuese una democracia, lo que tendría que llevarse son unas buenas bofetadas. Joder. Como si fuese capaz de darle unas bofetadas. Pero tengo que presionarla, eso es lo que tengo que hacer. No puede darle un ataque y echarlo todo a perder. Aunque esté tirándose a otro tío, a lo mejor no es nada serio. Yo tampoco le he contado que le eché unos piropos a la secretaria de la asesoría jurídica de la oficina principal, la noche de la cena de Navidad, el año pasado. Se llamaba Sónia Pura. Empezó guiñándome el ojo y cuando decidí ir a por ella me dijo: no me mires así, que no soy un bistec. Ya lo creo que lo era. Género de primera. Fue allí mismo, en el tercer piso. Es lo bueno de las oficinas grandes: siempre hay una sala desconocida que nos está esperando. Y asunto arreglado.

Por supuesto, no le he contado nada a Vera. ¿Para qué? Sólo fue una tía que me tiré y a la que no he vuelto a ver en la puta vida.

Vayamos por partes. Ella puede tirarse a un tío sin amor. Muchas mujeres lo hacen y ella es de ese estilo. Pero ¿y si le va el tío? Eso es peor. Si está tirándose a un tío sólo por tirárselo, puede que se harte; yo sigo con ella y finjo que no me entero de nada, dejo correr la cosa y ella al final se harta del maromo. Las personas siempre acaban hartándose unas de otras cuando no se quieren.

Lo malo no es que ella quiera o no a otro. Lo malo es que eso significa que pasa olímpicamente de mí. Si me quisiera, no estaría con otro tío. Bueno, al menos en teoría. En la práctica, medio mundo se está tirando al otro medio, la vida es así.

Y quién será el tío. ¿Será ese tal Miguel? Otro empleado de banca como yo, aunque director, que siempre gana más que un gerente de sucursal. No es que viva de mi sueldo, mal iríamos. Todos los meses recibo el cheque de las rentas de los edificios. Pero mi madre ya me ha dicho que esto sólo podrá seguir así si me caso con separación de bienes. Si no, adiós cheques, adiós rentas, adiós futuro garantizado viviendo tan ricamente sin preocupaciones.

No es que no me guste trabajar. En realidad, hasta me gusta. Pero también me apetece hacer otras cosas. Viajar, por ejemplo. Perfeccionar el inglés. Y el español. No hay como saber idiomas para echar un buen polvo. En Cascais me tiraba a las guiris en el jardín de los tribunales, una casa antigua al lado de la playa. Un verano me tiré a tres tías en tres noches seguidas, aquello era ir a destajo. Pasé a llamarlo el tribunal de relaciones.

Cuando conocí a Vera, yo salía con una inglesa bastante enrollada que venía a pasar los fines de semana conmigo. Dejó de venir. Me mudé a casa de Vera poco después de que empezáramos a salir, creo que ésa es una de las razones por las que Vera se ha hartado de mí. Pero ahora ya es tarde. O tal vez no. A lo mejor todavía cambia de idea.

Cuando llegue no se lo voy a poner difícil. No pienso preguntarle qué ha estado haciendo ni con quién anda liada. Voy a tratarla bien. Siempre la he tratado bien y siempre ha ido bien así. Lo malo es que ella ya no quiere acostarse conmigo. Dice que ya no le apetece. Que ya no la pongo. La mujeres son muy raras. Tan pronto se follan a un tío como si les fuera la vida en ello como, de repente, parece que se hayan hecho monjas. Y un tío raramente entiende el porqué. Joder, la gente o tiene ganas o no tiene. Es bastante simple. No es algo que desaparezca así, de un día para otro, como le ha pasado a Vera. Cuando empezamos a salir no quería otra cosa. Era incluso demasiado. Me dejaba para el arrastre. De repente, empezó a enfriarse, ponía cara de asco cada vez que la tocaba y hace más de un mes que nada. Nada de nada. A ver qué tío entiende estas historias. Las mujeres se complican la vida. Un tío hace un comentario cualquiera y zas... se pierde la magia. O a lo mejor es porque ha llegado tarde, o porque no se ha fijado en el nuevo peinado, o porque se ha olvidado de una fecha que a ellas les parece importante, como por ejemplo, «hoy hace quince meses que estamos saliendo». Como si un tío tuviese que adivinar estas mierdas y no pudiese pensar en otra cosa. Además, nadie es perfecto. Cuanto más les da un tío, más quieren. En eso Vera es buena tía. Nunca me pide nada. Ni ropa, ni zapatos, ni tonterías de esas en las que a las mujeres les gusta fundirse la pasta. El otro día, un cliente del banco me contó que le habían robado la tarjeta de crédito a su mujer y que nunca la dio de baja porque el ladrón gastaba mucho menos que ella y así tenía excusa para no darle otra. Mujeres. Dan un trabajo de narices y a lo mejor no compensa. Nunca se sabe lo que les pasa por la cabeza.

Esta historia de mierda me está poniendo enfermo. Pero es que, mira por dónde, la quiero de verdad. Me gusta su compañía, me gusta la vida que llevamos juntos, sus amigos y su madre, me gusta su casa, su cuerpo y su cabeza. Si dejo escapar a esta mujer, nunca más encontraré otra como ella. Siempre hay tías enrolladas que buscan tíos atractivos como yo, pero como Vera hay pocas. Les falta cabeza, buenos modales, educación. Incluso pueden tener un buen par de tetas, pero qué importancia tiene esto si en una cena romántica a la luz de las velas les da por pedir al camarero un «vuluvén». Si es sólo para salir cuatro veces, hasta tiene su gracia, pero si es para ir en serio, no hay tío que aguante a una paleta que no sabe ni hablar. O que suelte porlotantos y vengas a propósito de todo y de nada. Yo también decía mis vengas, pero Vera acabó con estos errores lingüísticos. Y me obligó a comprarme mocasines con borlas. Todavía no me he acostumbrado mucho, me parecen un poco amariconados, pero todos los niños pijos de la oficina los llevan, supongo que deben de ser de buen tono, como dice ella. Desde luego, lo que hay que tragar cuando uno quiere a una mujer. Si esto acaba de verdad algún día, arranco la mierda de borlas y se las mando por correo.

Ya son las ocho de la noche y nada. Pongo un cedé de Carly Simon, pero me canso enseguida. Qué manía tiene de escuchar esta música tan dulzona. Qué canciones tan empalagosas. Es asombroso cómo se vuelven locas las mujeres por estas cosas. Las últimas veces que nos acostamos, tuve que crear ambiente: velas aromáticas, música suave, y todo el rollo.

Ni siquiera me llama por teléfono. Será zorra. Yo aquí sufriendo y la muy cabrona cenando por ahí con cualquier hijo de puta. Todas son iguales. Les encanta cenar fuera. La cocina no es lo suyo. Sólo al principio, para impresionar al tío. Pargo al horno, sopas sofisticadas con hilillos de crema adornándolas, refinados postres semifríos con salsa de chocolate, de esos que te provocan gases y pedos durante horas. Y las mujeres ¿también se tiran pedos? Dicen que sí, pero yo nunca lo he visto.

Pero por dónde andará esta mujer. ¿Qué tendría que hacer en Oporto para haberse quedado esta noche? Sabe perfectamente que hemos de hablar y lo que hace es escurrir el bulto. Desde luego, pienso echarle la bronca. ¡Faltaría más! Puedo ser un cornudo, es un trago por el que, tarde o temprano, todos pasamos. Pero cornudo y consentido, eso sí que no. Se va a enterar, hasta ahí podíamos llegar. A lo mejor debería llamar a Helder, que fue conmigo al instituto y es guardia de seguridad del Champanhe Club. Podría quedar con él a última hora de la noche y tomarnos unas copas con las chicas. Ellas se pasan toda la noche aguantando clientes babosos, pero alguien se las tiene que follar, y Helder no va a dejar que sean otros. Pero eso sería ya muy tarde, el último *show* de *striptease* es a las dos, y ahora todavía son las ocho y cuarto. No, ni pensarlo. No hay ganas que aguanten tanta espera. Ya lo tengo. Voy a llamar a la secretaria de la asesoría jurídica para invitarla a cenar. Es divorciada, y las divorciadas siempre aprovechan lo que sea, a lo mejor no tiene planes para hoy. Lo malo es que no me acuerdo de cómo se llama. ¿Sónia? ¿Vanda? Me parece que era Vanda. Un momento. Tengo su número. Lo anoté en algún sitio. En la agenda no. Ya sé. Fue en el reverso de una tarjeta mía. Creo que la tengo en la cartera. A ver. Aquí está. Voy a llamarla.

—¿Está...?

—¿Sí?

Debe de ser ella.

—¿Vanda?

—No, soy Sónia, se ha equivocado...

—Claro, Sónia, perdona, era contigo con quien quería hablar... Soy Tiago Prates, del banco, ¿te acuerdas de mí?

Pausa silenciosa. La chica debe de estar haciendo memoria.

—¿Tiago? No, francamente, no me acuerdo...

¿Por qué «francamente»? Ésta debe de ser de las que les gusta utilizar palabras cultas fuera de contexto. Debe de ser de las que dicen «tengo necesidad de ausentarme de mi lugar de trabajo» en vez de «salgo un momento y vuelvo enseguida».

—Entonces, ¿no te acuerdas de mí, en la cena de Navidad del año pasado?

—Ah... eres tú, el rubito... ya me acuerdo...

—Veo que no te has olvidado de mí.

—Fuiste tú quien se olvidó. Quedaste en llamarme y nunca más dijiste nada...

O es una impresión mía, o esta chica me odia a muerte.

—Es que perdí tu número y...

—¿Y no se te ocurrió buscar mi extensión en el directorio del banco?

Se llama Sónia pero no es idiota. Esto no va a resultar tan fácil como pensaba.

—Oye, tía, que te estoy llamando ahora, más vale tarde que nunca...

—Oye, ¿quién te ha dado permiso para tratarme con esas confianzas?

La tía está sacando las uñas. Esto es el colmo. Me la he tirado, y resulta que no puedo tratarla con confianza. Se hace la fina.

—Mira, Sónia, sólo he llamado para mandarte un beso y saber cómo estás, pero si no quieres hablar conmigo, entonces mejor cuelgo; en ningún momento he querido molestarte.

—No me molestas nada.

Eso ya está mejor. Ahora toca tirar el anzuelo. Con la furia que llevo en el cuerpo, no se me puede escapar.

—No te imaginas el tiempo que hace que llevo buscando el papel donde anoté el número, pero ahora ya lo he encontrado, y llamo porque me gustaría muchísimo que cenases conmigo.

Este «muchísimo» me ha salido bien. La chica está meditando la respuesta. Tal vez no esté todo perdido.

—No irás a decirme que no, ¿verdad?

—Pensándolo bien... no.

—¿No qué?

—¿A ti qué te parece?

—Que no vas a decirme que no.

—Pues te equivocas. No quiere decir no, que no voy a ir a cenar, primero porque creo que eres un cabrón y segundo porque tengo cosas más importantes que hacer que aguantar niñatos que se creen muy listos.

—Sónia, tampoco es para tanto... puedo explic...

Joder. Me ha colgado el teléfono. ¡Será idiota! Se está haciendo de rogar. ¿Y ahora, qué? ¿Llamo o no llamo? No llamo. Pero si no llamo, no voy a cenar. Si llamo, voy a hacer el papel de imbécil. Siempre puedo simular que se ha cortado la llamada. O sea, es un poco estúpido, no estoy llamando de móvil a móvil, si no, podría disculparme diciendo que me he quedado sin cobertura. Bueno, igualmente la llamo. Quien no llora no mama.

—¿Sí? ¿Sónia?...

—Óyeme bien, idiota, ¿todavía no has entendido que Sónia no quiere hablar contigo? Si vuelves a llamar, juro que voy al banco y te parto la cara. ¿Me has oído bien?

Hija de puta. Con un tío en casa y yo aquí haciendo el imbécil. Nunca más la vuelvo a llamar. Bueno, entonces me voy a cenar a casa de mi madre. Desde luego, solo no me quedo.

# 6

—Ven conmigo a pasar el fin de semana en Lisboa...
—dejo escapar mientras entro en el coche.

Manel me mira indeciso.

—No hay nada que me apetezca más, pero es que tengo algunos compromisos para este fin de semana. ¿Y el próximo?

Automáticamente pongo cara de pajarito en medio de una tormenta.

—Oh... ¿no puedes venir?

—No, éste no puedo. Pero prometo ir a mitad de semana. Además, el martes tengo una reunión con Miguel. Si quieres me quedo hasta el miércoles. ¿Te parece bien?

Me parecería mejor que te vinieses conmigo, so tonto. ¿No te das cuenta de que faltan cinco días para el martes y de que cuando una mujer está enamorada, cinco días son una eternidad?

—Está bien. Cinco días pasan volando. Hasta pronto.

Manel se inclina para meter la cabeza en el coche y darme un beso en la boca, de esos inocentes que se daban en el instituto. ¡Qué bueno!

—Ten cuidado. Seguro que eres un poco acelerada y no conoces bien la carretera...

—No te preocupes, seré sensata.

Cierro la ventanilla disgustada y arranco despacio, como si quisiera eternizar el último momento en que todavía lo veo por el retrovisor diciéndome adiós. Ahora tengo que bajar a la tierra, seguir adelante y organizar mi vida con este nuevo dato. Me he enamorado. Tengo que acabar de una vez con Tiago, eso lo primero. Y hablar con Luís. No tiene sentido continuar esta relación de cama que mantenemos por vicio. Podemos ser sólo amigos. Sería lo ideal. Luís es un hombre fabuloso, estoy casi segura de que no pondrá pegas. Con muchos de los hombres que conozco sería imposible, pero él es diferente. En el fondo, si analizamos bien nuestra relación, el sexo es sólo un detalle. Lo que nos gusta es estar juntos, conversar. Somos buenos amigos. La cama viene a continuación, pero no es eso lo que nos une. Lo peor es Tiago. Tengo que ser implacable y arreglar el asunto de una vez por todas. ¡Qué estupidez haber estado con él tanto tiempo...! Podría haberme ahorrado el mal trago. Ahora ya está, no vale la pena darle vueltas. Lo que tengo que hacer cuando llegue a Lisboa es despachar el asunto. Cortarle la cabeza, en palabras de Manel. Cualquier día me la cortan a mí.

El coche va solo, siguiendo rigurosamente y sin vacilar las flechas que indican el camino de regreso a Lisboa. Los carteles marrones en la autopista indican los monumentos que se pueden visitar de camino a la capital. Para distraerme, pongo una cinta de Tony Bennett. Menos de una hora después de haber pasado el puente de la Arrábida, me llama Manel. Me pregunta si estoy teniendo un buen viaje. Con su voz mimosa, quiere saber, sin decírmelo, si voy pensando en él. Como si pudiese pensar en otra cosa más que en esta pasión repentina que me ha pillado desprevenida y me ha llenado la cabeza de planes y el corazón de ideas. Hablamos del futuro próximo, del martes que está a la vuelta de la esquina, de los momentos que hemos pasado juntos y de todo lo bueno que está por llegar. Cuelgo al cabo de pocos minutos con ganas de seguir hablando durante todo el viaje. Me apetece bailar con él otra vez, dejarme llevar al ritmo de sus pasos, sentir su cara contra la mía y dar vueltas lentamente, descalza, en un sopor delicioso y sublime...

Después de pasar Torres Novas, se me ocurre visitar a Maria. Es sábado por la tarde, seguro que está en casa. Voy a llamarla. No, mejor me presento sin avisar y le doy una sorpresa.

—¡Vera! ¡No me lo puedo creer! ¡Cómo es que estás aquí!

Maria esta en la puerta de casa arreglando los geranios. Desgreñada, con guantes y tijeras de podar, con la cara tostada por el sol, bonita como nadie. Por un momento se queda petrificada, sin reaccionar, con la tijera clavada en el aire. Pero enseguida echa a correr hacia el coche para abrazarme.

—Venía de Oporto, camino de Lisboa, y no he resistido la tentación de hacerte una visita.

Se quita los guantes y me invita a entrar.

—Pasa. Las niñas deben de estar a punto de despertarse de la siesta.

El salón huele a leña y a carne asada. La mesa todavía está puesta, con las tazas de café sucias y los ceniceros sin vaciar.

—¿Quieres un café?

La miro a los ojos y asiento en silencio. Maria se da cuenta de que no es una visita de cortesía, de que tengo el alma a punto de explotar. Y siempre que tengo el alma a punto de explotar únicamente puedo hablar con ella, porque tengo la sensación de que sólo ella me escucha, de que sólo ella me entiende.

—Siéntate. Voy a buscar el café en un momento.

Desaparece por la puerta que da a la cocina. Recostada en el sofá de flores azules, típicamente inglés, me deleito observando esta casa de campo donde me siento más cómoda que en la mía. Grabados de caballos en las paredes, los trofeos de concursos hípicos de António, fotografías de las niñas y de la pareja aquí y allí, un cesto enorme de leña junto a la chimenea, una manta doblada encima de un sillón de orejas.

—¿Y António?

—Ha ido donde los tractores para ver si resuelve un problema que tiene con la trilladora.

Vida de campo. La dulce vida de campo a la que Maria se ha consagrado, cual carmelita con botas de trabajo. Tractores, vacas, gallinas, trilladoras, heladas, recolección de la manzana y un montón de cosas más. Maria regresa con el café humeante.

—Ya sabes cómo es nuestra vida, nunca estamos un momento tranquilos.

Se sienta a mi lado después de haber ido a buscar un cenicero.

—Sigues fumando como un carretero...

—Es más fuerte que yo. ¿Y tú? ¿Qué te trae por aquí?

—Me he enamorado.

—¿Otra vez?

—¿Cómo que otra vez?

—La última vez que estuviste aquí me hablaste de Tiago y estabais los dos enamoradísimos... pero ahora no estás hablando de él, ¿verdad?

—Claro que no, Maria. ¿Crees que estaba enamorada de ese idiota?

—¡Tú eras quien aseguraba que lo estaba! A mí, nunca me lo pareció, pero me limité a escucharte...

—No te burles. Sabes perfectamente que nunca lo he querido. Le veía cierto encanto, nada más.

—Y ahora ya no se lo ves.

—Ninguno.

—Entiendo. ¿Y entonces?

Maria habla conmigo como si lo estuviese haciendo con un niño. Está acostumbrada a mis devaneos.

—He ido a Oporto por trabajo y... mira, he perdido la cabeza.

Me quedo callada sin saber qué decir, oprimida por todo lo que siento. Ni a mi mejor amiga consigo explicarle lo que ha sucedido. Poco a poco, empiezo a contarle el encuentro en el banco, nuestra conversación durante la comida, el paseo por la zona de Foz, la cena en casa, la noche en vela, la madrugada bailando el uno en brazos del otro. Maria me escucha en silencio, sin interrumpirme, con esa paciencia que despliegan las mujeres hacia sus amigas.

—Entonces... ¿Qué vas a hacer?

—Voy a cortar con Tiago, como comprenderás.

—Sí, ya veo. Pero no te preguntaba eso. ¿Qué vas a hacer con ese tal Manel de Oporto?

—¡Pues seguir con él! ¿Tú qué opinas?

—¿Y cómo sabes que él quiere seguir contigo?

—¡Pero qué dices! Si te he contado todo lo que ha pasado...¡Es evidente que sí!

Se levanta y empieza a andar de un lado para otro.

—Siempre igual, Vera, no tienes remedio. ¿No te das cuenta de que ese tío a lo mejor sólo quería una aventura? ¿No ves lo práctico que era seducirte, sabiendo que regresarías a Lisboa al día siguiente?

—No, no lo entiendes. Nos hemos enamorado el uno del otro y...

—¿Y tú qué sabes? Tú te has enamorado de él, pero ¿cómo sabes si él se ha enamorado de ti?

Maria me mira expectante, con el cigarrillo en la mano. La ceniza está a punto de caer y le tiendo el cenicero. Apaga la colilla con determinación y se sienta a mi lado.

—Mira, no quiero cortarte el rollo, te veo tan feliz..., pero esa historia me parece demasiado bonita para ser verdad, ¿entiendes? ¡Nadie se enamora tan de repente, de un momento para otro! Las cosas no son así...

—Pero fueron así con João y...

—¡Otra vez João! ¡Joder, deberías haber aprendido algo en todos estos años!... João se divertía con una chica divertida que se había enamorado de él. Además, eras una cría, a los dieciocho años es normal; una persona se enamora a primera vista, es propio de la edad. Pero con treinta y seis años, francamente, Vera, no debes de estar bien de la cabeza. Has estado con un tío veinticuatro horas, no puedes haberte enamorado en tan poco tiempo. Llámalo una aventura, un rollo. Pero amor, en tan poco tiempo... ya no tienes edad para los flechazos, por amor de Dios.

Aquí falla algo. Maria siempre ha sabido escucharme, siempre ha aceptado mis disparates. Siento que está reaccionando de una manera demasiado escéptica.

—Pero ¿qué te pasa? ¿Por qué no puedo enamorarme de un hombre en veinticuatro horas y él de mí? No estoy diciendo que sea normal, sólo te cuento lo que ha pasado y, aunque te parezca una locura, es muy importante, ¿entiendes? ¡Ostras! ¿A qué viene tanta desconfianza?

Está pensando, intentando ordenar las ideas para responderme. Se levanta otra vez. Empieza a entrecruzar nerviosamente los dedos mientras busca las palabras para explicarse.

—Mira, yo nací en Oporto y conozco bien esa sociedad. No tiene nada que ver con la de Lisboa, es muy feudal, mucho más de lo que puedas imaginarte... La gente es muy cerrada, no abre su vida y su casa a cualquiera que llegue de fuera, y mucho menos si viene de Lisboa... Ese Manel, ¿cómo dijiste que se llamaba?

—Menezes. Manel Menezes.

—Ese Manel... Menezes seguro que es el típico señorito de Oporto, conservador, lleno de prejuicios, acostumbrado a ir detrás de las mujeres sin que ninguna lo cace...

—¡Pero yo no he cazado a nadie! —protesto irritada por el injusto comentario.

—No estoy diciendo que lo hayas cazado, pero te echaste en sus brazos, todo esto me parece demasiado rápido para ser Oporto, ¿entiendes? Allí todo ha de ser a la antigua, están cargados de tradiciones, de manías... claro que todo es pura fachada, en realidad es una sociedad llena de defectos y de vicios como cualquier otra, pero hay reglas de conducta y normas de comportamiento, y hay algo en toda esta historia que no me convence.

—¡Pero estamos en 1999! No es posible que sean tan anticuados y conservadores.

—Lo son, Vera. Lo son de verdad. Mucho más de lo que puedas imaginar.

La noto alterada, nerviosa, inquieta.

—Escúchame... ¿tú conoces a este Manel? —le pregunto.

—No estoy segura, tal vez, cuando era una cría, pero no me acuerdo del nombre...

—¿Y no tienes forma de saber qué tipo de persona es? Podrías llamar a tu hermana Mónica; seguro que ella lo conoce...

—¡Sabes que no soporto hacer ese tipo de cosas!

—Yo también, pero no se pierde nada...

—¡Chismosa!

—Eres tú la que ha lanzado la semilla de la desconfianza.

—Perdona. Es que no quiero verte sufrir otra vez como con João.

—Oye, Maria, sufrí con João porque quise. Siempre supe que no me quería, pero lo aguanté todo porque sarna con gusto no pica y ya sabes lo insistente y cabezota que soy...

—Claro, hasta el día que se casó con Sofia y te quedaste completamente destrozada.

—Eso ya pasó.

—Eso es lo que tú dices.

No puedo responderle. Tiene razón. No pasó nada, y a lo mejor nunca pasará.

—Bueno, no vamos a seguir por aquí —transige con mirada apaciguadora—. Pero lo que has hecho ha sido buscarte otro lío para distraerte, ni más ni menos.

Maria me exaspera. ¿Por qué no puedo tener suerte esta vez?

—¿Y por qué no puedo tener suerte esta vez?

—Porque la suerte no se tiene, se construye. Y tú no sabes guardar luto por las relaciones, enseguida te lanzas a la siguiente cuando la anterior todavía no ha acabado, y vas acumulando asuntos pendientes en tu vida. Y esa confusión no puede ser buena.

Sé que tiene razón otra vez. Me acuerdo de los años de luto sentimental de Maria antes de conocer a António. Estuvo sola más de dos años.

—Sé que es difícil estar sola, pero dime una cosa, ¿no podías haber evitado esta historia con Tiago? Siempre has sabido que no lo querías.

—Sí que podía, pero no me apetecía.

—Mientras sigas haciendo sólo lo que te apetece, no llegarás a ningún lado. Dime, ¿sigues todavía con tu «tío»?

Mi «tío» es Luís. No llego a responderle: dos seres ruidosos de uno y de medio metro irrumpen en el salón, el primero por su propio pie y el segundo gateando. Son las dos hijas de Maria. Las dos idénticas e idénticas a su madre. Matilde de cuatro años y Maria de diez meses.

—Si no supiese cuánto quieres a António, diría que tus hijas han nacido por generación espontánea —comento.

Maria coge a la más pequeña y le huele el pañal.

—Viene con regalo —anuncia con resignación.

La he seguido hasta la habitación para el inevitable cambio. Con la práctica de los gestos repetidos miles y miles de veces, ha retirado el objeto, ha doblado los extremos y ha puesto uno igual pero limpio por debajo del culito sonrosado de la niña mientras la limpiaba.

—A veces creo que nunca vas a sentar la cabeza y eso me preocupa. Un día de éstos tendrás cuarenta años, y después cincuenta, y después empezarás a envejecer y te pasarás el resto de tu vida mirando a los hijos de los demás y soñando con todo lo que no conseguiste.

—¡Ni pensarlo! ¡Qué visión tan apocalíptica!

—Llámalo como quieras, pero te has vuelto esclava de tus ataques amorosos y tengo la impresión de que has llegado a un callejón sin salida. Lo exageras y lo cambias todo, no das tiempo a que las relaciones crezcan por sí mismas. Así no conseguirás nada.

Mi querida Maria. Observadora y certera, como siempre. ¿Tendré el síndrome del aparcamiento? Mi amigo Afonso, en la boda de una amiga común, fue quien desarrolló esta brillante teoría.

—¿Te acuerdas de la teoría de Afonso, la del aparcamiento?

—No.

—Es la siguiente: es la víspera de Navidad y todavía no has comprado los regalos, así que decides concentrar tus esfuerzos en hacer un solo viaje al centro comercial más cercano. Cuando llegas, el aparcamiento está lleno y empiezas a dar vueltas a la manzana buscando sitio. Llueve a mares y hace un frío que pela. Ves un hueco a más de quinientos metros de la entrada y piensas, éste no es un buen sitio, estoy muy lejos de la entrada. Después de tres vueltas a la manzana, el sitio sigue esperándote. Entonces empiezas a pensar que el sitio no está tan mal y aparcas satisfecha mientras miras a los otros palurdos que no han querido aprovecharlo. Y te sientes afortunada porque al final has conseguido un sitio estupendo para el coche. ¿Crees que ya he llegado a este punto?

—Puede ser —responde Maria con aire distraído, mientras le cambia el pelele a Maria, que arrulla como una paloma—, pero lo peor es que todavía no tengas hijos. Vives completamente centrada en ti misma. Los hijos dan otro sentido a la vida y, por más trabajo y problemas que traigan, son nuestra vida y volvemos a vernos en ellos. —Coge a Maria—. Mira esto: sin ellas, encerrada en esta finca con António siempre preocupado por la cosecha de manzanas y las averías de las máquinas, estaría ya neura. Así mi vida es un placer. A veces, me entran unas ganas locas de salir por la noche, de pasar la tarde de compras y hacer vida mundana, pero nunca tendría esta paz si no estuviese aquí, si no tuviese mi vida estructurada, un marido excepcional y unas hijas adorables.

Maria deja de hablar y cambia repentinamente de expresión.

—¿Has visto a Afonso?

Todavía no había preguntado por él. Al nombrar la teoría del aparcamiento ni siquiera he reparado en el pequeño detalle, no sin importancia, de que Afonso fue el João de Maria. Un amor conflictivo y arrebatador que acabó de la peor manera posible, que es cuando las personas se alejan y no saben por qué, aunque las sospechas de Maria apuntaban a una posible tendencia homosexual de Afonso. Nunca he querido profundizar en la historia por el respeto que siento por los dos, pero desde entonces he intentado detectar en Afonso algún indicio, que nunca he conseguido descubrir. Para mí siempre ha sido un conquistador nato, desde lo alto de su metro ochenta y siete, aire aristocrático y cabello ondulado. Hoy, pasados más de siete años, Afonso continúa soltero, coleccionando historias más o menos irrelevantes entre las que destacan, de vez en cuando, algunas novias que, a pesar de todo, le duran escasos meses. Lo veo como un vividor, un esclavo de sus ataques amorosos, como los ha definido Maria magistralmente.

—No lo he visto, pero sigue igual. Cambia de tía como de camisa, ya sabes cómo es...

Maria sabe demasiado bien a qué me refiero y suspira con el aire de quien no está para desenterrar fantasmas. Cartesiana y ordenada, de una forma u otra arregló su vida como mejor le pareció y, como es una persona sensata, enterró los fantasmas en un sitio cualquiera que no recuerda, para no poder desenterrarlos ni siquiera cuando quiera caer en la tentación.

—Me gustaría ser como tú, tener esa capacidad estoica de enterrar mis fantasmas, pero en vez de eso se pasean todos los días por delante de mí.

—No sé qué es peor... —responde, repentinamente apenada. La lombricita de medio metro se aleja gateando por el pasillo a doscientos por hora al ver el bulto de su hermana mayor al fondo—. A veces todavía sueño con él, que hacemos el amor como creo que sólo lo he hecho con él... ¿Sabes esa sensación de sentir que te están dando un masaje en el corazón? Eso sólo pasa cuando hay amor.

No le pregunto si no es así con António. Aprendí que respetar los secretos de los amigos es fundamental para mantener una buena amistad, por eso desvío el tema hacia cuestiones más triviales y el tiempo vuela. Cuando me doy cuenta, son las ocho de la noche y regreso a Lisboa, contrariada por sentirme sola otra vez. Maria me pide que me quede el fin de semana, pero he de resolver la situación con Tiago cuanto antes, si no, ¿qué va a pensar Manel de mí?

Este amor repentino debería proporcionarme alguna alegría y hacerme sentir acompañada. ¿Por qué el germen de la angustia se ha instalado de repente? Maria tiene razón. No puedo pensar que he encontrado al hombre de mi vida sólo porque he conocido a un tipo con encanto e inteligencia suficientes para seducirme. Tengo que frenarme antes de pegarme un tortazo en la próxima curva. Una relación no puede ser como bajar una rampa en picado en una bicicleta sin frenos.

Pero esta vez me gustaría no fallar. Es la mierda del mito del Príncipe Azul. Qué estupidez. Nos llenan la cabeza de historias cuando somos pequeñas y después nunca más nos libramos de este cliché ridículo y además completamente absurdo. No hay príncipes azules. Hay hombres que nos quieren y a los que queremos. Y están los que saben querer y los que no saben.

Al salir de la finca, al pasar el puente que cruza el riachuelo, oigo el croar de las ranas. Príncipes que se transforman en ranas, eso es lo que hay. Y aquí estamos todas preparadas para tragárnoslos.

# 7

Estoy viejo. Viejo y cansado. Llegas a los cincuenta y sin darte cuenta empiezan a salirte cosas de viejo. Gafas de cristales bifocales para leer la carta en los restaurantes, dolores de espalda, canas en el pecho, barriga por más deporte que hagas. Al menos no estoy calvo, como el noventa por ciento de los hombres de mi edad. Ya tengo algunas canas, pero eso no me molesta. Después de todo he cumplido cincuenta años, mala señal sería que no tuviese a estas alturas un aire más respetable.

Pero es que estoy viejo. Y lo peor de todo es que me siento viejo. Carmo también está envejeciendo, ha perdido la cara de niña que tanta gracia le daba, se ha convertido en una mujer seca y gruñona. Vive inmersa en la más estéril de las perezas, todo le parece una obligación; ir a la nieve, hacer esquí acuático, salir en moto, ya no le atrae nada. Se pasa los fines de semana encerrada en casa delante del televisor, hablando por teléfono con las amigas de cosas que no le interesan a nadie, leyendo revistas de esas que no tienen nada para leer, llenas de fotografías mal hechas de fiestas, cócteles y otras mierdas de ese tipo. Los hijos ya no nos tienen en cuenta. Todos tienen novia, salen hasta las siete de la mañana, duermen todo el día y, cuando se levantan al final de la tarde, ya es la hora de irse de farra con los amigos.

En mis tiempos, teníamos un grupo divertido: íbamos en bicicleta, hacíamos excursiones y montábamos obras de teatro. Claro que agarrábamos unas buenas borracheras y nos corríamos unas buenas juergas con alguna que otra tía liberal que se presentaba de vez en cuando, pero no es la vida que ellos llevan ahora. No consigo entender qué hacen hasta las siete de la mañana y qué placer les da eso. ¿He dicho «en mis tiempos»? Joder, me estoy haciendo viejo de verdad. Mi padre, que era un pesado, siempre decía estas cosas.

Por suerte sólo tenemos chicos, eso siempre es más fácil. Aun así, ya he pillado al mayor con la novia en la habitación. Bueno, ya tiene dieciocho años, es normal que quiera ligar. Carmo se enfadó mucho, se puso moralista y les montó una escena. Tuve que recordarle que ella, a los dieciocho años, me daba algo más que la mano. Dijo que eso no venía al caso y me enfadé; me irrita esa manía que tiene de dar argumentos ilógicos. Una de dos: o es burra o cree que el burro soy yo. Desgraciadamente, me temo que es lo primero. Tampoco me casé con ella por su inteligencia. Me casé porque era enrollada, era la que tenía a mano y porque se le metió en la cabeza que tenía que casarse conmigo.

Vera suele decir que son las mujeres las que escogen a los hombres y no al contrario, y me parece que tiene razón. Uno de nosotros nació en la generación equivocada, y ése debo de ser yo. Me gustaría tener veinte años menos y no estar reventado después de correr una hora con los perros. Vera me hace sentir que tengo su edad, no me ve como a un hombre mayor. O tal vez sí, pero estoy tan ciego que ni me doy cuenta.

Una vez, en París, estábamos paseando por los Jardines de Luxemburgo y me dio la mano. La gente nos miraba, yo con el pelo gris y ella con aire de Lolita, siempre parece mucho más joven de lo que es. Vera se molestó. Pero ¿por qué nos miran así? No se nota la diferencia de edad, le parecía a ella. Yo no la noto, aseguraba como si fuera evidente. Yo tampoco, pero quien está dentro raramente logra distanciarse para ver el verdadero color de las cosas. Para quien nos vea, yo soy un viejo que babea por un trozo de carne fresca. Un triste tío casado que busca en compañía de una mujer más joven el elixir de la juventud. Y si fuese así, ¿dónde está el problema? La juventud también está en el espíritu; si Carmo no se pasase el día apalancada delante del televisor y le gustase divertirse, si le quedase un poco de vitalidad, si al menos viviese la vida con placer y todavía disfrutase con el sexo, tal vez no me parecería tan obvio y normal buscarme una chica para que me haga compañía. Porque más que echar unos buenos polvos, lo que me hace falta es compañía. Alguien con quien hablar de mi vida, de mis proyectos; alguien que me escuche y me haga reír, que me haga sentir que la vida se puede vivir con placer, a los veinte o a los cincuenta.

Tuve suerte de encontrar a Vera. Es maja, siempre está más o menos disponible y, como tiene pareja, es discreta. Mientras tenga novio todo será más fácil. Lo malo es que se quede sola, porque en un abrir y cerrar de ojos querrá que me separe para vivir con ella. Así está todo en su sitio, cada cual a lo suyo. No es que no quiera vivir con ella; es que no saldría bien. Estas cosas nunca salen bien. Cuando yo tuviese sesenta, ella tendría cuarenta y seguiría pidiendo guerra. Yo estaría más viejo y ella igual de joven, fresca y llena de energía. Perdería la paciencia enseguida. Además, no tiene hijos. En parte eso está bien porque así no tiene obligaciones; pero también tiene inconvenientes, porque como todas las mujeres querrá ser madre, y que conste que me parece natural y legítimo. Soy yo quien ya no tiene paciencia para ser padre a los cincuenta años. Ahora que por fin mis hijos están llegando a la edad adulta, ni se me ocurre empezar otra vez. Sería un padre viejo, cascarrabias e impaciente, con un hijo de veinte y yo con setenta años. Setenta años. Y tengo que llegar, pero no quiero ni pensar en esa historia de la edad. A lo mejor es que no sé envejecer. Por eso esa afición mía por las motos. Por eso me gusta ella.

Nos vemos para comer, que es la hora inocente que nos sirve para hablar y para algo más si nos apetece. Vera llega radiante, con un escote pronunciado y una falda por la rodilla que le marca la cintura y las caderas. Me saluda con esa dulzura de las relaciones prolongadas, pero con menos entusiasmo que de costumbre.

Pedimos una dorada a la parrilla mientras contemplamos el río, hoy más azul de lo habitual.

—Me encantan estos días de sol, reconfortan el alma —comenta con una alegre sonrisa. Después, me mira a los ojos y dice sin previo aviso—: Tenemos que hablar.

—¿Hablar de qué?

—De nosotros.

Aquí está pasando algo.

—¿Has terminado con Tiago?

—¿Cómo lo sabes?

—Me lo he imaginado.

—Sí, hemos cortado, pero no es eso.

Sólo necesito cinco segundos para pensar.

—Entonces es que has conocido a alguien.

Vera me mira estupefacta. El camarero se acerca con la carta de vinos. Elijo un Esporão y le pido al camarero que compruebe que esté bien fresco. Vera sigue mirándome boquiabierta.

—Cierra la boca, que si no, o te entra una mosca o sueltas alguna tontería —comento con aire paternal.

—Tú no me dejas contarte nada... —responde con un suspiro.

Bueno. Será cuestión de armarse de paciencia y escucharla. Después de todo, ella siempre me escucha a mí.

—Entonces, cuenta.

—Me he enamorado.

Y se queda callada, mirándome con cara de perro que ha perdido su presa.

—¿Y bien?

—Bueno... he conocido a un tío en Oporto y... he

perdido la cabeza por él. Creo que eso significa que me he enamorado, ¿no te parece?

—Depende —respondo tranquilamente mientras le paso un trozo de pan con mantequilla—. Podrías haberte acostado con él y no haber perdido la cabeza, ¿entiendes la diferencia?

—Claro que la entiendo, pero eso es precisamente lo que te estoy diciendo.

—¿Entonces?

—¡Ay, estás haciendo las cosas tan difíciles...!

En estos momentos, todas las mujeres son iguales. Nunca se entiende qué es lo que quieren. Me echo a reír.

—¿Por qué? Querías que te escuchase. Sólo intento comprender qué pasa.

Vera continúa mirándome como si tuviese que darle con la regla o castigarla de rodillas con orejas de burro en la cabeza. La dorada llega a la mesa, debidamente acompañada de patatas y verduras. Sirvo y empiezo el interrogatorio de rigor, más para que ella hable que para oír las respuestas.

—¿Cómo se llama?

—Manel Menezes.

—¿Qué edad tiene?

—Igual que yo.

—¿Es soltero?

—Sí. —Da un bocado más mientras me mira fijamente, perpleja—. Estás reaccionando de una forma muy extraña, como si te pareciese la cosa más natural del mundo...

—Mira, siempre he sabido que esto podía pasarte algún día. Nunca has estado enamorada de Tiago, ni siquiera te gustaba; si no, no habrías estado enrollada conmigo todo este tiempo, ¿no? Así que era de esperar que tarde o temprano conocieses a alguien.

—¿Y no te importa?

Me mira con una mezcla de extrañeza y pena, como si fuese una especie en vías de extinción.

—No se trata de que me importe o me deje de importar. Soy un hombre casado; los dos sabíamos desde el principio lo que queríamos de esta relación y siempre nos ha ido bien así.

Tal vez no estoy explicándome bien. Vera me mira confusa, sin saber qué pensar.

—Pero te estoy diciendo en tu cara que me he enamorado de otra persona, y tú ni siquiera reaccionas...

—Escúchame con atención: lo que nosotros tenemos, y que es fantástico, estaba condenado desde el principio. Tú tienes tu vida y yo la mía, nos llevamos veinte años, somos buenos amigos y nos gusta estar juntos. A ti te gusta el sexo y a mí también. Es otro punto a nuestro favor. Pero nuestra relación es más de amistad y de compañía que de otra cosa, por lo menos tú siempre la has definido así. ¿O no eras sincera?

—Claro que sí. La cuestión no es ésa. Acabas de definir nuestra relación tal como es, tal como siempre la he visto. Pero de ahí a que yo te suelte que me he enamorado de otro hombre y tú te quedes tan campante, como si no pasase nada, hay un buen trecho.

—Pero ¿a ti quién te ha dicho que me quedo como si nada? Me doy cuenta de que eso va a cambiar nuestra relación en algunas cosas, si no, no habrías tenido la necesidad de contarme que estabas enamorada de otro.

—Y lo estoy.

—¿Estás segura?

—Sí. Es un hombre estupendo: es inteligente, tiene la cabeza bien puesta, me trata bien...

—Bueno, eso todavía no has tenido tiempo de comprobarlo.

—Pues no, pero ya sabes cómo soy yo, irremediablemente optimista. Y como digo siempre, entre el optimismo y la inconsciencia existe una línea fina y...

—... y tú pisas esa línea todos los días; ya lo sé y no me parece mal. Mientras todo vaya bien...

—Irá bien, ya lo verás.

No hay nada que hacer. Esta mujer ha perdido completamente la cabeza por ese tal Manel de Oporto. Hay cabrones con suerte en la vida. Paciencia. Aquí me quedo yo para recoger los restos.

—Pero no por eso dejarás de gustarme ni yo dejaré de ser tu amigo.

Su cara vuelve a ser la misma de siempre, iluminada y fresca.

—Así está mejor —concluyo.

—Perdona, pero no imaginaba que reaccionaras de una forma tan... digamos tan...

No encuentra la palabra, pero no pienso ayudarla.

—... democrática, eso es. Democrática es una buena palabra —concluye triunfante.

—Yo también lo creo —respondo, guiñándole un ojo.

Vera se entusiasma y acaba por contarme qué hace el tal Manel, dónde fueron a comer, pero ya no la escucho. Qué fastidio, estaba tan bien con ella... ¿Dónde voy a encontrar ahora a una mujer que tenga paciencia para escucharme y a la que le guste mi compañía, sin que importe que la lleve a la suite presidencial del Ritz o un motel de autopista? ¿Dónde encuentro yo otra Vera, a la que le guste reír y tener conversaciones serias al mismo tiempo, que me mire sin ver la edad que tengo?

—No me estás escuchando, ¿verdad? —pregunta después de tragar un pedazo enorme de tarta de la casa.

—Estaba pensando si no podrías presentarme alguna amiga tuya que fuera simpática...

—¡Qué tontorrón!

—¿Tontorrón? Eres tú la que ha encontrado un novio y ahora ahí me las componga.

Vera me mira fijamente otra vez, pero ahora no se ríe a pesar de mi tono distendido.

—Perdona.

—No tienes que pedir perdón. Si es lo que quieres...
—Supongo que sí.
—Asegúrate de qué clase de hombre es. Las personas raramente son lo que parecen...
—Ya lo sé. Casi siempre son peores. Aunque a veces resultan mejores, como tú.

Nos despedimos con un estrecho abrazo, de esos en los que dan ganas de estrujar al otro. No vale la pena decirle que no me inspira mucha simpatía ese tal Manel, que todo lo que me ha contado me recuerda al discursito de seducción que les soltaba a las chicas cuando aún tenía paciencia para salir de caza, que ese tipo puede ser demasiado infantil para ella, o puede que, simplemente, no esté viviendo las cosas con la misma intensidad que puedo leer en sus ojos y sentirle en la piel. Ya echo de menos su cuerpo porque sé que nunca más vamos a acostarnos juntos, que ha concluido un capítulo, que historias como ésta acaban de un día para otro y que, como la mayoría de cosas en la vida, son irrepetibles, pero de todas formas quiero continuar cerca de ella, quiero seguirle los pasos, quizá como hago con mis hijos...

Joder, me estoy haciendo viejo. Incluso miro a la mujer con la que he estado saliendo como si fuese mi hija. Realmente, esta mierda de la edad no perdona.

# 8

Todavía no puedo creer lo que me ha pasado. Desde luego, cuando entras en una racha de mala suerte, te pasa de todo. Es la Ley de Murphy: todo lo que pueda ir mal, irá mal con seguridad. Vera ha vuelto de Oporto más fría que un iceberg. Me ha dicho que quería cortar y me ha pedido que me lleve las cosas de casa. En el fondo lo estaba esperando, pero un tío sólo se enfrenta a la realidad cuando le dicen las cosas en la cara. La he presionado y le he preguntado si había alguien y me ha respondido eso a ti no te importa. Además de cornudo, pretende que sea de los mansos. Será estúpida. Las mujeres son todas unas putas. La discusión ha sido violenta pero totalmente infructuosa. No he conseguido sacarle nada. Al final me he ido; furioso, pero me he ido.

Me he mudado a casa de mi madre que me ha recibido con la típica cara de «ya te lo decía yo». Mi madre me exaspera un poco. Tiene ya sesenta años y continúa vistiendo como si tuviese veinte. De joven era muy guapa, pero por lo visto está convencida de que no ha envejecido. Todavía con zapatillas deportivas y pantalones ajustados. No hace mucho se estiró toda: papada, ojos y frente. Les dijo a las amigas que se iba a pasar unos días al sur de España y se encerró tres semanas en casa para que nadie se enterase. Ni contestaba al teléfono ni nada. Lo peor fue explicarle a Adosinda que doña Mimi no quería que nadie supiese que estaba en Lisboa. La mujer, que lleva en casa veinte años, no entendió las manías de mamá, y la pobre lo pasó fatal. Primero vio a mi madre con la cara hinchada, llena de moratones, de esos que hacen los maridos celosos cuando descubren las actividades extraconyugales de las esposas. Ah, es verdad, no se dice esposa, que es una horterada, según me explicó Vera, que tiene la manía de las palabras prohibidas. Tampoco se dice morado para el color lila, ni rosa, sino color de rosa. Ni vivienda, se dice casa. Y no se dan obsequios, se dan regalos. Los rollos que me he tenido que tragar de esta engreída, con sus códigos insoportables de niña de buena familia. Pero después decía joder y coño, y hasta le parecía de buen gusto. Qué estupidez. Era una creída. Se ponía con aire de superioridad y decía, una persona bien educada puede decir las tonterías que quiera, como si fuese más que nadie. Y todavía se sorprendió cuando la echaron de la televisión. Nadie tiene paciencia suficiente para aguantar a niñas engreídas. Sólo le caía bien a José António, pero cuando se pasó a la competencia, Vera, con sus aires de niña rica que trabajaba por gusto y porque le parecía divertido hacer televisión, ¿sabes?, se quedó sin protección y la pusieron de patitas en la calle en un abrir y cerrar de ojos.

Todavía me acuerdo como si fuese hoy de cómo se paseaba por la redacción con ese aire de superioridad tan irritante que tienen los pijos, como si perteneciesen a otro mundo. Al principio me cayó mal, a pesar de que el par de piernas que la sustentaba no me dejaba del todo indiferente. Cambié de opinión el día que entró en la sala de montaje e, inmediatamente, reconoció mi perfume. Parecía un perrito olfateando el aire con la mayor naturalidad. Dijo triunfalmente el nombre y la marca y me pidió que montasen su trabajo antes que el mío, porque era para el telediario que emitían antes de mi programa. Enseguida le dije que sí y me quedé pensando en aquella chica atrevida con cara de mosquita muerta y un encanto bestial.

Quien no la ha tragado nunca ha sido mi madre, a saber por qué. Reconocía que era simpática, pero decía que no era de fiar y que no me quería. Pero ¿qué estaba diciendo? Ah, ya sé, el chiste del marido que le dice a la mujer, a la que ha propinado un puñetazo en cada ojo, ya te he avisado dos veces. Qué hija de puta, se merecía un par de hostias. El momento de los cuernos nos llega a todos. Ya he visto que esta mierda es así y no hay nada que hacer.

He dejado pasar unos días esperando que cambiase el viento. No la he vuelto a llamar, contando con que ella me llamaría. Pero nada, pasa de mí olímpicamente. Ha pasado el fin de semana y nada. La tía no ha dado señales de vida. Mi madre empezó a echar leña al fuego. Seguro que está con otro tío, etc., etc. Una madre puede ser muy persuasiva y convincente cuando quiere. Y la mía siempre ha querido verme a kilómetros de Vera, por eso ha aprovechado la oportunidad que le he dado. Lo peor es que tenía razón.

El miércoles por la mañana pasé por el piso para buscar media docena de cosas que había olvidado. Mis cedés de Seal y de Eric Clapton, mis gemelos y un frasco de colonia. Llamé a la puerta y nada. Y el coche aparcado abajo. Llamé por lo menos unas veinte veces. Me pasó por la cabeza que estaría en casa con un tío. Empecé a dar patadas a la puerta hasta que abrió. Estaba en camisón y bata de seda, desgreñada, con una cara de estar en la cama que no engañaba a nadie. Entré disparado y me encontré a un tío sentado en la cama haciéndose el nudo de la corbata. En mi cama, donde he dormido dos años con ella. Un tío bajo, de pelo ondulado y ojos azules, todo pijo con zapatos de flecos. Empecé a provocarla. Perdí completamente el control. La llamé cabrona, puta y otras lindezas apropiadas para el momento. Después me volví hacia el tío y le dije: tú no sabes lo que te espera. Esta mujer te va a joder la vida y, cuando te des cuenta, ya estarás acabado.

Fue entonces cuando vi las borlas del cabrón. Será puta. Lo que a ella le gusta de verdad son los tíos pijos, de los que dan asco. Esperadme que os voy a joder. Me volví hacia el tío y le dije: ¿llevan borlas los zapatos? ¡Pues que sepas que ella te quita las borlas! Dentro de una semana ya no tendrás nada, ni borlas, ni hostias. Esta mujer va a hacer de ti un auténtico payaso, es decir, si te dejas. Yo de ti...

La conversación acabó allí mismo. El tío, vociferando, soltó media docena de amenazas sin consistencia, le tomé las medidas y no pasaba de un metro setenta, si le daba dos guantazos le partía la cara, así que ni me molesté. Salí dando un portazo.

Mi madre tenía razón. La tía era una buena pieza. Estas niñas finas piensan que pueden hacer lo que les dé la gana en las narices de un tío y que éste es ciego, sordo y estúpido. Pero esta vez la he pillado con las manos en la masa. No le hablo en la vida. Puta. A lo mejor, lleva meses liada con ese mierda y yo, como un estúpido, venga a encender velas. Lo que las tías necesitan es una buena paliza. Riendas cortas y que las fustiguen, como suele decirse. Los árabes tienen razón cuando dicen: cuando llegues a casa pégale a tu mujer; si tú no sabes por qué lo haces, ella sí lo sabe.

Como tengo cierto espíritu práctico, ya he mandado importar a la inglesa, aquella del tribunal de relaciones. Se llama Tracy. Las tías son todas Kathies y Tracies, fijo. Blancas, con culos grandes y tetas del copón, deseando que se la metan, que los tíos de Britania deben de ser todos unos pichas flojas. Llegan aquí y con el calor alucinan. Van siempre en parejas, a lo mejor es porque así es más fácil ligar. Tracy vino con una amiga, que era Kathy, claro. No me tiré a Kathy por casualidad. No es que la tía no intentara ponérseme debajo, pero no me pareció bien.

Sólo después me di cuenta de que a Tracy le parecía

de maravilla, pero ya era tarde, Afonso ya se la estaba tirando. Afonso es un tío enrollado. Siempre está contento y cuando oye hablar de tías, se excita más que el Tío Gilito si le hablan de dinero. Es la hostia, el tío. Está siempre a punto para lo que se presente. Un día de éstos lo llamo y nos pasamos los dos por el Kapital para ligarnos a unas chavalas. El tío dice que lo que hay allí mola un mogollón, que está lleno de pibitas de veinte años, interesadas en probar tíos con barba y pelo en el pecho. A ver si vuelvo a la circulación. Un tío no pierde la afición por dejar de ir a las carreras, como decía mi abuelo que era de pueblo, pero no tonto. Llegó a Lisboa con una mano delante y otra detrás, y con cuarenta años ya tenía más de diez edificios. Hay cosas en las que un tío tiene suerte. Yo he tenido la suerte de ser hijo único y nieto único, por eso, todo lo que hay acabará en mis manos.

Me han puesto los cuernos. ¿Y qué? Son cosas que pasan. Tracy llega dentro de una semana, y eso significa que en quince días seré otra vez un hombre dispuesto para lo que venga. Lo bueno de las novias extranjeras es que son enrolladas cuando llegan y enrolladas cuando se van. Como respondió una vez Jack Nicholson, que tiene fama de ser el mayor follador de Hollywood, a una periodista que le preguntó por qué recurría a las chicas de Heidi Fleiss: eres tan estúpida que no entiendes nada. No es que paguemos para que estén con nosotros, pagamos para que se vayan.

Anda, Tracy, que con el hambre atrasada que llevo, regresarás al país de Tía Lilibeth, como decía Vera, con diez quilos menos y un montón de historias que contar a tus paisanas. Y todavía dicen que el macho latino está en vías de extinción. Ignorantes.

# 9

Hace más de un mes que no sé nada de Vera. A veces estamos semanas sin hablar, pero algo me dice que está pasando alguna cosa. No deberíamos haber mantenido aquella conversación la última vez que fuimos a almorzar. ¿Por qué no va a poder casarse con Tiago o con cualquier otro? ¿Por qué no ha de tener familia e hijos como yo y como todo el mundo?

No sé por qué, pero no me imagino a Vera casada. Para mí que no es de las que se casan. Sin embargo, estoy seguro de que sería una madre excepcional. Lo tiene todo para ser una buena madre. Es inteligente, afectuosa, generosa y tiene una paciencia infinita para aguantarlo todo, y más cuando quiere a alguien de verdad. Cuando era una cría, pasó algunos malos tragos conmigo. Le hacía la vida imposible. Y ni siquiera lo hacía a propósito. Ella era una más de la fastidiosa lista de tías que me llamaban cada vez que volvía a Portugal. Pero enseguida vi que ella tenía algo especial. Algo que atrae a un hombre. Algo que me hace volver una y otra vez. Una especie de magnetismo... no consigo definirlo, nunca he podido. Actualmente tiene lo que cualquier hombre desea en una mujer. Incluso yo. Pero es mejor no pensar en eso. Sofía es mi familia, mis hijos están por encima de todos mis devaneos. Además, ¿cómo podría hacerle eso a Vera? La quiero demasiado para tenerla en mi vida como amante. Aunque sigo deseándola, queriéndola en mi cama. A veces me despierto a medianoche empapado en sudor soñando que estamos haciendo el amor. Añoro su cuerpo. Ya ni me acuerdo bien de cómo era. Recuerdo sus hombros delgados y muy rectos, las piernas largas y fuertes, el cuello largo y anguloso que todavía puedo observar por debajo de esos jerséis blancos de cuello alto que a ella le gusta ponerse en invierno. Pero son imágenes borrosas, perdidas en la memoria, desdibujadas por el tiempo. Cuando estoy con ella, observo sus rasgos y veo a la mujer en que se ha convertido. La cara es más larga y los ojos más grandes, o quizás es que le ha cambiado la expresión, tal vez ahora es más grave, más seria. Cuatro líneas de expresión muy finas, casi imperceptibles, recorren su frente y se hacen visibles cuando la obligo a pensar en cosas que no quiere.

Bien mirado, hice muy bien desanimándola con respecto a la boda. Claro que podría casarse con Tiago o con cualquier otro tío, pero ¿por qué ha de caer en el mismo error que todo el mundo? ¡Es tan fácil equivocarse...! Cuando me casé con Sofia, estaba firmemente convencido de que era lo mejor que podía hacer y, ahora, cada vez que llego a casa y la miro a la cara, veo que me equivoqué. Me equivoqué completamente. Sofia está hecha de otra pasta, se pasa la vida preocupándose por cosas que para mí no tienen la menor importancia. Además, sus amigas son insoportables. Todas divorciadas, resentidas con los hombres, con falta de peso masculino encima. Debe de ser duro que te dejen por otra, pero ostras, una persona debe conservar su orgullo, su dignidad. Cuando las oigo quejarse de los ex maridos, me entran ganas de retorcerles el cuello, estrangularlas hasta que retiren todo lo que han dicho. Como si los hombres fuesen todos unos hijos de puta y pudiesen meterlos a todos en el mismo saco. No es que esté defendiendo a los míos ni vendiendo la idea peregrina de que somos unos santos, pero hay hombres y hombres. Me choca esta manía femenina de lavar la ropa sucia en terapia de grupo. Nosotros sólo hacemos eso con las tías a las que no queremos.

Además, no necesito ir por ahí tirándome tías para probar lo que sea a quien sea. De todas formas, tampoco tengo tiempo para eso. Si no saneo el pasivo de la fábrica en dos años, todo irá a parar a manos de los bancos. Y se esfumará la seguridad de una vida estable para João Maria y Teresinha. Esto de que Sofia no trabaje también empieza a desesperarme. Entiendo que no lo hiciese mientras los niños eran pequeños, pero ahora que Teresinha ya ha cumplido cuatro años, bien podría encontrar algo que hacer. Ni siquiera es por el dinero: es una cuestión de principios. Se pasa los días en el gimnasio y yendo a comer con las amigas, tanto o más perezosas que ella, siempre hablando mal de los ex maridos mientras les revientan el presupuesto chupando de las pensiones alimenticias. Inútiles. Si un día me separo de Sofia, me espera la misma suerte. Es completamente dependiente. Y no me refiero sólo al dinero. Soy yo quien lo decide todo. Todo. No me importaría pagar las facturas si ella se ocupase de otras cosas. Pero nada. Que no da golpe. Cuando nació João Maria, era yo quien le cambiaba los pañales y le daba el biberón por la noche. Estoy tan cansada, me decía siempre. Se levanta cansada, se pasa el día cansada y se acuesta cansada. Cansada de no hacer nada. El tedio mata. Y el ocio es la más absorbente de las tareas.

A veces me apetece meter a Vera en un avión e irnos a pasar dos meses en el Caribe. Dos meses no, seis. Un año. Toda la vida. A veces me gustaría cambiar de vida. Cambiar de vida. Dicho así parece fácil. Hace ya unos cuantos meses, no conseguía dormir y me fui al salón a ver la televisión. Cogí un álbum de fotografías antiguo y seguí el hilo de mi vida, lineal como una película infantil. Aquí y allá, siempre estaba Vera, a mi lado. Vera, Vera, Vera. Vera tiene su vida y yo la mía. Las líneas paralelas nunca se cruzan, ¿no es ésta una de las leyes de la geometría? ¿No será que ambos estamos condenados a asistir impávidos al decurso de la vida del otro sin que nunca lleguemos a cruzarnos?

Suena el móvil. Sólo podía ser ella, claro.

—Hola...

—Hola, Vera.

—Oye, necesito imperiosamente hablar contigo.

—¿Pasa algo?

—Sí y no... ¿crees que podemos comer hoy?

—No, pero mañana sí puedo.

El silencio que se instala al otro lado de la línea me hace cambiar de idea.

—Espera, puedo aplazar el almuerzo de hoy para mañana, es con una persona de aquí de la fábrica. ¿Te parece bien?

—Gracias. ¿Quieres que vayamos al sitio de siempre?

—No. Ven aquí a la fábrica; probaremos el bistec a la piedra en un restaurante que me han recomendado aquí cerca.

—Es que... necesito, tenemos que hablar un poco y preferiría un sitio tranquilo...

—Pero ¿ha pasado algo?

—Después te cuento. Paso por ahí a la una, ¿de acuerdo?

Al colgar parecía azorada. Debe de haber cortado con Tiago. Está claro. Ha hecho examen de conciencia y se ha dado cuenta de que era una estupidez casarse con él. Maldita lucidez, le ha abierto las puertas de la clarividencia y le ha cerrado la posibilidad de una utópica felicidad. Y ahora está otra vez sola, entregada a sus pensamientos y quiere preguntarme si ha hecho bien. Y voy a decirle que sí, como si pudiese ofrecerle una alternativa.

Isabel se asoma por la puerta entreabierta y hace ademán de entrar.

—Entre Isabel, diga.

Isabel tiene cara de circunstancias. Espero que no venga a pedirme un aumento, ahora que estoy con el agua al cuello.

—Señor... venía a pedirle una cosa.

—Entre Isabel, dígame.

Es siempre igual. Cuando quiere pedirme un favor, pone siempre cara de María Antonieta camino del cadalso. El efecto es contraproducente, porque con la sensación de que estoy perdiendo el tiempo, empiezo a impacientarme y realmente me dan ganas de cortarle la cabeza.

—Si a usted no le importase, me gustaría tomarme el próximo viernes para ir a Oporto a ver a mi hijo...

¿Isabel tiene un hijo? Qué novedad.

—No sabía que tuviera un hijo...

Isabel desvía la mirada con expresión nerviosa.

—Bueno... es natural... déjelo, tampoco tiene importancia, si usted cree que no es posible...

Se da la vuelta y se dispone a salir del despacho. Aquí hay gato encerrado.

—Espere... ¿por qué quiere ir a Oporto a ver a su hijo?

—Es su cumpleaños y me ha pedido que vaya a cenar con él...

Pobre, la mujer no sabe dónde meterse. Tampoco es para menos. Lleva más de treinta años trabajando en la fábrica y es mi secretaria desde hace siete. Yo debería saber que tiene un hijo. Empieza a andar hacia la puerta como si la hubiese pillado en falta.

—Espere.

Isabel se para en medio del despacho con aire indefenso, como un conejito al que han pillado a las puertas de su madriguera. Voy a cambiar de estrategia.

—Entonces, quiere el viernes, ¿no? Está bien, tiene el día libre. Puede irse.

Se queda mirándome inmóvil.

—Puede irse, Isabel. Puede irse el viernes y puede irse ahora —repito, indicándole la puerta con un gesto.

Si mi padre estuviese vivo podría explicarme esto. Pero no lo está. Si mi padre estuviese vivo podría explicarme otras cosas, como por ejemplo cómo consiguió hipotecar la fábrica y deber más de seiscientos millones de escudos al banco sin haberme dicho nunca nada. O por qué echó de casa a mi madre cuando éramos pequeños y no permitió que la viésemos en casi diez años. Y, ya puestos, por qué antes de morir vendió la finca del Alentejo de más de novecientas hectáreas de alcornoques a un constructor civil de Oporto sin darnos noticia de ello. Todavía hoy siguen llegando facturas de deudas que dejó incautamente aquí y allá. ¡Desgraciado! Si estuviese vivo, lo mataba. Todavía tengo que descubrir quién era ese tal Adérito Gomes con el que mi padre hizo el negocio. Algún día, cuando tenga tiempo, cuando haya deshecho todo este enredo y consiga tener un minuto al día para respirar. Sólo con un minuto ya mejoraría mi calidad de vida.

Me sumerjo en los papeles y, cuando me doy cuenta, es más de la una, e Isabel entra en el despacho con una sonrisa para anunciarme que la señorita Vera ha llegado. Vera la sigue y entra con aire de pez fuera del agua. Isabel sale del despacho. Vera mira instintivamente mi mesa, donde reina el caos de las carpetas pendientes, y ve la fotografía de Sofía con los niños. Debe de estar pensando si no tendré por ahí escondida una foto de ella. Casualmente, tengo varias en la caja fuerte, pero Vera nunca ha de saber eso.

Coge la fotografía y esboza una triste sonrisa.

—Qué majos... la verdad es que con este padre y esta madre no podían salir feos.

Encoge los hombros y leo en sus ojos algo parecido a estos hijos deberían ser míos. Deberían, pero no lo son, por eso es mejor irnos a comer.

—¿Vamos a comer?
—Cuando quieras.

La ayudo a ponerse la chaqueta y nos dirigimos al coche en silencio. Durante el trayecto intento entablar conversación, pero me responde con evasivas de tal forma que opto por el silencio hasta que ella se decida a hablar. Está rara, tensa, las arrugas que le surcan la frente son más profundas que de costumbre.

Sólo cuando tiene la piedra humeante al lado y unos trozos de solomillo se decide a hablar. Lo hace vacilando, con la convicción de un gorrión anestesiado.

Después de nuestro almuerzo, cortó con Tiago. Me agradece que la alertara de los peligros de la relación y le demostrara que la boda con Tiago iba a ser una tontería. Me cuenta que fue a Oporto y que conoció a una persona. Cree que se ha enamorado. Tiago apareció un día en casa por la mañana sin avisar y le montó un número cuando se dio cuenta de que ella estaba con otro hombre. Ha mencionado un incidente con las borlas de unos zapatos que no recuerdo y ha acabado la historia pidiéndome que no volvamos a vernos. Le he preguntado qué tenía que ver eso con lo demás. Ha tragado saliva y ha empezado a soltar un discurso confuso acerca de todos los años que ha estado ligada a mí y cómo eso le ha impedido construir otras relaciones serias y maduras. He intentado relativizar, demostrándole que ahora sólo nos une una amistad de muchos años sin ninguna carga emocional, pero me ha mirado de tal manera que me he hecho un lío y he acabado por aceptar su decisión.

Ha ido desgranando un discurso pensado, poco espontáneo; a veces he tenido la sensación de que había ensayado cada palabra, cada argumento, como un alumno aplicado en una prueba oral.

—Tengo que alejarme de ti, ¿no lo entiendes? Hace años que vivo en este limbo de ser tu mejor amiga y de convencerme de que formo parte de tu vida cuando, en el fondo, no hay sitio para mí. Por la noche tú te vas a casa, pasas los fines de semana con Sofía y los niños y no me quieres, porque si me quisieras, habrías tenido tiempo de sobra para cambiar tu vida y optar por tenerme a tu lado. En el fondo siempre has sabido que eso era lo que yo quería, lo que siempre he querido.

Ha respirado profundamente y ha continuado hablando con toda la convicción que ha podido.

—Además, creo que, por primera vez en muchos años, estoy enamorada de alguien. No quiero dejar pasar otra oportunidad y para que se dé esta oportunidad mi corazón tiene que estar vacío, ¿entiendes?

Ha callado por un momento y ha concluido.

—Una de las más antiguas leyes de la física dice que un mismo cuerpo no puede ocupar dos espacios al mismo tiempo. Tú no puedes estar al mismo tiempo instalado en tu vida y en la mía. Y hay otra ley de la física que dice que dos cuerpos no pueden ocupar el mismo espacio al mismo tiempo. Yo quiero que lo que hay entre Manel y yo salga bien, por eso has de salir de mi vida para siempre, si no él no podrá entrar, y si no entra nadie, me quedaré sola, más sola que la una. Y eso es lo último que quiero en la vida.

Lo ha dicho todo en un tono grave, lentamente y con rigor, como quien tiene la certeza de que no se olvida de nada. Después ha guardado silencio y se ha secado los ojos. He fingido no reparar en las lágrimas que insistentemente le habían empañado los ojos mientras hablaba. Sólo he sido capaz de decirle que, pasara lo que pasase, podía contar conmigo, que no era sólo mi mejor amiga, y que sería siempre una persona especial para mí, aunque nunca más volviésemos a vernos, aunque la vida no nos volviese a juntar. En cuanto he acabado de hablar, incluso a mí me ha sonado a cliché y no he añadido nada más. No le he dicho que muchas veces sueño que hago el amor con ella, que me despierto empapado en sudor siempre que eso pasa, que echo de menos ver las curvas de su cuerpo y aspirar el olor de su piel sin tener que hacerlo por encima de la ropa, que a veces me dan ganas de meterla en un avión y huir con ella al Caribe y pasar todo el tiempo que quiera, que cuantos más años pasan, más convencido estoy de que debería haberme casado con ella, pero que los niños, Sofía, la fábrica y todos los problemas que mi padre me ha dejado me consumen de tal forma que siento que no tengo derecho a hacer mi elección, que estoy en la tierra con una misión y que sólo descansaré el día en que esa misión llegue a su fin. No le he dicho nada de eso, ni que a veces imagino que un día estaremos juntos de verdad y que todavía podemos tener un hijo. Podría haberle dicho todo esto y muchas más cosas que me inundaban el espíritu, pero me he quedado callado porque sabía que ella tenía razón, que lo que soñamos y lo que la realidad nos ofrece no tiene por qué coincidir, que el amor rara vez se siente de la misma manera y casi nunca al mismo tiempo. Que yo ya había perdido mi oportunidad hacía mucho tiempo, cuando me casé con Sofía y no con ella, pero que el tiempo no vuelve atrás y que el pasado no se cambia, ni el presente, ni siquiera el futuro; que la vida manda en nosotros incluso cuando estamos convencidos de que somos nosotros los que llevamos las riendas.

Cuando me ha dejado otra vez en la puerta de la fábrica, tenía la mirada vacía y una voz inexpresiva, como si ya hubiese partido para siempre. Me ha acariciado la cara antes de despedirnos y me ha pedido que no vuelva a llamarla.

—Si necesito algo importante, te llamaré. Hasta entonces... es mejor así.

Y ha echado a andar despacio, sin mirar atrás.

Vera enamorada de otro hombre. ¿Será verdad? ¿O será sólo que se ha ilusionado, como tantas otras veces, y dentro de dos meses se le habrá pasado y apenas le quedará el recuerdo de una aventura más?

Vuelvo al despacho y busco sus fotografías en la caja fuerte. En una Nochevieja, con un vestido verde oscuro de terciopelo que la hacía parecer más joven. Debía de tener veinte años. Los ojos pintados, la cara redonda que el tiempo ha cambiado. Me parece que fue la primera vez que nos acostamos. La llevé a casa y nos pasamos toda la noche besándonos dentro del coche como dos adolescentes. Otra, hecha en el Algarve, en el verano del 92. Ese verano yo ya estaba con Sofia, pero Vera fue allí a pasar un fin de semana conmigo. Estuvimos huyendo de toda la gente y, por extraño que parezca, lo conseguimos. Otra fotografía del 93, cuando cenamos juntos por última vez antes de mi boda. Recuerdo perfectamente la conversación que mantuvimos, ella me decía que Sofia no conseguiría adaptarse a la vida de Lisboa, en una visión pesimista pero desgraciadamente realista de aquello en lo que se ha convertido mi matrimonio. Yo estaba de incógnito, había venido a pasar seis días a Lisboa con el pretexto de tramitar unos papeles, Sofia estaba en Boston, no quería que me viesen con Vera, por eso protesté cuando apareció uno de esos viejecitos con una cámara de fotos al hombro, tan vieja como él, y nos apuntó con el objetivo. Pero Vera insistió y le pidió que le enviase dos copias a su casa. Sólo recibí la fotografía cuando volví a verla, después de que João Maria hubiera nacido. Me la envió por correo el día de mi cumpleaños y la tiré en la caja fuerte, no quería recordar esa noche en la que hicimos el amor por última vez. Subimos corriendo la escalera del piso de Santa Catarina, que estaba casi vacío; ella se había mudado unas semanas antes. Era verano y hacía calor. La luna llena iluminaba el pequeño salón y, desde el enorme ventanal, Lisboa se extendía en tejados plagados de antenas y puntos de luz, era una vista que cortaba la respiración. Me acuerdo del sofá nuevo, blanco, que había llegado ese mismo día.

Cuando acabamos, le dije qué bueno, qué bueno, y Vera acercó su boca a mi oído y susurró: puede ser así toda la vida, si tú quieres...

No quise. Y lo peor es que ahora tengo que imaginarme la vida sin ella.

# 10

Estoy esperando que Manel llegue de Oporto. La semana pasada me visitó un día y se quedó a dormir. Claro que no dormimos nada; nos pasamos casi toda la noche en vela otra vez, acariciándonos y charlando, acariciándonos y charlando, fundidos el uno en el otro, y volví a tener la sensación de estar tan cerca de la perfección que nada ni nadie podría arrebatarme lo vivido. Por la mañana volvimos a bailar descalzos, él en boxers y camiseta y yo en pijama, enroscados como cochinillas al son de Charles Aznavour. He llenado la casa de flores, he comprado cojines nuevos, he colgado los cuadros que estaban apoyados en la pared, detrás del sofá, desde hace más de tres años, he ordenado las ollas y los armarios, los cajones y el ropero. Lo he hecho lo mejor que he podido para recibirlo. Qué envidia me da ese orden cartesiano que impera en su casa. Todos los trajes ordenados por tonos: los grises y los azules. Las camisas según el dibujo, obedientes y organizadas en los cajones: lisas, a rayas y a cuadros. Los calcetines clasificados al milímetro por tonos y texturas, como si se tratase de un fichero. Los calzoncillos perfectamente apilados al centímetro, en un *patchwork* de colores suaves. Los zapatos en orden. El cuarto de baño está impecable, las botellas de champú con el tapón bien enroscado, la jabonera siempre limpia; y en la mesa, en los candelabros de plata, siempre velas nuevas. La cocina es otro modelo de orden y primor. Si se abriesen los armarios, estarían listos para ser fotografiados para un artículo de revista de decoración del tipo «Cómo tener una cocina impecable». La vajilla de Vista Alegre, apilada y ordenada metódicamente. Las copas blancas y azules de Marinha Grande a juego con la vajilla. La cubertería de plata está alineada en el cajón, como soldados en formación. Es el orden aparente de las mentes turbulentas. Tanto orden debe de tener un componente obsesivo, no puede ser completamente saludable. No obstante, se lo envidio y creo que, con un poco de esfuerzo y disciplina, puedo seguir su ejemplo y acercarme al modelo. Como suele decir él con su voz pausada, sólo hay que tener calma. O, en mi caso, más calma. Es lo que intenté hacer, después de más de veinticuatro horas de loca pasión que ya no me preocupo ni siquiera en disimular.

Manel se sintió bien en casa y eso me ha dado cierta seguridad. Cuando volvió a Oporto, una vez más tuve que hacer un esfuerzo sobrehumano para bajar de nuevo a la tierra, concentrarme en el trabajo y en el hecho evidente e innegable de que vivimos en ciudades diferentes, llevamos vidas separadas y de que el futuro es, en este momento, completamente incierto y totalmente imprevisible.

El resto de la semana transcurrió entre el trabajo y los pedidos del Jardín sin Regadera, y me asaltó varias veces un impulso incontrolable de irme a Oporto para estar con él, pero me mordí la lengua cada vez que en nuestras llamadas diarias venía el tema a colación, esperando que él me invitase. No me invitó. Me hice la tonta y omití la cuestión. Finalmente, se justificó con la excusa de que ya tenía cosas planeadas con amigos y que no faltarían oportunidades de estar juntos. Me conformé de mala gana, e intenté convencerme de que antes de conocerlo había sobrevivido ya treinta y cinco años con cierta alegría, y que por lo tanto no lo necesitaba para continuar siendo feliz.

Afonso me llamó el viernes por la tarde y quedamos para cenar esa misma noche. Me alegré mucho porque, aunque lo veo media docena de veces al año, quería contarle lo que está pasando en mi vida y compartir con él el placer de este enamoramiento, que también para eso están los amigos.

Eran las nueve y media cuando vino a buscarme, visiblemente excitado con la reciente adquisición de un Audi TT gris metalizado que compró de segunda mano con pocos kilómetros y unos cientos de miles de escudos por debajo de su precio en el concesionario.

—Ahora sólo te falta poner unas chicas a dar rendimiento y abrir una cuenta en las islas Caimán —comenté con cierto desagrado al ver el vehículo que estaba exhibiendo con un orgullo infantil y algo ridículo. No me gustan los coches ostentosos, los prefiero más oscuros y lo más discretos posible, preferiblemente neutros y robustos, que no se asocien con estereotipos. Arrugó la nariz y se encogió de hombros, y después acabó por admitir que no tenía madera de chulo, pero que, casualmente, el tema del paraíso fiscal ya estaba en marcha.

Soy amiga de Afonso desde hace tantos años que a veces tengo la sensación de que hace ya mucho tiempo que perdí la capacidad para evaluarlo objetivamente. Siempre me ha parecido un engreído, pero tal vez debido a su extraordinaria inteligencia y a su incombustible sentido del humor me he dejado llevar por una imagen que no sé hasta qué punto responde a la realidad. Fuimos compañeros de carrera en primero, hasta que decidió pasarse a Derecho. A pesar de haber estudiado sólo un año juntos, nunca hemos dejado de vernos. Lo nuestro fue amistad a primera vista, de esas raras relaciones entre un hombre y una mujer que se alimentan exclusivamente del entendimiento intelectual sin necesidad del casi inevitable intercambio de cuerpos. Es poco frecuente, pero a veces pasa. Y el mérito ni siquiera fue mío, sino de

Afonso, que siempre me ha considerado un saco de huesos sin el menor *sex appeal*. Le encantaba mandarme postales con frases del tipo *Small breasted women have big hearts* y otras bromas de dudoso gusto que me hacían rabiar, pero a las que no podía dejar de encontrar cierta gracia.

—Eres atractiva, pero no me pones —me soltó con total desparpajo algún tiempo después de conocernos.

Me quedé un poco hecha polvo, debíamos de tener dieciocho o diecinueve años, todavía estaba en la edad de afirmación sexual. Bueno, bien mirado, hay muchas personas que nunca pasan de esa edad, y Afonso es un caso típico. Aquello me cabreó. Nunca tuve problemas con los intentos de seducción, más o menos directos, por parte de los hombres que se me acercaban. Es una especie de regla tácita del comportamiento masculino, si no mundial por lo menos latino, este reflejo condicionado de intentar lo que sea. Pero después, a medida que fueron pasando los años, fui dando más valor a esta relación de amistad pura y dura, desprovista de cualquier tipo de segunda intención y de maniobras de seducción.

—Me pareces una mujer fantástica, pero para mí eres un hombre.

He oído frases de este tipo de boca de Afonso durante tantos años que ahora, cuando me hace un elogio, me siento la mujer más afortunada del mundo. Claro que siempre le he contestado que él para mí también era un hombre, lo que obviamente lo hace reír, porque a veces me siento fuertemente atraída por él, y en esos momentos sólo me apetece lanzarle trastos a la cara, pegarle, abofetearlo y desahogarme con otros comportamientos infantiloides que voy controlando no sin esfuerzo. Y es que Afonso está buenísimo. Maria lo llamaba el Monumento. Pero algo falló ahí, nunca ha sabido explicar qué fue. No es ni inteligencia, ni encanto, ni cuerpo, ni espíritu, ni presencia. Creo que es el corazón. Pocas veces he visto a Afonso natural, es decir, desprovisto de todo el cinismo y espíritu sarcástico que lo caracterizan. Está siempre listo para soltar la ocurrencia mordaz en el momento justo, para dejar caer el comentario más duro en el momento exacto, y lo malo es que es de una precisión quirúrgica en sus análisis, lo que le da un margen mínimo de error. Tiene en observación y capacidad de análisis lo que le falta en espontaneidad y generosidad de sentimientos. Sí, tal vez sea eso lo que me desencanta en él, el hecho de que sea tan tacaño con los sentimientos. Nunca he visto a Afonso enamorado de una mujer. Siempre siente interés o, como mucho, les encuentra cierto encanto. Cuando se entusiasma, les encuentra mucho encanto. Y hasta ahí llega. Además, vistas con lupa de una manera fría y estrictamente racional, las personas siempre acaban teniendo defectos insoportables, sobre todo cuando no hay amor de por medio. Y Afonso nunca ha querido a una mujer en serio. Quizás a Maria, pero no se quedó con ella, y no fue porque ella no quisiese, sino porque no supo o no quiso.

Esa noche fuimos a cenar a Bica do Sapato, que acababa de abrir, y para conseguir mesa debió de producirse un milagro, porque cuando llegamos había por lo menos diez personas delante de nosotros. Afonso le guiñó el ojo a un camarero que dijo que conocía y, en menos de cinco minutos, estábamos sentados al fondo del comedor, donde están las mesas más tranquilas.

Afonso me habló de sus últimas aventuras con desdén, aunque satisfecho, pero la conversación cambió inmediatamente de tono cuando le dije que había estado con Maria. Al oír hablar de ella y de las niñas, de repente se suavizó, se puso nostálgico y soñador.

—Es la única mujer con la que podría haberme casado —comenta entre bocado y bocado de *soufflé* de marisco.

—No te casaste porque no quisiste —le corté.

—Ya estás con tu manía de reducirlo todo a frases hechas. No fue así.

—Pero al final ¿qué pasó?

—Ella se alejó.

—Eso ya lo sé, pero ¿por qué?

Afonso se quedó callado, como si no hubiese oído la pregunta. Estiró el cuello, miró hacia la puerta y dijo:

—Por ahí viene tu amiga Patrícia con un guaperas.

Volví la cabeza instintivamente. Allí estaba Patrícia, despampanante como siempre, con Alberto. Tuve la impresión de que estaba fingiendo que no nos había visto. La miré fijamente durante unos segundos y nada.

—¿Crees que no nos ha visto, o está disimulando?

—Puede que esté disimulando —respondió Afonso con aire malicioso—, pero yo también voy a hacer lo mismo.

Y esbozó la sonrisa inconfundible del cabrón satisfecho.

—No me digas que estás otra vez...

—Pues sí.

Pues sí. Pues claro. Afonso lleva más de diez años echando polvos con Patrícia. Se conocieron a través de mí y han mantenido esta historia durante todo este tiempo. Afonso fue el primer objetivo de Patrícia. Como se dio cuenta de que nunca podría ser su novia, debió de parecerle que llevar este rollo con él era mejor que nada.

—Creía que eso ya había acabado.

—Yo también, pero ella dice que ese tal Alberto no vale nada... y le gusta que me la tire de vez en cuando.

Le gusta que me la tire de vez en cuando. La de gilipolleces que tiene que oír una mujer.

—Bueno, por lo menos le ha valido un Mercedes Clase A —respondo un poco indignada. Ostras, no tengo nada contra Patrícia, pero ir poniéndole cuernos al novio al mismo tiempo que le saca un coche no me parece el comportamiento más ético del mundo—. ¿No te da vergüenza estar enrollado con esa loca?

—Pero, Vera, ¿no te das cuenta de que si llevo todos estos años enrollándome con ella es precisamente porque está completamente loca? Mira, por lo menos no es tan complicada como la mayoría de las mujeres, que se privan de acostarse con un tío porque no van depiladas. Por lo menos Patrícia es muy natural, para ella siempre está todo bien. Aparte de eso, no tiene la menor importancia. Es un polvo esporádico. Ya sabes que en mi caso el sexo es algo necesario.

Ahí fue cuando me llené de coraje, perdí momentáneamente la discreción a la que obliga toda amistad que se precie y fui directa al grano de la manera más simple, que fue la que me pareció mejor.

—Escúchame... no te enfades conmigo, pero hace ya bastantes años que quiero hacerte esta pregunta... ¿eres maricón?

Al oír mi pregunta, Afonso se quedó petrificado, con el tenedor en la mano y boquiabierto.

—Pero ¿tú estás loca o qué? ¡Me encantan las mujeres!

—Ya sé que te encantan las mujeres, pero una cosa no quita la otra. Perdona que sea tan directa, pero no me has contestado: ¿eres maricón?

—Vera, francamente... yo... no entiendo qué pregunta es ésa... ¿cómo puedes pensar que... en fin... por qué me lo preguntas?

—Porque sé que Maria cortó contigo cuando empezó a sospechar que te iban las dos cosas. Fue una situación horrible, incluso daba un poco de miedo. En aquel momento, ella se desahogó conmigo, y después nunca más volvió a tocar el tema. Yo tampoco volví a hablar del asunto, como es lógico.

—¿Y qué le dijiste?

—Que me parecía un disparate, que nunca había detectado en ti ningún indicio que me llevara a plantearme esa posibilidad.

—¿Y ella?

—Contestó que a ella tampoco se le le había pasado por la cabeza, pero que le habían dicho que eras maricón, que la información procedía de una fuente segura y...

—¿Y quién era esa fuente segura? —Afonso dejó los cubiertos y se puso blanco como el mantel.

Me entraron ganas de apretar *rewind* y rebobinar la existencia hasta antes de haber soltado la pregunta fatal, pero ya era tarde: la bola de nieve había empezado a rodar. Respiré hondo para poder continuar.

—Era otro maricón.

—¿Otro? —Afonso estaba enfadándose. Parecía a punto de levantarse para darme un bofetón.

—Perdona, no he querido decir eso. Lo que he querido decir es que la información le llegó a través de un tío que era gay, y ni siquiera fue directamente: alguien se lo contó a Mónica, su hermana.

Afonso me miró fijamente de forma inexpresiva y devastadora, como si pudiese ver a través de mí. Debía de estar esperando que me callase, así que continué comiéndome el bistec con toda la tranquilidad que conseguí aparentar. El corazón se me disparó a seiscientas pulsaciones por minuto al menos, pero me controlé y esperé a que él hablase.

—No soy maricón. Pero si lo fuese, ¿tienes algo contra los gays?

—Depende. Si les gustan sólo los hombres, no. Pero si son bisexuales, eso me molesta.

—¿Por qué?

—¡Por qué! ¿Y todavía me lo preguntas? Pero bueno, ¿cómo crees que se siente una mujer cuando descubre que al hombre con el que se acuesta le gustan los hombres? ¿No te das cuenta de lo horrible que es eso para una mujer? ¿No te das cuenta de que en una relación homosexual pasan cosas anatómicamente imposibles entre un hombre y una mujer? Nosotras no tenemos pito, ¡hostia!

—¡Chisss! Habla más bajo.

—Perdona. —Vuelvo a respirar profundamente, pero ahora es para tomar impulso y llegar hasta el final—. ¿No entiendes que a las mujeres nos da miedo, e incluso nos resulta inimaginable, que al hombre que queremos le gusten otros hombres? ¿Que nos produce repugnancia, miedo... ni siquiera es miedo, sino un pavor horroroso de no estar nunca a la altura de las circunstancias?

—Si hasta parece que hayas pasado ya por eso —comenta con cierta acidez.

—No he pasado por eso, pero recuerdo lo que me dijo Maria cuando os separasteis, y sabes que hoy en día hay mucho bisexual, he oído demasiadas historias como para no preocuparme por el asunto.

Afonso continúa mirándome como si pudiese ver a través de mí, esperando que acabe la conversación. No aguanto más, voy a rendirme.

—En fin, perdona toda esta estupidez. No debería de haber sacado este tema. Después de todo, puedes ser lo que quieras y como amiga de hace tantos años tengo el deber de respetarte y tú tienes el derecho de contarme o no lo que pasa en tu vida.

—En eso estamos de acuerdo.

Pide la cuenta y paga en silencio. Para despejarnos sugiero que vayamos al Lux a tomar una copa. Caminamos en silencio por la orilla del río, pero antes de entrar en el Lux le doy el brazo cariñosamente y lo desafío a dar un paseo a pie.

—¿Desde cuándo te gusta caminar?

—Desde que tengo un novio nuevo, pero luego te lo cuento.

Echamos a andar al mismo paso. De repente, me apetecería que Manel estuviera aquí, paseando conmigo y mirando el río, que parece un espejo negro y reluciente. Afonso me aprieta el brazo contra el suyo y camina unos minutos en silencio mientras prepara lo que podría llamar la confesión más importante que he oído en mi vida.

Despacio, muy despacio, Afonso me habla de su vida empezando por la infancia, la separación de sus padres, los años que pasó en un internado en el norte, el aislamiento y el miedo de los primeros meses, la complicidad y la proximidad que desarrolló con otros niños, asustados como él y como él recién salidos de las faldas de su madre, lanzados a una vida para cuya dureza y aridez no estaban preparados. Y a continuación me contó su primera experiencia sexual con un compañero dos años mayor que siempre lo protegió en el colegio y que sigue siendo uno de sus mejores amigos.

—Las mujeres llegaron más tarde; durante años sólo las veíamos en revistas pornográficas que conseguíamos de tapadillo y que escondíamos en un fondo falso de las bolsas de viaje. Nos masturbábamos en grupo y nos imaginábamos con ellas, nos acariciábamos unos a otros, descubríamos el placer de una forma torpe e infantil. Cuarenta niños de catorce años con las hormonas desbocadas, encerrados durante tres meses... no podía acabar de otra manera. La primera vez que lo intenté con una mujer fue con una chica del pueblo más cercano que se ponía al otro lado del muro los jueves por la noche y a la que pagábamos quinientos escudos por ponernos encima. Se la tiraba todo el colegio y yo también fui a verla dos veces. La primera fue mal y la segunda todavía peor. Se llamaba Leopoldina, era fea como un pecado, tenía los dientes salidos, cara de conejo y hacía todo aquello vete a saber por qué. Empecé a pensar que las mujeres eran una mierda que no interesaba a nadie. Sólo cuando salí a los diecisiete años y volví a Lisboa, empecé a ver chicas bonitas y a darme cuenta de lo que es una mujer.

Y desde entonces no he parado. ¿Te acuerdas de la cantidad de chicas que me tiré en la facultad? Era un acto compulsivo, un placer indefinido y, para mí, lo menos importante. Lo que siempre me ha gustado ha sido el juego, la seducción, conquistarlas, ver cómo se entregan poco a poco... como cuando vas de caza: el mejor momento no es cuando disparas, sino cuando ves la presa y no sabes si será tuya, si va a escapar de un momento a otro y no la vas a ver nunca más, ¿entiendes lo que quiero decir?

Seguimos andando, la luna se eleva ligeramente y dibuja un cuarto menguante que parece un gajo de lima iluminado con neón. Escucho e intento comprender. Intento imaginar a Afonso con catorce años, solo en el colegio, lo veo encaramarse en el muro y caer desaliñado al otro lado, donde Leopoldina lo espera como quien espera el autobús. Pero no consigo imaginármelo tocando a otros niños; la imagen me repugna de tal manera que incluso esbozo una mueca.

—No entiendo por qué no me lo habías contado. Somos amigos desde hace muchos años, y yo siempre te he explicado lo que pasaba en mi vida...

—Porque eso forma parte de mi pasado, hoy prácticamente no tengo aventuras homosexuales.

—¿Qué quieres decir con «prácticamente»?

—Déjalo, no vale la pena hablar de eso.

—¡Claro que sí!

Afonso se para, se queda mirando al agua a la espera de una respuesta.

—Si supiese qué decir... pero no sé, Vera. En serio que no lo sé. Hace mucho tiempo que yo mismo busco una respuesta para eso. No me considero homosexual. Cada vez siento más deseo por las mujeres. A veces creo que debería casarme y tener hijos, perpetuar la existencia, como cualquier ser humano. Debe de ser una necesidad biológica, pero de vez en cuando me apetece acostarme con un hombre. Son siempre relaciones fugaces, puramente carnales, sin continuidad. Una noche y ya está. Me gusta sentir el cuerpo de un hombre encima de mí, me gusta la lucha física, es una relación más animal, se miden las fuerzas, ¿entiendes? Es una cosa de igual a igual.

No, no lo entiendo, pero no puedo decirle que no lo entiendo porque soy mujer, él no entendería el argumento porque es hombre y, por más que el mundo quiera, hombres y mujeres están hechos de diferente pasta.

—¿Y tu amigo?
—¿Cuál?
—El del colegio, aquel que te protegía... ¿Ha hecho tu mismo recorrido o...?
—¿Estás preguntándome si es gay? —responde con expresión pícara. Después se calla y se queda mirando hacia el río—. Desde luego, las mujeres sois los bichos más curiosos del mundo. Pero voy a satisfacer tu curiosidad. Sí, es gay, aunque de vez en cuando se acueste con mujeres que usa como meros objetos sexuales.

—¿Te refieres a que se relaciona emocionalmente con hombres más que con mujeres y que tú has seguido la evolución opuesta?

—Sí, creo que ésa es una buena definición.
—¿Y no ha habido nada entre vosotros?
—Claro que no. Somos muy buenos amigos, contamos el uno con el otro para todo, tenemos una relación familiar, de hermanos.

Ya estamos en la puerta del Lux y subimos al primer piso. Pedimos un vodka con limón que me bebo casi de un trago; siento la garganta seca y un malestar en el alma que el alcohol anestesia con cierta rapidez. Afonso permanece en silencio, con la mirada cansada, con ese cansancio de quien ha vaciado el alma y se ha quedado sin nada que decir. Finalmente me pregunta por el nuevo novio. Le cuento que es de Oporto, que vive en un

piso delicioso en Foz y que trabaja en la Banca Privada del BIP.
—¿Cómo se llama?
—Manel Menezes.
Afonso acaba de vaciar su copa y le pide a la chica de ojos pintados y pelo largo que anda por ahí un vodka con tónica...
—¿Quieres tú otro?
Niego con la cabeza. Con la angustia que me invade el pecho después de tantas revelaciones, si tomo una copa más, me emborracho. La chica se aleja con ese andar escurridizo y neutro que tienen las tías que trabajan de noche.
—Manel Menezes... yo conocí a un Manel Menezes. ¿Cómo es él?
—Es de mediana estatura y pelo un poco rizado, ojos azules, aspecto tranquilo...
—Ya sé quién es —declara, como si lo que fuese a decir no tuviese la menor importancia—. También iba al colegio.
Siento de golpe que me quedo sin sangre en el cuerpo.
—No me estarás diciendo que...
—No estoy diciendo nada, Vera. ¡No seas paranoica!
—Pero si fue al mismo colegio, después de lo que me has contado...
—¡Nada de eso! No me acuerdo muy bien de él, era un tío muy tranquilo, sosegado, no tenía nada que ver con nuestros disparates. Espera... él tenía una historia complicada... era hijo ilegítimo o algo así. Creo que no iban a buscarlo los fines de semana... Sí, me acuerdo de ese detalle: su madre vivía en Lisboa y se quedaba solo muchas veces. Una vez era su cumpleaños y le pregunté a mi madre si podíamos invitarlo a casa. En fin, que se vino a pasar el fin de semana con nosotros. Seguro que todavía se acuerda de eso.
—¿Qué edad teníais?

—Unos catorce o quince años... tal vez quince... Así que vive en Oporto y es director de Banca Privada. Vaya, no le ha ido nada mal. Qué bien, era un buen tipo. Me gustaría mucho verlo otra vez.

—A mí también —respondo con un suspiro.

—¿Por qué? ¿No estás con él?

—Yo sí, pero todavía no estoy muy segura de que él esté conmigo. Captas la diferencia, ¿no? Hace más de una semana que no lo veo y no sé cuándo volveré a verlo otra vez, si va a venir él o si voy a ir yo a Oporto. ¡Es una mierda!

Afonso me pasa el brazo por los hombros y me mira con una mezcla de cariño y compasión.

—Te has enamorado otra vez, ¿verdad?

Asiento en silencio con cara de perro sin dueño.

—Y ya estás insegura, ¿a que sí? Te has ilusionado y ahora no sabes cómo llevar el asunto...

Por estas y por otras cosas es bueno tener amigos de la infancia. Lo entienden todo sin necesidad de que les expliquemos nada.

11

Cuelgo el teléfono después de estar hablando durante más de una hora con Vera. Me ha llamado a las once de la noche, presa del pánico, completamente alterada, para contarme la cena de ayer con Afonso. La he invitado a pasar aquí el fin de semana, pero me ha dicho que estaba tan cansada que no quería ni pensar en salir a la autopista. António ha tenido que ir a Badajoz y estoy sola. Me ha alegrado oír la voz de ella; aquí en la finca siempre acabo sintiéndome un poco aislada y a veces me parece que esta soledad me mata, pero fui yo quien escogió pasar el resto de mi vida al lado de un campesino, y las elecciones hay que respetarlas. No me quejo de nada: tengo una casa fantástica y una calidad de vida que nunca tendría en Lisboa, mi matrimonio es sólido, estamos muy unidos y nuestra vida transcurre sin percances ni desacuerdos. Cada día que pasa miro a António y doy gracias a Dios por la suerte que tuve al encontrarlo. Como decía mi suegra, hay tres reglas de oro para que una relación entre un hombre y una mujer funcione: la primera es que se quieran de verdad el uno al otro. De verdad. Para bien y para mal, en los mejores y en los peores momentos. No es sólo que te guste estar con una persona por esto o por aquello. Es querer y punto. Después, es necesario que se entiendan. Que cuando uno hable, el otro entienda lo que ha dicho, lo que no ha querido decir y lo que ha querido que se leyese entre líneas. Que se entiendan en el sentido de llevarse bien, de darse paz y armonía el uno al otro. Un matrimonio puede sobrevivir a la muerte de la pasión, pero sobrevive mal al desacuerdo y al conflicto. Finalmente, que sean de la misma condición. Más en valores que en gustos, más en principios que en intereses. Si hay intereses semejantes, entonces mejor. Pero la base de su formación tiene que ser parecida, para que el entendimiento en esas pequeñas cosas a las que creemos no dar importancia sea tan natural que no nos demos cuenta. Como poner los cubiertos sobre el plato cuando se acaba de comer. Pequeños detalles de la máxima importancia.

A veces siento nostalgia de la vida de soltera. De meterme en un avión e irme una semana a Londres con Vera. O de pasar un día entero en la playa tostándome al sol, sin llevar el radar permanentemente conectado, siempre pendiente de las niñas, poniéndoles protector solar factor cincuenta, advirtiéndoles que no se quiten el sombrero y que no corran entre las toallas. Ser madre es trabajar a tiempo completo sin remuneración durante toda la vida. Y cualquier día crecen, entran en la adolescencia, necesitan afirmarse y empiezan a ser independientes y a tener su vida. Cuando eso suceda, me sentiré vieja. António se ríe de mis miedos. Cree que soy especialista en anticipar problemas. Que nací con un dispositivo incorporado en el cerebro al que llama, con mucha gracia, el «complicómetro» y que, según él, se conecta y desconecta automáticamente una vez por semana de forma imprevisible y arbitraria. Envidio la serenidad con que encara la vida y la calma con que resuelve los problemas cuando dice que sólo debemos disgustarnos por aquello que podemos resolver. Que sólo se enfada quien quiere. Que todo tiene solución, menos la muerte. Ha heredado el carácter de su madre. Era una mujer fabulosa. Murió en veinticuatro horas, de un aneurisma, el año pasado. Dios sólo llama a los que ama. Incluso en eso António reaccionó bien; sufrió lo indecible pero se recuperó con cierta rapidez. Ahora dice que la pequeña Maria es igual que su madre, y puede que sea coincidencia, pero la niña se parece cada vez más a la abuela. Nada en la vida sucede por casualidad. Y es verdad. Todo eso de que Afonso fuese compañero de Manel en el colegio es de esas coincidencias que dan que pensar. Afonso. Vera dice que sigue estando buenísimo. Insoportable, engreído, aburrido de todo y cínico como él solo, pero más seductor que nunca. Me gustaría volver a verlo un día de éstos y presentarle a mis hijas. Parece que se emocionó cuando Vera le habló de ellas. Ese hombre nació con el sexo equivocado. Todo en él son indicios de un espíritu femenino, a pesar de la virilidad y de la masculinidad de la que tanto presume. A lo mejor es eso lo que me atrajo de él. De puertas afuera, Afonso era frío y calculador, distante y arrogante. Por dentro, cuando se entregaba a mí, era el hombre más dulce del mundo. Todavía más dulce que António.

Pongo la olla al fuego para llenar la bolsa de agua caliente y me siento a la mesa de la cocina a fumarme otro cigarro. Maldito vicio. Está arruinándome los dientes y la piel. Pero no consigo dejar de fumar, es más fuerte que yo. Al final era verdad. Afonso es bisexual. Su primera experiencia fue con hombres y eso lo marcó para siempre. Debería sentirme aliviada por haber conseguido desvelar, finalmente, un misterio que ha ensombrecido mi vida durante tantos años. He cargado en silencio con ello como con una cruz invisible, sin compartirlo con nadie, excepto con Vera. Pero no. En vez de eso, me siento profundamente triste. Destruida. Derrotada. Engañada. Defraudada. Cabrón. No le perdono la falta de valor. Ni la falta de confianza para contarme su pasado. Tal vez lo hubiésemos superado juntos. Fue la duda permanente e implacable lo que me alejó de él para siempre. Si me hubiese contado la verdad, quizás en aquel momento hubiese sido capaz de perdonar y olvidar. Cuando se ama, se perdona todo. No se olvida nada, pero se perdona todo. No debería haberme mentido, no debería habérmelo negado todo cuando le expuse mis sospechas. Si me hubiese querido de verdad, se habría sincerado. Y él decía que la confianza era una regla básica en toda relación. Un hombre que me escondió su pasado, su adolescencia problemática, que me llamó loca y desequilibrada, que me acusaba de ser insegura como un arma contra él. El inseguro era él. Inseguro y estúpido. El día menos pensado la verdad acabaría saliendo igualmente a la luz, por boca de él o de otros. Pasa siempre, siempre. Nada ni nadie escapa a ella. Pero no. Creyó que podría pasar incólume. Que con el tiempo me olvidaría y se disiparía la duda de mi cabeza. Ni mucho menos. Me he pasado cuatro años pensando en ello, recurrentemente, día tras día, con la duda envenenándome la existencia. Dejé de confiar en las personas, pasé a ver en cada hombre un peligro inminente. Por su culpa me sumergí en un absoluto desierto emocional y allí seguiría si António, con toda su dulzura y su paciencia, con ese encanto tímido de los hombres que piensan que no tienen ningún encanto, no hubiese conseguido llegar a mi corazón helado y encogido por tanta duda y tristeza.

Afonso me hizo mucho daño. Tanto que a veces todavía me duele el pecho cuando me acuerdo de él. Hay momentos en los que me gustaría estar en el lugar de Vera, intercambiar todo lo que tengo y que a ella le hace tanta falta, un marido extraordinario y una familia fabulosa, sólo por estar sentada delante de él un par de horas, pasear de la mano por la orilla del río...

Debo de estar completamente loca, ¿cómo puedo pensar eso? Aplasto con fuerza la colilla en el cenicero y lleno la bolsa con el agua que ya estaba evaporándose de tanto hervir. Debería tomar una pastilla para dormir y acabar esta historia de una vez por todas, olvidar a Afonso, pensar que pese a todo he tenido mucha suerte, que mi vida es exactamente lo que siempre quise, aunque cuando la imaginaba no la veía así. Ojalá hubiese conocido a António antes, ojalá nunca hubiese tenido que pasar por lo de Afonso. Perdí la inocencia ante la vida, ante los demás, dejé de creer. Todavía hoy no consigo mirar a un hombre sin imaginar si tendrá historias paralelas, con otros hombres o mujeres, tanto da. Dentro de unos años, las niñas vendrán a casa con los novios y yo pensaré que todos tienen aire de marica. ¡Qué mierda! ¿Por qué la memoria no es como la de los ordenadores, donde se manda a la papelera todo lo que queremos borrar? Aunque en realidad lo malo es que ocurre como en los ordenadores. Va a la papelera, pero allí se queda todo. Simplemente se coloca en otro sitio.

Estoy preocupada por Vera. La veo muy entregada y me da la impresión de que este Manel no busca una novia. Me parece que se ha liado con ella porque le ha llamado la atención y no imaginaba que ella se engancharía. Después de la fase inicial, se ha quedado sin saber qué hacer. Como decía Picasso, lo bueno de verdad es el principio, porque a continuación empieza el final. Ojalá que Vera no sufra una vez más por culpa de esa forma inconsciente y adolescente que tiene de lanzarse de cabeza a las relaciones. Pero ella es así. Le encantan las misiones imposibles, está convencida de ser la supermujer. Por culpa de esto aguantó durante años que João la tratara como a un perro y después la usara como amiga; por lo mismo le dio cuerda al palurdo de Tiago, que tiene la inteligencia de un salmonete y el encanto de una hoja de lechuga. Pero Tiago ha sido un paliativo, un paño caliente para intentar olvidar a João. Pobre Vera. Después de todos estos años todavía no ha entendido que no se olvida a una persona con la que aparece a continuación, sino que es la tercera la que hace olvidar a la primera, y después es necesario que aparezca una cuarta para olvidar a la segunda, y cuando te das cuenta, ya tienes un patrimonio incontrolable de amores fracasados que pesan mucho más que una soledad escogida, estoica pero sosegada, como la que tuve desde que aparté a Afonso de mi lado y dejé que António se acercase. Dos años de luto, de autoexilio amoroso, despertándome por la mañana pensando: hoy todavía no puedo oír mi corazón. Todavía no, todavía no...

Vera utilizó a Tiago para olvidar a João y ha olvidado automáticamente a Tiago cuando ha aparecido Manel, pero no se ha olvidado de João. Y si las cosas no salen como ella espera, y eso es lo más probable, ¿a quién recurrirá para olvidar a Manel? ¿Cuándo piensa pararse a pensar? Y cuando se pare, ¿estará todavía a tiempo? ¿No estará ya viciada con esta sucesión imparable, gratuita y agotadora de paños calientes que sólo le producirá cansancio y desencanto? ¿Acaso no se da cuenta de que es necesario demolerlo todo, no dejar piedra sobre piedra, guardar luto y enterrar el dolor para empezar otra vez de cero? Debería haberle dicho todo esto por teléfono, cuando me ha llamado histérica con la coincidencia entre Manel y Afonso, pero no he sido capaz. Ya estoy cansada de decirle siempre lo mismo desde hace años y de ver que no me escucha, nunca lo ha hecho, nunca ha conseguido aprender nada, y continúa sin saber protegerse de las locuras en que se mete. No por eso voy a dejar de ser amiga suya, pero he desistido de ayudarla.

No. Pensándolo mejor, menos mal que no conocí a António antes de salir con Afonso. El sufrimiento me enseñó a valorar cuestiones fundamentales en la vida. De no haber sentido la falta de firmeza de Afonso, nunca habría sabido valorar la solidez de António. Si nunca hubiese desconfiado de Afonso y sentido en mi propia piel el miedo de perderlo por otro hombre, nunca habría comprendido que la limpidez y la seguridad con que António encara el amor y la vida son su mayor encanto y mi mayor tesoro. Sí, tengo suerte, pero la suerte no se tiene, se construye, se escoge y se cultiva, no se inventa, a no ser que ganes en la lotería. La paz de que hoy disfruto la he conquistado a pulso y es el fruto de una lucha interior en la que aprendí a dominar mis fantasmas. Y continúo luchando, día a día, como lo estoy haciendo ahora, para distinguir entre lo esencial y lo circunstancial y efímero, entre lo que quiero y lo que me apetece, entre la apariencia y la esencia de las cosas.

Lo que no nos mata nos hace más fuertes, decía mi suegra. Se quedó viuda después del 25 de Abril, cuando su marido se suicidó por la quiebra de la empresa y el miedo a las persecuciones comunistas. Ella se remangó y empezó a ganarse la vida para alimentar a António y a sus tres hermanas cocinando para fuera. Era una señora a la antigua, de buena familia, que no había estudiado ninguna carrera excepto la de piano. No había trabajado en toda su vida, ni siquiera se le había ocurrido hacerlo. Pero era una cocinera extraordinaria y una repostera superdotada. António y sus hermanas trabajaban con ella, la apoyaban en todo. La acompañaban a las fiestas y cenas, la ayudaban a llevar las bandejas y los adornos de mesa que ella misma hacía con un gusto exquisito y otras veces ya sin inspiración, reventada de cocinar ella sola para docenas de personas con el propósito de ganar suficiente dinero para no tener que vender la casa de Lisboa y la finca, el lugar donde ahora vivo. Cinco años después, encontró una socia y creó la empresa de *catering* más prestigiosa de Lisboa. Cuando murió, en la basílica da Estrela no cabía ni un alfiler y el cementerio Dos Prazeres quedó abarrotado. Un mar de gente lloraba la muerte de una de las mujeres más extraordinarias que he conocido. Una semana antes de morir, siendo Maria recién nacida, pasó con nosotros el fin de semana. Miró a la niña en la cuna y dijo: sólo hay una cosa tan buena como ser madre, y es ser abuela. Aprenderás a vivir con el corazón en un puño, pero también te darás cuenta de que los hijos nunca son lo que esperamos, son siempre mejores. Y, si Dios quiere, todavía viviré muchos años para ver a mis nietas hacerse mujeres como tú y como yo. Dios no quiso.

Lo que no nos mata nos hace más fuertes, repito en voz baja echada en la cama, muerta de frío. Añoro a António, el cuerpo de António, las manos de António, la piel de António, su mirada miope de niño pequeño cuando se acuesta y dice que no me ve con nitidez, sólo una escultura de Rodin. Amo a mi marido más que a nada y por encima de todo. Amo mi vida y a mis hijas. Amo esta casa y esta vida. Amo a Vera y sufro por ella. Amo a mi suegra que me adoptó como hija y que fue durante algunos años la madre que nunca tuve.

Lo que no nos mata nos hace más fuertes. Tengo que visitar a mi suegra en el cementerio la próxima vez que vaya a Lisboa. Echo de menos conversar con ella. Lo que no nos mata nos hace más fuertes. Pero sólo lo que no nos mata...

## 12

Levantarme a las seis y veinte. Apagar el despertador para no molestar a Sofia. Ducharme, afeitarme, elegir un traje, una camisa, la corbata adecuada, todo esto sin tener la sensación de que estoy perdiendo el tiempo. Buscar un par de calcetines, abrocharme el cinturón, hacerme el nudo de la corbata y escoger los zapatos. Voy a la cocina y en dos minutos me preparo un café con leche humeante. Corto dos rebanadas de pan y me hago unas tostadas. Miro la lavanda por la ventana de la cocina mientras desayuno en silencio. Ha crecido mucho este verano. Ya amanece más tarde, los días empiezan a ser más cortos. Dentro de poco llegará la Navidad y después un año más. Y yo siempre igual. Con dificultades en el trabajo y problemas en casa. Sofia y yo apenas hablamos. Si no fuese por los niños... pero los niños lo son todo, menos mal.

Ayer llamé a ese tal Adérito Gomes a quien mi padre vendió la hacienda en 1988. Le dije que iba a ir a Oporto por cuestiones de trabajo y que me gustaría verlo. El hombre me trató con deferencia, me llamó señor a diestro y siniestro y, cuando iba a colgar, me mandó recuerdos para mi señora esposa. Muy hablador, con esa conversación de constructor civil oportunista y acostumbrado a triunfar a costa de las debilidades ajenas. Ya me los conozco. Mi padre siempre tuvo mala pata para escoger a las personas con las que hacía negocios. De dónde habrá salido este Adérito Gomes; le ha faltado tiempo para hacer publicidad de la constructora que tiene con un sobrino, que también fue a la universidad como yo. A mí qué me importan los sobrinos, por muy licenciados que sean. A este tipo de gente le encanta presumir de lo que tiene. Pero yo a ése me lo toreo. He de saber qué pasó. ¿Por qué narices vendió mi padre las tierras en 1988 a un precio muy por debajo de su valor en el mercado? ¿Le debía dinero a ese tipo? No lo entiendo. Ya se habían resuelto todos los problemas, tanto en el Alentejo como en la fábrica, de las ocupaciones de la revolución del 25 de Abril. ¿Tanto dinero necesitaba mi padre? A estas alturas nada me sorprende. Mi padre era capaz de todo y fue capaz de todo. Incluso de echar a mi madre de casa e impedirle que viese a sus hijos durante casi diez años. De traerse a casa a sus amantes cuando mi madre todavía vivía con nosotros. Un día de éstos tengo que sentarme con Isabel y pedirle que me cuente algunas cosas. Ella fue su secretaria durante veinte años; lo que ella no sepa, no lo sabrá nadie. Las secretarias siempre saben más de lo que aparentan. Cuando no saben más, es porque saben mucho más.

Adérito Gomes. ¿Quién será este cabrón? Un nuevo rico con un Mercedes blanco y trajes color miel, ya lo estoy viendo.

Salgo de casa y todavía es noche cerrada. La puerta de la verja se abre silenciosamente, cómplice de mis madrugadoras salidas y de mis regresos tardíos. Son las siete y cuarto. Con suerte, llego a la fábrica antes de las ocho. Firmo los cheques de las nóminas y despacho lo que sea necesario con Isabel. Voy a invitarla a desayunar. Tal vez se acuerde de la historia de la venta. Tal vez sepa quién es ese tal Adérito Gomes. Un momento. Isabel a lo mejor es de Oporto. Sí, claro, debe de serlo. Su hijo vive allí. ¿Por qué vive allí su hijo, en una ciudad donde no tiene familia? Sólo si se fue por razones de trabajo, pero lo más seguro es que sea de allí, igual que ella. Una razón más para hablar con Isabel. Se fue a Oporto a pasar el fin de semana hace menos de un mes, empezaremos la conversación por ahí. No sé por qué, pero creo que Isabel va a abrirse conmigo.

Hay poco tráfico en la autopista, en un momento estoy en la fábrica. Cojo el desvío y entro por la puerta vieja y herrumbrosa. El coche de Isabel todavía no está en el aparcamiento. Subo a mi despacho y enciendo las luces. Fuera empieza a clarear, pero hace una mañana fría y gris. El verano ya se ha ido. Isabel llega puntualmente a las ocho y media. Me trae los cheques y media docena de cartas para firmar.

—Señor, ¿quiere un café?
—Traiga dos, por favor.

Isabel me mira sorprendida.

—¿Está esperando a alguien?
—No. Y traiga también cruasanes de esos pequeños que acostumbra a tener en la nevera. Hoy me hará compañía.

Isabel sale obedientemente, disimulando a duras penas su intriga. Pobre, no tiene ni la menor idea de lo que quiero.

Regresa minutos después con una bandeja con dos cafés y cruasanes en miniatura. Está de moda todo lo mini. Miniaparatos, minimóviles, minibolígrafos, gafas que se pliegan hasta quedar del tamaño de un pulgar.

—Siéntese. Necesito su ayuda.
—Desde luego. Estoy a su disposición.

Formalidad y fidelidad eternas. El secreto del éxito en una buena secretaria.

—¿Qué? ¿Cómo fue la visita a su hijo en Oporto?
—Muy bien, señor, muy bien. Muchas gracias por preguntar.

Me mira atentamente, a la espera de que le pregunte lo que quiero saber.

—Muy bien. ¿Recuerda cuando mi padre vendió la hacienda, la Herdade das Gafas, en 1988?

—Sí, lo recuerdo, señor.
—¿Recuerda a quién?
—Fue al señor Adérito Gomes. Hace dos o tres semanas me pidió usted su teléfono y yo se lo di.
—Isabel, ¿usted es de Oporto?
—No exactamente; soy de por allí cerca, nací en Gondomar.
—¿Y conoce personalmente a ese tal Adérito Gomes?
—Sí... lo conocí cuando vino aquí a comprar la hacienda.
—¿Y ya lo conocía de antes?
—Bueno, está casado con mi hermana Odete.

Curioso. Una secretaria modesta con un cuñado rico.

—Entonces, ¿no lo conocía de antes?

Isabel entorna los ojos, como quien está haciendo cálculos mentalmente.

—No. Él se casó con mi hermana en el ochenta y siete, después de que ella enviudase de su primer marido. En aquel momento, yo ya estaba aquí trabajando para su padre.
—Y su hijo, ¿dónde estaba?
—Lo crió Odete, señor. Yo no podía, por el trabajo.
—Y su marido, ¿dónde estaba?
—Murió en la guerra de Ultramar. En Guinea-Bissau. El niño era pequeño.
—Y usted mandó al niño con su hermana porque no podía criarlo sola, ¿no?
—Sí. Yo quería volver a Oporto, pero el padre de usted me dijo que pagaría el colegio del niño, que no me preocupase y, mire, luego fue pasando el tiempo.
—Muy bien. Ya puede irse.
—¿No necesita nada más de mí?
—No, Isabel. Lláメame al móvil si surgiera algo urgente. Ya puede irse.

Curioso. Muy curioso. Mi padre le paga los estudios al niño. Isabel, siempre fiel a mi padre, dejó que la hermana le criase al hijo. Y ahora aparece ese tal Adérito que se queda con la hacienda y hace el negocio del siglo.

Salgo de la fábrica derecho a la autopista. Aprovecho los viajes en coche para poner en orden mis pensamientos. Si no fuese por estos momentos en que estoy solo, ya me habría pegado un tiro en la sien. Por lo menos aquí nadie me fastidia. Desconecto el móvil, desaparezco de repente y nadie se da cuenta. Estoy reunido conmigo mismo, como decía Alexandre O'Neill: «Dile que estás ocupado, entrevistándote contigo mismo.» Sofia no tiene vida propia, nunca la ha tenido, por eso no se da cuenta de que los demás necesitan estar solos, precisamente porque estando solos se sienten acompañados por ellos mismos. Ha aprovechado enseguida para apuntarse y mañana vendrá en tren con los niños para pasar el fin de semana con sus padres y conmigo. Va a ser un lío, y a mí que me apetece ocuparme sólo de mí mismo. O'Neill. Fue Vera la que, en una de nuestras noches, abrió un libro enorme y empezó a leerme su poesía. Fue Vera quien me habló del amor de O'Neill por Nora Mitrani y me leyó los poemas que le escribió cuando, años más tarde, supo de su muerte. Todavía oigo su voz junto a mi oído... «En esta curva tan tierna y lacerante que va a ser, que es ya tu desaparición, te digo adiós, y como un adolescente voy dando tropezones de ternura por ti.» Debería volver a leer a O'Neill. O tal vez no. Quizá sea mejor dejarlo, mudo y tranquilo. Al menos no despierto el recuerdo, no remuevo en el pasado, lo dejo guardado en un rincón cualquiera de mi subconsciente, donde también está Vera y la vida que nunca he tenido.

He de averiguar cómo compró la hacienda este Adérito. No puede haber sido un simple negocio: mi padre estaba loco, pero no era estúpido. Quizá le debía algo, pero aun así, no se pagan los favores con negocios ruinosos. Debería conseguir información sobre ese tipo antes de la cita con él, pero no tengo ningún conocido en Oporto, excepto mis suegros y mis cuñados. No voy a pedirles nada, nunca lo he hecho, no van a cambiar las cosas ahora. O si no... también podría llamar a Vera para que le pregunte al tal Manel si por casualidad conoce o sabe quién es ese Adérito. Marco el código para conectarme al mundo otra vez.

—¿Vera?
—¿Diga?
—Soy yo, João.

Silencio al otro lado.

—¿Me oyes? Soy yo, João.
—Ya te he oído.

Silencio otra vez. O hay un fallo en la línea, o es que está furiosa.

—¿Estás bien?
—Sí. ¿Por qué me llamas?

No hay ningún problema con la línea. No puedo decir lo mismo de Vera.

—Oye, sé que habíamos quedado en que no te llamaría más, pero necesito que me ayudes en una cuestión importante. ¿Puedes?
—Dime.

Ostras, no debería haberla llamado. Pero ahora ya está hecho.

—Mira, no te molestaría si no fuese realmente importante, pero sólo tú puedes ayudarme o, por lo menos, de la forma que necesito. ¿Quieres ayudarme o no?
—Claro que sí, João, déjate de misterios y dime de qué se trata.
—¿Te acuerdas de aquella historia de la venta de la hacienda del Alentejo, hace más o menos diez años, y que yo nunca entendí cómo se había hecho ese negocio?
—¿Aquella que me contaste que tu padre vendió por un precio ridículo?

—Esa misma. Estoy de camino a Oporto para visitar a algunos clientes y he aprovechado para solicitar una reunión con el tipo que la compró. Me sería muy útil que averiguases alguna cosa sobre él. ¿Te molestaría llamar a tu novio y preguntarle si lo conoce?

Silencio otra vez. Vera está muy enfadada conmigo porque no he respetado la distancia que me había impuesto, porque me he acercado otra vez y además para pedirle un favor; pero paciencia, los amigos son para las ocasiones, o no son amigos.

—Está bien, pero se lo preguntaré mañana, cuando vaya a Oporto y lo vea. ¿Cómo se llama el tipo ese?

—Adérito Gomes.

—¿Y a qué se dedica?

—Es constructor. Un nuevo rico.

Yo hoy en Oporto y Vera mañana. No iba a Oporto desde hacía tres años y teníamos que coincidir.

—Oye, voy a estar en Oporto hasta el domingo por la noche; si te enteras de algo, llámame.

—Vale, ya veré qué consigo averiguar. Pero no te prometo nada. Y por favor, João, POR FAVOR, no vuelvas a llamarme. ¿No puedes respetar lo que acordamos?

—Claro que sí, perdona. No volveré a molestarte. Un beso.

Cuando cuelgo noto la garganta seca. En todos estos años, Vera nunca me había hablado así. Pero las personas cambian, y es evidente que Vera ha cambiado. Quiere vivir su vida, no puedo censurarla. Con el tiempo me acostumbraré a la idea de que Vera ha salido de mi existencia.

## 13

Por fin voy a pasar un fin de semana con Manel. Hace casi un mes que no nos vemos. Cojo el tren de las diez de la mañana que llega a Campanhã antes de las dos de la tarde. Tres hora y media para ocuparme de mí misma antes de volver a verlo. Tengo el corazón desbocado, casi puedo verlo palpitar debajo del jersey de lo nerviosa que estoy. Todos estos días sin verlo sólo han servido para aumentar mis sentimientos. Es la primera vez que nos vemos después de aquella mañana fatídica y grotesca en la que Tiago entró inesperadamente en mi casa e hizo una memorable disertación sobre las borlas. Después del choque, Manel y yo decidimos clasificarla en nuestra memoria como El Episodio de las Borlas, título sugestivo e inolvidable para diez minutos de absurdo total y la consiguiente carcajada. Una carcajada de nerviosismo. Creo que con Maria he adquirido el reflejo condicionado de reírme en los momentos de mayor tensión, ella sólo se ríe cuando está preocupada o triste. Manel y yo nos reímos de la situación a pesar de que instintivamente sentimos que algo se había roto en nuestra relación. El enfrentamiento con Tiago dejó una marca de falta de pureza y de ausencia de ingenuidad que Manel difícilmente olvidará. Los hombres se divierten cuando estas cosas les suceden a otros, pero no soportan que les toquen directamente. Y no puedo dejar de pensar en todo lo que Maria dijo acerca de Oporto y de la forma de actuar de los que viven allí, hasta qué punto están sujetos a los prejuicios y con qué facilidad juzgan a los demás. Espero que él se olvide de la historia tan deprisa como yo he olvidado a Tiago, que ha desaparecido del mapa para siempre. En esta espera silenciosa y contenida, me he ido quedando cada vez más aislada, dejando que los días se me escurran entre los dedos, alimentada por las llamadas diarias con las que me siento momentáneamente cerca y por eso más feliz.

El fin de semana siguiente le pregunté si podía ir a verlo, pero me dijo que la familia iría a visitarlo a casa y que no tendría tiempo para mí. Visita de la familia, pregunté. Pero ¿tus padres no viven en Oporto? Cortó la conversación de forma delicada pero tajante, me hizo sentir inoportuna e indiscreta, y dijo algo así como: si tengo que dar cuenta de todo lo que hago o decido, no llegaremos a ningún lado. Después se calló y concluyó diciendo: no me presiones, sabes que cuando estoy sometido a este tipo de presión, empiezo a sentirme un poco confuso. Me encanta su manera sutil de usar las palabras. Confuso cuando quiere decir enfadado, por ejemplo. No he insistido. Me he agarrado a la idea de que antes de conocerlo ya estaba viva y era feliz, y que por eso continuaría viva de todos modos. Sin embargo, cuando el amor inicia un nuevo reinado, todo cambia. Hay en el aire una nueva locura invisible y latente que nos alimenta los días y las horas. El amor tiene siempre su punto de locura, de lo contrario no sería amor y no valdría la pena. Y la locura tiene siempre alguna razón, de lo contrario no sería locura. Empecé a amar a este hombre en un instante, y sospecho que lo amaré toda mi vida. Como si lo tuviese bajo la piel, me corriese por las venas y formase parte de mí. Antes de él, todo era relativo. Vivía con Tiago, soñaba con João y a veces me acostaba con Luís; todos ellos coexistían pacíficamente en mi vida. João era un sueño, Tiago un fraude y Luís una válvula de escape. Pero no sentía amor por ninguno de ellos. Tal vez por

João, pero era ese tipo de amor vencido por la evidencia de las circunstancias, por la certeza de la derrota. El amor que ha desistido, pasivo, ausente de sí mismo. Tiago llenaba mis días de nada. Era un recurso torpe e idiota de evitar la soledad, sin conseguir evitarla. Luís era más importante que Tiago. Era con él con quien hablaba, era a él a quien le contaba lo que tenía en el alma. A veces tengo ganas de hablar con él, pero prefiero no llamarlo. No quiero mostrarme vulnerable ante sus ojos. Además, verlo no serviría de nada. Lo que teníamos era una buena relación de cama y una buena compañía, y todo eso parece muy poca cosa cuando una persona se enamora: es como si nunca hubiese existido.

Para matar la nostalgia que me ha consumido durante estas semanas, empecé a escribirle cartas a Manel, de esas que desde el principio ya se sabe que no llegarán al destinatario, una especie de ejercicio de lucidez, una manía que tengo de autoanalizarme para matar el tiempo y calmar el desasosiego. No cartas de amor, sino llenas de amor, abarrotadas, desbordadas de nostalgia contenida y un callado deseo de verlo, de oírlo, de tenerlo otra vez a mi lado, sentado en el sofá, delante de mí, hablando, cenando y riendo, o cogido a mí, bailando... las hojas del cuaderno están ahora casi llenas y, sin embargo, no he arrancado ninguna. Las cartas que le escribo a Manel morirán conmigo o le serán enviadas si este amor mío tiene fin y yo quisiera borrarlo para siempre de mi vida. Temo que llegue ese día, pero no quiero pensar en ello, ni quiero imaginar mi vida sin él. Ya he amado así una vez; tenía dieciocho años y nunca imaginé que volvería a ocurrirme de nuevo, pero aquí estoy, sentada en un tren para un viaje de más de tres horas, agarrada a mi cuaderno y a mis sueños, aterrorizada por mis miedos, como una adolescente tonta y desprevenida, como si nunca hubiese vivido nada o, peor aún, como si no hubiese aprendido nada con la vida. Regreso a Oporto acompañada por el ruido sordo del tren y cierro los ojos para ver mejor el puente Dom Luís, las bodegas de vino ubicadas en edificios de medio porte en la otra orilla, las tranquilas calles de Foz y sus casas antiguas, y esa serenidad nostálgica que encierra la poesía de una ciudad tan grande y tan pequeña como Oporto sabe ser. Para mí, Oporto es Manel, y Manel, Oporto, unidos en la misma realidad. A medida que el tren avanza hacia el norte y el paisaje se va alterando, ganando curvas y contornos, voy soñando acunada por su voz, que resuena en mi interior, es una especie de registro eterno y constante que me guía y me acompaña. Manel y su mundo apacible, la casa acogedora, la cama pequeña, los armarios ordenados, un saber vivir que no se aprende y que me llena los días de placer y bienestar, incluso sin verlo, incluso sin tocarlo. Marguerite Duras dice que incluso cuando sólo existen palabras, el amor se vive de la misma manera. Que lo peor es no amar, que eso no existe. Pero empiezo a tener miedo de amar si él no me corresponde. Lo veo demasiado autónomo, aislado en su mundo, como si levantase a su alrededor un muro de autosuficiencia construido para no volver a amar nunca más. A veces me habla para que me sienta cerca. Otras, para mantener deliberadamente las distancias. Me habla de Marta y de otras mujeres a las que amó para que yo entienda, sin tener que decírmelo explícitamente, que sólo puedo ser una más, que después de todo nuestra relación no es tan excepcional, única y especial como ingenuamente pienso. Y hace conmigo lo que yo hice con otros hombres: me relativiza, me diluye, me disuelve en sus recuerdos, me hace sentir que son más poderosos que el presente, que cuanto hemos compartido. Me callo y no le respondo, no le digo cuánto me duele oírlo explicándome, sin explicarme, que no sabe lo que siente por mí ni qué lugar puedo ocupar en su vida. Debería alejarme ahora mismo, bajar en la próxima estación, coger un tren en sentido contrario y volver a mi caótica pero controlada normalidad. Pero no. Sólo consigo imaginar el momento en que voy a sumergirme en sus ojos y olvidarme de que existe el resto del mundo. Sólo entonces tendré un poco de paz, cuando me sienta otra vez cerca de la perfección. Y estar con él es estar cerca de la perfección. La perfección de las escasas relaciones en las que no sólo hay comunión del cuerpo y del corazón, sino también del alma. Aunque tanta proximidad en tan poco tiempo es algo que asusta. Decidí quedarme con él cuando comprendí que era un disparate no dejarlo entrar en mi vida, pero ahora tengo la sensación de que no sabemos qué hacer el uno con el otro. Ambos estamos acostumbrados a controlar las relaciones y ahora vivimos una situación que ninguno de los dos controla. Por eso juega Manel, por eso se esconde detrás de una cómoda apariencia, de su vida controlada, de su pasado dorado, de la distancia que hay entre dos ciudades y que nos une cuando él quiere y nos aleja cuando lo cree conveniente. Para mí es todo mucho más simple. Lo quiero y quiero que forme parte de mi vida, aun cuando se pare en la puerta y dude en entrar. A Manel le gusta dudar, primero porque no quiere comprometerse y, después porque eso le da un margen de maniobra para observarme, como un adversario en un juego de poder, detectando los fallos ajenos para conducir mejor su estrategia. Y juega siempre, es un jugador compulsivo, a veces en mi bando, otras contra mí, para que yo no sepa con qué puedo contar. Y me habla del futuro, del suyo, del mío y a veces del nuestro. Y discutimos sobre los nombres que nos gustaría poner a nuestros hijos, pero nunca sabemos si vamos a estar juntos el fin de semana siguiente.

Me levanto y voy al vagón restaurante a buscar un agua fresca. Atravieso dos vagones y me fijo en un niño de ojos azules con un aire que me resulta familiar. Lleva pantalones azules y jersey de rombos, parece un niño de colegio inglés, sentado leyendo un libro con dibujos de Walt Disney. A su lado, una niña más pequeña que no debe de tener más de cuatro años, está viendo el libro con él. Miro distraídamente a la mujer que está enfrente de ellos. ¡Es Sofia! ¡No es posible! ¡Sofia y los hijos de João en el mismo tren que yo, camino de Oporto! Aprieto el paso, rezando para que ella no me haya visto. Era lo que faltaba, encontrarme frente a frente con la mujer de João. Claro, va a pasar el fin de semana con él. Pero qué coincidencia que hayamos cogido el mismo tren. Ostras, y todavía no le he preguntado a Manel si conoce a ese Adérito Gomes. Ahora mismo lo llamo. Si descubro algo y llamo a João con Sofia al lado, va a ser todo un problema. La mujer no puede oír mencionar mi nombre, y mucho menos oírme. ¿Me habrá visto? Y si me ha visto, ¿me habrá reconocido? Vuelvo a pasar por los vagones donde están sentados y el pequeño João me mira como si me reconociese. ¡Qué fuerte! En persona todavía se parece más a su padre. Le dirijo una sonrisa tierna, de esas que les salen a las madres que todavía no tienen hijos, y él me la devuelve inmediatamente; luego sigo andando sin mirar atrás. Sofia no me ha reconocido. Menos mal. João está fuera de mi vida y también todo lo que tiene que ver con él. Por suerte, nunca nos han presentado. Hace tiempo, fue amiga de Maria, pero eran muy pequeñas cuando dejaron de verse y Maria no conservó ningún tipo de relación con ella, aunque la conoce bien. Me impresiona tanta convergencia, tanta proximidad entre las personas. Mi mejor amiga estuvo enamorada de mi mejor amigo, conoce desde pequeña a la mujer que se casó con el gran amor de mi vida. Y Afonso conoce a Manel. Y Manel debe de conocer a Sofia, como si lo viera.

Manel contesta al teléfono visiblemente alegre.

—¡Buenos días, querida! ¿Ya estás de camino?

—Sí, acabamos de pasar Santarém.

—Santarém, me gusta mucho esa ciudad.

—También a mí. Es donde vive mi amiga Maria.

—¿No fue en Santarém donde don Pedro I mandó arrancarle el corazón a los verdugos de doña Inés, a uno por el pecho y a otro por la espalda?

—¡Qué cosas se te ocurren! ¿Cómo quieres que lo sepa?

—Te gustan tanto los dramas que he pensado que sabrías la historia de la mayor tragedia de amor portuguesa de todos los tiempos... ¿Cómo se llamaban?

—Había uno que se llamaba Pacheco...

—Pero ése fue el que huyó.

—¿Huyó? Pero ¿don Pedro mandó matarlos a los tres?

—No, querida, Pacheco, Diego Lopes Pacheco, huyó vestido de mendigo, se unió a las tropas disfrazado de escudero y consiguió llegar a Aviñón sano y salvo. Los otros fueron capturados. Pedro Coelho y Álvaro... Gonçalves, creo que era Gonçalves.

Las cosas que sabe este tío.

—Mira, me encanta esta lección de historia, pero te he llamado para preguntarte una cosa: ¿conoces a un tal Adérito Gomes?

—¿Por qué?

—Me han pedido que te lo pregunte.

—Pero ¿por qué a mí?

—Porque es un amigo mío que conoce a poca gente en Oporto y como sabe que salimos juntos...

—Pero es que yo no salgo contigo, eres tú quien se ha metido esa idea en la cabeza.

Malo, malo. Primero me viene con lo de la matanza de don Pedro el Cruel y luego me aplica un correctivo.

—Bueno, eso ahora no viene al caso. ¿Conoces o no conoces a un tal Adérito Gomes?

—Casualmente, lo conozco. Puede decirse que lo conozco muy bien.

—¿Y qué tipo de persona es?

—Es una buena persona. Sólo puedo hablar bien de él.

—Pero ¿lo conoces bien o es de esas personas de las que se sabe quiénes son y poco más?

—No, lo conozco bien. Pero ¿por qué quieres conseguir información sobre él?

—Déjalo, no tiene importancia.

—Sí que la tiene. Dime.

—No te preocupes, cuando llegue hablamos. ¿Vendrás a buscarme a la estación?

—¡Claro! ¿Me crees capaz de dejarte plantada en la cola de los taxis? ¿A qué hora llegas?

—A la una y media.

—Allí estaré. Un beso.

Cuelgo un poco molesta. Me he quedado sin saber nada de ese tal Adérito, pero si Manel dice que es buena gente, entonces debe de serlo. Manel es riguroso y exigente con sus relaciones, tiene pocos amigos, pero buenos, es del tipo de persona que cuando emite juicios de valor sobre otros, sabe lo que está diciendo. Llamo a João y le transmito la poca información que he conseguido. João me da las gracias y me pide que lo llame si averiguo algo más. Le cuento que he visto a Sofia y a los niños en el tren y le entra el pánico por posibles encuentros inmediatos en la tercera fase.

—No te preocupes; cuando lleguemos a la estación, esperaré que ella baje primero y yo saldré después.

—Qué pena, me gustaría verte...

—No empieces...

—No empiezo nada. Hasta luego y gracias de todas formas.

—En cuanto sepa algo más, te lo digo, ¿vale?

—Vale. Oye... espero que *buelbas entera de la Imbicta Ciudad de Oporto*. Un beso.

Cuelgo el teléfono y me quedo quieta en mi asiento, meditando una duda que me ha asaltado. ¿Cuál será la relación entre Manel y ese Adérito? ¿Será cliente suyo del banco? ¿Habrán trabajado juntos? ¿Cómo va a ser este fin de semana? ¿Como me sentiré cuando esté otra vez entre sus brazos? Me apetece hacer el amor con él durante horas, tenerlo en mis brazos y entregarme en cuerpo y alma. Cuando nos acostamos, siento algo eterno e intemporal. Es sexo con alma, hecho de amor compartido, donde nada es mecánico y funcional. Un sexo bueno, puro, dulce, casi pueril, tierno y sosegado, como diría Maria, que reconforta el alma y es como un masaje para el corazón. ¿Serán imaginaciones mías, o es realmente así? A veces no sé si lo que siento es real, o si es que quiero hacer real lo que siento, aunque no sea real para él. La verdad de las cosas nunca es exacta. Cada verdad es sólo una parte de un todo ambivalente y complejo, confuso y contradictorio, hecho de las diferentes verdades de cada uno. Lo que siento por Manel no es exactamente lo que él supone que siento por él, ni lo que me gustaría que fuese. Lo que Manel siente por mí no es lo que él me dice. Y aunque lo sea, no conseguiré ver la realidad a través de sus ojos. Toda alma tiene su mundo, y conocer otra alma es entrar en un mundo que trasciende al nuestro. Tal vez por eso, las almas que están más próximas viven la ilusión de la comunión, que no pasa de una proximidad acariciada, pero nunca total.

Para las mujeres esa sensación nunca es de extrañeza como para los hombres. ¿Por qué? Porque sólo nosotras, las mujeres, podemos llevar a otro ser en nuestro interior. Y esa intrusión de un cuerpo extraño, hecho en parte de nuestros genes y en parte de los genes de un hombre, a la que llamamos hijos, crece dentro de nosotras y llega al mundo gracias a nosotras. Los hombres viven aquí adentro, pero no aceptan la proximidad, porque no generan vida. Entran y salen, nunca se quedan, nunca. Incluso cuando permiten que los escojamos. Por eso

Manel no sabe qué hacer con esta relación. Por eso me habla de otras mujeres y se empeña en que me sienta una más entre tantas. Por eso insiste en decir que no sale conmigo. Pero no pasa nada. Yo sí salgo con él y Dios sabe que a algún lado tenemos que llegar.

## 14

Siempre me pierdo a la entrada de la Ciudad *Imbicta*. Nunca he entendido cómo funciona la cosa, con el cinturón exterior, el interior y la *circumbalación*, como dicen ellos. Giro a la derecha, nada más pasar el puente de la Arrábida, y dejo atrás Campo Alegre, donde Sofia pasó su infancia, en dirección a Matosinhos. Sigo las indicaciones hasta Leça da Palmeira, donde el misterioso Adérito Gomes me espera para una reunión. *A ber, chabal, ¿tiras o no?* Maldito acento. Cuando Sofia se enerva y pierde los estribos, en vez de uves, pronuncia estas bes típicas del norte más nítidamente de lo que ella misma querría. Es lo castizo, lo lleva en la sangre, pobre. *Once Porto, always Porto*, dijo Vera hace algunos años cuando le conté un ataque de furia de Sofia en el que me gritaba: *no te acerques, que te boy a dar una bofetada, ¿bale?* Sigo atento los carteles, no demasiado deprisa, no vaya a ser que me despiste. Como bien dice Vera: el sentido común es el menos común de los sentidos. Y el sentido de la orientación, por lo visto, tampoco es mi fuerte. No debería haber venido expresamente sólo para investigar este asunto, pero soy terco como una mula y trabajador como una hormiga, cuando se me mete una idea entre ceja y ceja, no descanso hasta que descubro la verdad. Además, así Sofia tiene una buena excusa para levantar el culo del sofá, donde se muere de aburrimiento todos los días, y visitar a sus padres. Adérito. Debe de ser un tío raro. El tipo tiene esa palabrería típica de los estafadores, todo reverencias e hipocresía, varios grados por debajo del vendedor de coches. Pero no importa, yo me hago el tonto y ya veremos. Si me toma por tonto, acabará soltando todo lo que quiero oír, incluyendo lo que haya decidido no decirme. Llamo a la secretaria para avisar de que estoy llegando. Encuentro la dirección con alguna dificultad y aparco en una calle estrecha, a pocos metros de la entrada de un edificio de los años setenta, con la entrada alicatada de azulejos que dibujan grandes y pomposos medallones de un mal gusto insuperable. Cuarto piso. En la puerta, una placa en la que pone Adérito Gomes & Asociados. Construcción Civil. Entro en una sala de reuniones con sillas en cuero marrón y una mesa de mármol que quiere aparentar algo con buen aspecto y que no podría resultar más horrenda y pretenciosa. No existen palabras para expresar semejante mal gusto. Sólo hay seis sillas, pero son de cuero, y dos lámparas indescriptibles, de tipo modernoide años setenta. En la pared, algunos cuadros al óleo de aspecto sospechoso, con paisajes de Oporto y del Duero, maravillosamente enmarcados con dorados y arabescos de clara tendencia barroca, ¿o será garrula? Muy bien. Adérito tiene lo que se llama una sala de reuniones lujosa. Dos minutos después entra el hombre. Tal y como lo había imaginado: bajo, achaparrado, un Danny de Vito liofilizado en versión subsuburbana. *Once palurdo, always palurdo*. Me gustaría saber dónde venden esas corbatas, con brillo y rayas de interferencias televisivas del tiempo en que todavía era todo en blanco y negro. El De Vito portugués me extiende una mano regordeta y sudada, y me ofrece un apretón enérgico, casi diría que amigable.

—Señor, es un placer. Siéntese, siéntese, póngase cómodo.

—Unas buenas instalaciones, ¿eh?

Danny mira el territorio con un brillo en los ojos. Es obvio que está orgulloso.

—Lo decoró mi esposa. Querían obligarme a meter unas chicas de esas que te hacen la decoración, pero no me dejé engañar. Le pedí a Odete que se hiciese cargo de todo.

—Muy bien.

Nos miramos a los ojos por unos breves instantes. Saco los cigarrillos del bolsillo y enciendo uno, después de ofrecerle a él el paquete abierto.

—Gracias, pero el médico me lo ha prohibido, no vaya a ser que se me pare la máquina y lleguen los problemas —responde, dándose unos golpecitos en el pecho.

—Dice que está asociado con un sobrino suyo... ¿podría verle?

—No, en este momento no se encuentra aquí.

—Qué lástima. Me habría gustado conocerlo.

—Ya, comprendo. Pero no está.

Malo. ¿Qué es lo que comprende?

—Bueno, vayamos al grano —añade enseguida—. ¿Qué le trae por aquí, señor?

—Algunas dudas, cosas sin gran importancia. Además, he aprovechado para pasar por aquí antes de seguir con otras dos reuniones que tengo con varios clientes. He pensado que usted podría satisfacer mi curiosidad.

—Amigo mío, estoy a su disposición.

—Sé que en 1988 le compró a mi padre la Herdade das Gafas, de más de novecientas hectáreas de alcornoques...

—Novecientas noventa y tres, señor.

—Eso es. Dado que mi padre murió y que no consigo encontrar la copia de la escritura, me gustaría tener acceso al documento y, si usted no tiene inconveniente, fotocopiarlo.

—No me importaría darle esos documentos, pero el papeleo lo lleva mi sobrino. Yo me ocupo más de las obras, ¿sabe? Controlar al personal, ver que todo se esté haciendo como corresponde.

—Muy bien. Me gustaría que le transmitiese a su sobrino mi interés en ver esos documentos, creo que no tendrá nada que objetar.

—Seguro que no, señor.

—¿Cuánto pagó por la Herdade?

—Resultó barato, señor. Su padre me lo dejó a buen precio.

—Ya me lo imagino... pero ¿cuánto?

Adérito pierde momentáneamente la pose victoriosa de los Vitos de barrio, pero se recompone en un segundo.

—Mire, señor, no quisiera ofenderlo, pero fue por un precio que usted no podría imaginarse.

—Déjeme adivinarlo: ¿ochenta millones de escudos?

—Más o menos, señor.

—¿Más o menos?

—No podría decírselo con exactitud, porque el negocio no fue para mí.

—Pero ¿usted no compró la Herdade das Gafas?

—Sí, pero no soy el propietario, no sé si lo entiende... yo actué como apoderado de la persona que la adquirió.

—¿Y quién fue?

—Su padre nunca se lo contó, ¿verdad?

—¿Contarme el qué?

—Por qué nos hizo a Odete, a mí y al chico ese favor.

—Pero ¿a qué chico?

—A mi sobrino, señor.

—¿El que es socio suyo?

—El mismo.

Lo miro fijamente a los ojos otra vez. Ahora tienes que hablar, hijo de puta. No me dirás el precio, pero que me cuentas la historia, eso fijo.

—Mi cuñada Isabel sigue en la fábrica, ¿verdad?

—Es mi secretaria. Se quedó a trabajar conmigo cuando murió mi padre.

—Pues eso.
—¿Eso qué?
—Que Isabel y su padre, no sé si entiende lo que quiero decirle...
—No, no estoy entendiendo nada.
—Eran amantes, señor.

Mi padre e Isabel eran amantes. No es algo que me sorprenda, pero entonces, ¿por qué siento un escalofrío subiéndome por la espalda?
—Muy bien, ¿y qué?
—El chico, mi socio, mi sobrino, no sé si me entiende...
—Pues no.
—Es hijo de su padre.


Mi padre. Incluso después de muerto sigue sorprendiéndome. Seguro que mi madre sabe todo esto, pero por supuesto nunca ha dicho nada, fiel al más sagrado principio de toda señora de su generación: mantener las apariencias y la buena reputación. Y mi padre, aparentando siempre ser un moralista, llamando de todo a mi madre cuando salió de casa y se fue a vivir con el tío Carlos. ¡Qué hipocresía! Treinta años fingiendo ser la víctima cuando es evidente que tenía una amante fija a la que tuvo la brillante idea de hacerle un hijo. Me parece extraordinario que nunca haya sabido nada de esto. Desde hace siete años trabajo todos los días con Isabel, y nunca he sospechado nada raro. Isabel y su aire místico e imperturbable. El aire de quien ha pasado ya tanto en la vida que nada la puede afectar. Y lo más extraordinario es cómo ha sido cómplice de mi padre durante toda la vida. Es tan rara esta capacidad femenina de abnegación y sacrificio, y encima por un bruto como mi padre, que la trataba casi como a una criada. Hay cosas que parecen de fábula.

He salido poco después de la sala de reuniones de Adérito, más aturdido que otra cosa. ¿Cómo puede una persona esconder un hijo toda la vida?

Voy al centro y tengo dos reuniones rápidas con clientes de la fábrica, con los que acabo firmando los contratos de suministros que llevaba en la carpeta. Son dos buenos contratos, van a comportarme un cierto desahogo este año y además son antiguos clientes a los que mi padre les había hecho de las suyas, por lo que la victoria ha sido doble. Pero saber a los cuarenta años que tengo un hermano no puede dejarme indiferente. Qué cabrón, mi padre. Si continúo tirando del hilo, ¿qué acabaré descubriendo?

Llego a la estación de Campanhã al mismo tiempo que el tren y espero impaciente por si Vera sale antes que Sofia, pero ya la conozco. Será la última en bajar para no encontrarse conmigo. No quiere verme. Ha cerrado la puerta para siempre. He estado demasiados años en su vida como para que nuestra relación tenga un estatus pacífico. Tal vez me equivoque, pero cuando las mujeres se alejan e insisten en dar portazo, muchas veces nos están pidiendo que las sigamos y que hagamos todo lo que todavía no hemos sido capaces de hacer para quedarnos con ellas. La despedida es un ritual que ellas se imponen, una maniobra de autocompasión disfrazada de coraje para lanzarnos el cebo. Vera siempre ha dicho que sólo hay una manera de retener a quienes amamos: soltarlos, dejarlos ir adonde se les antoje, porque si nos quieren, siempre vuelven. Y ella ha vuelto siempre. Siempre. No creo que haya dejado de quererme después de todos estos años. A no ser que Manel sea tan importante que... no, no puede ser. Acaba de conocerlo, su relación no puede ser seria ni profunda, no ha habido tiempo para eso.

No he visto a Vera, pero Sofía ha bajado del tren con unos morros que le llegaban al suelo.

—¡Ostras, vaya cara que traes!

—¿Y tú? ¡Parece que hayas visto un fantasma! —responde secamente. Me entran ganas de contestarle que a lo mejor he visto uno, pero no tengo ganas de contarle nada. Conociéndola, se pondría a hacer preguntas idiotas y conjeturas absurdas. Ya es suficiente con las historias de mi padre y de Isabel, de ese hijo misterioso y de los negocios turbios que rodean a esta gente. ¿Acaso lo reconoció? No, supongo que no, de lo contrario el tipo se habría presentado para reclamar la herencia cuando mi padre murió. A no ser que mi padre hubiese querido beneficiarlo antes de morir. Tal vez fue eso. Por eso vendió la Herdade das Gafas por un precio irrisorio y parte de su patrimonio pasó al hijo ilegítimo, garantizando así el futuro de éste. ¿Era así realmente, o estoy imaginándome cosas?

Vera podría desvelar el misterio. Eso es, voy a pedirle que siga con el asunto. A lo mejor ese Manel ha oído hablar del asunto. Oporto todavía es una ciudad provinciana, todo se sabe. Vera no me fallará. Nunca me ha fallado en las cosas importantes y no va a hacerlo ahora.

—¿Has tenido un buen día?

—Sí, podría haber sido peor. Y tú, ¿has tenido un buen viaje?

—Más o menos. Tu antigua novia, la que estaba totalmente obcecada contigo, también venía en el tren.

Procuro no desviar la mirada de la carretera para evitar cualquier cambio en la expresión que pueda traicionarme.

—¿Qué antigua novia?

—Ésa con la que saliste un montón de veces, Vera Lorena.

—Pero eso fue hace más de diez años, era una cría.

—Cría o no, venía en el tren.

—¿Y qué?

—Pues que me ha parecido un poco raro.

—No sé por qué. Nos pasamos la vida encontrándonos con gente en los trenes y en los aviones.

—Sí, pero ¿tenía que ser precisamente esa tía? Ya sabes que no me cae bien.

—Ni siquiera la conoces.

—Ni falta que hace. Es una tonta.

Tonta lo serás tú, siempre con esa manía de juzgar a las personas sin conocerlas.

—No seas así.

—No estoy celosa, si es eso lo que piensas. Sólo que tiene cara de tonta.

Sigo conduciendo en silencio hasta casa de mis suegros, una casa solariega típica de Oporto al lado de Campo Alegre. Por suerte, hay poco tráfico y tardamos sólo unos minutos hasta llegar al portillo. Me dan ganas de decirle a Sofia que se comporte, de decirle que no debería haberme casado con ella, que ella y yo no tenemos nada en común, pero João Maria y Teresinha se ríen mirándose en el espejo retrovisor y les correspondo con dulzura. Si no fuese por mis hijos...

## 15

Vera baja del tren con ese paso sinuoso que la caracteriza. La espero en el andén, es casi la última en salir. Pero soy paciente, siempre lo he sido, la vida me ha enseñado a esperar siempre antes de actuar. Llega con la cara radiante, la mirada inquieta y una sonrisa irresistible. Qué guapa es esta mujer. Tiene un porte aristocrático que a veces la hace parecer más alta que yo. Camina con ligereza y desenvoltura, como si los pies no llegasen a posarse en el suelo. Lleva una bolsa de piel que obviamente pesa demasiado y que le cojo de inmediato. Nos saludamos con cierta ceremonia y timidez, como si estudiásemos momentáneamente la temperatura de nuestras almas o la velocidad a la que late nuestro corazón. Temía y deseaba su regreso. Después de que se marchase, no me apetecía volver a verla tan pronto. Sabía que me alteraría la vida y a mí me gusta tenerlo todo en orden.

Tres días después de que se fuese, me encontré a Marta en la calle. Hacía casi diez años que no la veía y nunca, desde que volví a Oporto, había vuelto a encontrármela. Iba andando por Marechal Gomes da Costa, a última hora de la tarde, después de un día agitado en el banco cuando, de lejos, la vi cruzando la calle en dirección hacia mí. No me vio inmediatamente, así que esperé a que me reconociese, lo que sucedió cuando estábamos a escasos metros de distancia. Nos paramos a menos de un metro y nos quedamos unos instantes en silencio, mirándonos fijamente antes de hablarnos. Me temblaban las manos y las piernas, como hace casi quince años, cuando me enamoré de ella. Seguía igual. No, estaba más guapa. La mujer que amé de adolescente y a la que nunca llegué a conocer. Fue un encuentro extraño tanto para ella como para mí. ¿Cómo iba a adivinar que me perturbaría tanto el hecho de verla? Le pregunté por su hijo y le pedí el teléfono. Quería verla otra vez. Y ella también, así que quedamos para cenar esa misma semana. Volví a casa conduciendo lentamente, escuchando un disco que Vera me había enviado por correo la víspera: los duetos de Frank Sinatra. Ausente de todo, reencontrado conmigo mismo. En unos instantes, reviví mi amor adolescente con Marta y todas las locuras que hicimos. Mis entradas furtivas por la ventana de su cuarto en casa de su abuela, en Campo Alegre, que ya ha sido demolida. Solía parar el coche antes de iniciar la bajada que seguía a la puerta del muro y frenaba despacio, a pocos metros de la puerta de entrada. Después, apoyándome en las piedras de la pared, trepaba por la hiedra hasta la ventana de su cuarto, que a pesar de estar en una planta baja quedaba bastante alta, y en un suspiro llegaba desde el macizo de pensamientos hasta la ventana. Marta me esperaba acostada en la cama, desnuda y plena, y nos amábamos como locos durante horas. Sus padres habían intentado varias veces entrar en la habitación. Una vez me pasé media hora escondido debajo de la cama. Lo que hacíamos era arriesgado, pero no tenía miedo a nada, estaba completamente ciego, como si no estar a su lado significase no estar vivo. Cuando todo acabó, pensé que iba a morir. Tuve que irme de Portugal, no soportaba la idea de vivir en la misma ciudad y no verla, no tocarla, no formar parte de su vida. Fue entonces cuando el tío Adérito me dio dinero para irme a estudiar a Londres. Mi tía, que me vio deshecho, suspiró y comprendió que lo mejor era dejar que me fuese. Mi madre estaba en Lisboa, siempre ha estado en Lisboa, a ella lo mismo le daba que viviese en Oporto o en Siberia. Nunca dejó el trabajo, nunca fue mi madre. Si no hubiese sido por mi tía Odete, nunca habría sentido lo que es ser hijo. La tía Odete me crió, me llevaba de la mano al colegio, me enseñaba a distinguir el canto de los pájaros y me consolaba después de las clases de natación en la piscina de la Granja, donde, en menos de una hora, bebía agua para una semana entera. Siento nostalgia de esa infancia dorada e ignorante cuando pensaba que la tía Odete era mi madre y vivíamos felices los dos, el uno para el otro.

El idilio duró poco tiempo, hasta que mi tía se casó por segunda vez. Después llegó el internado, la soledad, el miedo inicial de no formar parte del grupo, de cualquier grupo, hasta que me di cuenta de que sólo se es feliz y se está verdaderamente seguro cuando no se necesita a nadie. Entendí eso muy pronto, casi instintivamente, al ver que los niños de mi edad eran manipulados por los mayores, como fantoches sin dignidad ni cerebro. Vi lo suficiente y lo suficientemente temprano como para alejarme de manera diplomática. Me di cuenta de que si me quedaba callado, nadie se percataría de mi existencia o, si lo hacían, no les parecería relevante. Y resultó. Pasé completamente desapercibido durante toda mi adolescencia, sumergido en un estado de neutralidad y sosiego que me protegió de cualquier fuerza invasora. Cuando volví a Oporto con dieciséis años y el bachillerato acabado con una media de sobresaliente, tenía planeado entrar en Derecho. Fue entonces cuando conocí a Marta. Cuando se crece con mucho amor como yo tuve la suerte de crecer, dar es una cosa fácil, natural, espontánea. Marta me volvió la cabeza, el corazón y el cuerpo del revés, fue la primera mujer con quien me acosté y, tal vez, con la que sentí más placer. Después de ella, todo me daba igual. Nunca más he vuelto a amar así, ni siquiera he querido pensar que un día podría volver a pasar por lo que pasé. He tenido muchas mujeres después de ella, pero de hecho no he estado con ninguna de ellas. Me acostumbré a seducirlas por el solo placer de verlas enamoradas de mí, pero no me entregaba, nunca más he vuelto a entregarme a nadie. Además, ¡es tan fácil encontrar en las personas defectos que las hacen más pequeñas a nuestros ojos...! Sin amor y sin pasión tampoco existe compasión, no en el sentido católico y abusivo que la educación cristiana ha dado a la palabra, sino en el sentido real, el de protección y el cariño que la compasión debe comportar. Y ahora tengo delante a una mujer que me apetece amar, pero no sé cómo.

Conduzco despacio hasta casa mientras intercambiamos palabras vagas acerca de todo y de nada. No sé cómo decirle todo esto: que he visto a Marta y me he acostado con ella, que a pesar de todos estos años y de tanta distancia y tristeza es por Marta por quien quiero luchar, y que ella, Vera, es sólo una mujer a la que he dejado entrar en mi vida con la ligereza propia de las relaciones de consumo rápido, sin que ni siquiera se me haya pasado por la cabeza que me pudiera tomar en serio. No es que Vera no me guste. Me gusta, y mucho. Me gusta todo de ella. No le falta nada. Buena cabeza, valores, unos enormes deseos de vivir, generosidad y franqueza, dulzura y suavidad, humor y alegría, un conjunto notable de cualidades que difícilmente encontraré en otra mujer. Sólo que no sé si es eso lo que quiero.

—No estás escuchando nada de lo que te digo, ¿a que no?

—Perdona, cariño, estaba pensando en otra cosa. ¿Quieres que te lleve a algún sitio?

Tendré que hablar con ella, pero no ahora, no hoy, todavía es muy pronto. He de entender qué es lo que siento, cómo me siento y qué quiero.

—Así que de pequeño fuiste a un internado.
—¡Sí! ¿Cómo lo sabes?
—¿Sabes quién es Afonso Meireles?

—Sí, lo conozco muy bien. Es un tío estupendo. Fue conmigo al colegio. ¿Es amigo tuyo?

—Es mi mejor amigo.

—¡No puede ser! ¿Por qué nunca me has hablado de él?

—¡Manel! ¿Tú crees que con esta mierda de distancia entre nosotros, con esta relación que se alimenta a golpe de teléfono puedo compartir mi vida contigo de alguna forma que no sea siempre parcial? Ni siquiera he tenido tiempo de hablarte de mis amigos.

Hay tristeza en su voz. La tristeza profunda de estar lejos de mí. Como si cambiar eso estuviera en mi mano.

—Afonso... hace muchos años que no lo veo. ¿Cómo está?

—Igual que siempre. ¿Erais muy amigos?

—Más o menos. Él es uno o dos años mayor, creo que tenía cierto instinto de protección hacia mí. Me hizo un favor que nunca he olvidado: yo me quedaba muchas veces solo en el colegio los fines de semana y una vez me invitó a pasar los dos días en su casa, en Lisboa. Es un tipo excelente, inteligente... cuánto me alegro de que seas amiga suya. Cuando lo veas, dale un abrazo de mi parte.

—Eres tan formal...

—¿Por qué dices eso?

—Por tu forma de hablar, por cómo te explicas... Mides todas las palabras, eres muy serio.

—Pues sí, lo soy. Por eso me quieres.

—Tienes razón, ésa es una de las cosas que me gustan de ti. Pero no me gustas sólo por eso. Si supiese por qué me gustas, ya no tendría gracia.

—¿Qué quieres decir?

—Quiero decir que cuando te gusta una persona, te gusta y punto.

Siento la tentación de decirle que no es exactamente así, sólo por el placer de oír sus argumentos; me encanta hablar con ella, debatirlo todo hasta el fondo, pero lo que dice tiene sentido. Tampoco sé por qué quiero a Marta, lo que me atrae de ella de esta forma tan profunda y enfermiza, pero la quiero a ella.

—¿Tienes hambre o quieres ir a casa a dejar las cosas?
—No sé, hace un día tan bueno... ¿Por qué no me llevas a pasear cerca del mar? Me apetece verlo todo azul...

La veo triste, como si intuyera que algo no va bien. Tiene esa mirada perdida de quien no se siente seguro del terreno que pisa. Elijo la terraza en la playa de Ouriga, donde pedimos un café. Nos pasamos horas hablando y, poco a poco, voy dejándome envolver por su voz, por su presencia, por el olor de su cuerpo, por su piel lisa y luminosa, los ojos ansiosos, las manos suaves e inquietas que se calientan en las mías...

Hablamos mucho y, poco a poco, le voy contando mi infancia, la ausencia permanente de mi madre, que vivía en Lisboa, los primeros años de vida criado por la tía Odete, años tranquilos y felices hasta el día en que descubro que la tía Odete no es mi madre y que va a casarse por segunda vez con Adérito. Le cuento cómo me traumatizó saber que mi madre no quería tenerme con ella, pero que encontré en mis tíos a los padres que nunca tuve y que por eso llamo papá a Adérito, mamá a la tía Odete y también mamá a mi madre, a la que veo de vez en cuando. Le cuento la muerte de mi padre biológico en Guinea-Bissau, novelada por la tía Odete, a la que siempre le han encantado las historias melodramáticas de amor y guerra. De mi afición por los karts cuando descubrí mi habilidad para conducir y que eran ligeros como una pluma. Ella me habla del abuelo que dilapidó la fortuna, de la añoranza que siente de la quinta de Colares, del miedo que tiene de no acabar el libro que empezó a escribir, y yo le digo que no me cabe la menor duda de que un día lo acabará. Quiero verla feliz y hago todo lo que puedo para que se sienta bien conmigo. Me dejo arrastrar por su alegría, por la dulzura con que me mira, por la sonrisa abierta y franca, por el aire feliz de niña pequeña que la hace parecer más ligera y joven.

Regresamos a casa y la abrazo, bailamos durante una eternidad y después la llevo a la cama. Y ella se deja llevar, me deja amarla de una forma casi tímida, como una chiquilla inexperta. Quiero amarla, quiero que ese placer físico se eternice en una comunión de cuerpo y alma, quiero creer que lo que siento aquí y ahora es verdad y que puedo amar a esta mujer frágil y casi perfecta que apareció en mi vida sin avisar. Me gusta ver su cuerpo y tocar su piel, sentir que se abandona en olas sucesivas de placer, sentir que se estremece, vulnerable y encantadoramente femenina, me gusta el después, quedarnos horas y horas charlando, incluso en silencio, inclinado sobre su cara, paseando la punta de los dedos por su cuello largo y delgado, y su rostro anguloso.

—Manel...

—¿Qué quieres, cariño?

—¿Qué te pasa? Quieres contarme algo, ¿verdad?

—A lo mejor, pero éste no es el mejor momento para hablar.

—Todos los momentos son buenos, aprovecha ahora.

Me quedo callado unos segundos.

—Venga.

—Bueno, pero después no te quejes.

—¡Dios mío, qué tono tan serio! No irás a anunciarme una catástrofe, ¿no? Venga, lo que sea, es mejor que me lo digas a que te calles, ¿no crees?

—Espera, déjame ordenar las ideas. Quiero explicártelo todo con calma, para que entiendas exactamente lo que siento... ¿Recuerdas que te hablé de Marta?

—Sí, aquella novia que tuviste cuando eras un crío.

—Eso mismo. ¿Recuerdas nuestra conversación, en el Cafeína, acerca de la imposibilidad de escapar del primer amor?

—Claro, creo que fue en ese momento cuando empecé a mirarte con otros ojos, cuando me cogiste la mano y me dijiste que tenía que haber una segunda oportunidad, que la vida no podía acabar ahí, y yo sentí que mi vida podía cambiar allí mismo, en ese preciso instante...

—Quiero creer que de verdad existe esa segunda oportunidad, en serio. Cuando estamos los dos juntos y hacemos el amor de la forma en que lo hemos hecho, cuando pasamos horas juntos en una unión casi perfecta, en esos momento entrañables de proximidad quiero creer que esto es real, pero pienso en Marta, ¿entiendes? Pienso en el amor que ella me inspira y que he guardado dentro de mí de forma inconsciente a lo largo de todos estos años, y que no ha muerto...

Vera me dirige una mirada completamente inexpresiva. No sabe qué tiene que sentir y yo no sé muy bien qué decir.

—Después de que estuvieras aquí, pensé que estábamos al principio de una relación que podía ser importante. No es que proyectase ningún futuro, pero ya intuía algunos perfiles, me interesaste enseguida, estaba muy ilusionado... Un par de días más tarde volví a ver a Marta, al cabo de todos estos años, y comprendí que ella era muy importante, ¿entiendes? Volví a sentir algo muy fuerte por ella, enseguida tuve ganas de traerla a esta cama, amarla otra vez. Fuimos a cenar al día siguiente, ella me contó su vida y...

Vera se incorpora ligeramente y me tapa la boca.

—¡Cállate, estúpido! No pienso quedarme en la cama contigo mientras me hablas de otra mujer. Voy a ducharme.

Se levanta con brusquedad y cierra la puerta del baño de un portazo. Me quedo acostado esperando que vuelva. Ha ido a la ducha porque no tenía otro lugar adonde ir. Porque le he confesado de la única manera que he sabido, aunque tal vez haya sido la peor, que estoy enamorado de otra persona. Que me he acostado con otra mujer en la misma cama donde, apenas hace un rato, acabamos de hacer el amor. Lo he hecho todo mal, pero he hecho bien. De alguna manera, siento cierto alivio, no podía, por cuestión de principios, esconderle la verdad. Además, cuando hemos hablado por teléfono, he intentado darle a entender que Marta seguía siendo muy importante para mí. Pero, o no he sido suficientemente claro, o Vera simplemente no ha querido oírme.

Regresa a la habitación envuelta en una toalla, con el rostro ensombrecido, inexpresivo y se sienta a mi lado en silencio. Respira profundamente, como si ahora le tocara el turno de escoger las palabras.

—¿Quieres decirme que estás enamorado de otra mujer?

—Más o menos.

—En el amor no hay más ni menos, Manel. O lo estás, o no lo estás. Respóndeme: ¿quieres a Marta?

Respondo en voz baja, cerrando los ojos, como si me negara a oír mi propia respuesta.

—Sí.

—Muy bien. Vamos a dar una vuelta a pie para continuar esta conversación. Esta habitación me está produciendo claustrofobia.

—Vamos —respondo mientras intento acariciarle el pelo todavía desgreñado. Pero Vera frena el gesto con dureza y determinación.

—No me toques, ¿me oyes? ¡Sobre todo no me toques!

Se levanta, coge la ropa y entra al baño para vestirse. Vuelvo a poner música para despejar el ambiente. Ostras, quiero a esta mujer, me gusta su compañía, me llena, a veces imagino cómo sería el futuro a su lado, en serio, pero no puedo estar con ella y pensar en Marta, no puedo hacer eso, ni a ella, ni a mí mismo. Esto ya ha ido demasiado lejos. ¿Y ahora qué?

# 16

No me lo creo. No me lo creo. Es que no me lo puedo creer. El agua me corre por la espalda y me quema, pero todavía subo más la temperatura en una especie de castigo voluntario que me inflijo por haber sido tan estúpida. No puede ser. Esto no puede estar pasándome a mí. ¿Qué mierda de historia es esta de Marta? ¿Cómo es posible que este cabrón no me haya dicho antes que había estado con ella? ¿Por qué me ha hecho viajar a Oporto? ¿Para reírse de mí? ¿Para verme sufrir? ¿O para averiguar qué siente por mí? He venido con el corazón en la mano y él lo sabe. Sabe que me he enamorado de él. No debería haberme enamorado, lo sé, pero el amor no entiende de razones y siempre tiene razón. Este hombre no me quiere, ni sabe querer. No sé si me han amado alguna vez, pero ha habido hombres que han sabido quererme. Y los que han sabido quererme, aquellos que han reconocido ante mí las cualidades que les hacían quererme, han sido los que nunca me han amado. Como João. O Luís. Pero este hombre se acuesta conmigo y me suelta que está enamorado de otra mujer cuando aún estoy en la cama a su lado. ¿Qué clase de sádico he ido a encontrar? ¿Qué estoy haciendo aquí? ¿Por qué no le pido que me deje en la estación y me vuelvo a Lisboa inmediatamente? No, he de entender lo que pasa por esa cabeza: cuál es la verdadera importancia de esa Marta, hasta qué punto la quiere, hasta qué punto me quiere a mí. Primero voy a calmarme. Me extiendo el gel de ducha por la piel. Huele bien. El olor me tranquiliza, al menos de momento. Fuera oigo música. Harry Connick Jr. La misma que hemos oído hace un rato, antes de hacer el amor. Me lavo la cara, me froto con fuerza, como si así pudiese arrancar lo que siento por él. Saldría todo por los poros: células muertas, invisibles, irrecuperables. Lo arrancaría de mi piel, me limpiaría el cuerpo y el espíritu, me libraría de él. Me estoy volviendo loca. Loca de verdad. Dios mío, en qué estado estoy. He de calmarme, cueste lo que cueste.

Deben de haber pasado más de diez minutos. Voy a volver a la habitación. Le preguntaré si está enamorado de ella. Tengo la obligación de hacerlo y él tiene la obligación de contestarme. Me cubro con una toalla y, antes de salir, miro la imagen que refleja el espejo. Lo que era mi cara se ha transfigurado. Ahora soy un cuerpo con una nariz, dos ojos, boca, cabeza y pelo que no reconozco. Tengo que protegerme, tengo que esconderme, tengo que contenerme. Una persona puede perderlo todo, pero hay que mantener las formas.

Me acerco a la cama y me siento en silencio. Le pregunto si está enamorado de ella. Asiente con voz apagada, como pidiéndome que no oiga la respuesta. Cabrón. Ahora he de pensar lo que voy a decirle a continuación.

No pienso pedirle que me lleve a la estación, eso sería demasiado fácil. Tal vez acabe perdiendo esta guerra, pero no será porque abandone, ni en la primera batalla. Si quiere derribarme, tendrá que empujarme hasta que caiga.

Qué estupidez. No se trata de ninguna guerra. Ya lo sé. Vamos a pasear. A él le encanta pasear, y a mí también. No soporto quedarme en esta habitación.

—Muy bien. Vamos a dar una vuelta a pie para continuar esta conversación. Esta habitación me está produciendo claustrofobia.

—Vamos —responde mientras intenta torpemente acariciarme el pelo con aire compasivo.

Pero yo no quiero compasión. Quiero pasión, o nada. Freno su gesto al vuelo.

—No me toques, ¿me oyes? ¡Sobre todo no me toques!

Me levanto y espero a que se arregle. Se ducha rápidamente y se pone unos vaqueros y un polo azul oscuro que le sienta de maravilla. Estúpido. Todavía lo miro con deseo, ¿dónde está mi amor propio?

Salimos de casa en silencio. Manel va royendo tranquilamente una manzana mientras conduce despacio su silencioso avión. Bajamos hasta la carretera que está al lado del río en dirección al puerto de Leixões.

Decido quedarme callada. Y es que no sé por dónde empezar. ¿Qué le digo? ¿Que me lo esperaba todo menos esto? ¿Que ya podía haberse encontrado a Marta por la calle antes de habermeconocido y haberme seducido? Pero él no me sedujo, fui yo, que me dejé llevar. No voy a hacer ahora el papel de virgen engañada. Era consciente de los riesgos que corría. Sabía que liarme con él de un día para otro era como saltar al vacío. No lo conocía, fue una imprudencia, un disparate. Ignoro quién es, qué clase de persona tengo a mi lado, sé muy poco de él y lo que sé puede haberse visto deformado por los sentimientos, por lo que he querido ver, por lo que él ha querido mostrarme. Me duele la cabeza. Bajo la visera para mirarme al espejo. Ojeras y cara pálida. El brillo del que tanto me enorgullezco, ese brillo que hace que João diga que tengo una luz en la nuca que se extiende por la cara ha desaparecido. Tengo que aguantarme, a partir de ahora nada va a ser fácil.

Manel aparca junto al puerto deportivo.

—¿Damos un paseo? —pregunta con la suavidad que lo caracteriza. Sólo que ahora parece estar todavía más suave, como si quisiese borrar de la memoria cualquier malentendido. Y para demostrarlo, me ofrece el brazo—. Vamos. Quiero enseñarte una cosa.

Andamos despacio, al mismo paso, la mirada al frente, las bocas calladas, cada una a la espera de que la otra se abra. Y es él quien rompe el silencio.

—¿Sabes navegar a vela?

—¿Por qué?

—Un día, cuando me compre el barco que quiero, y ya no falta mucho para eso, sueño con hacer un viaje acompañado de una persona a la que quiera. Compraría una caja de champán, esas galletas de chocolate que te gustan tanto, llevaría a bordo los discos de Frank Sinatra y de Keith Jarrett, zarparíamos para irnos lejos de todo, al final de una de esas tardes calientes de fin de verano y nos quedaríamos allí tranquilos, anclados en un punto cualquiera del mar... y entonces te cogería entre mis brazos y bailaríamos hasta tarde, muy tarde... ¿qué te parece?

—¿Qué querías enseñarme?

—Espera, no seas impaciente, ya llegamos.

—Quieres que vea el barco que piensas comprar, ¿no? Ya he tenido bastantes sorpresas por hoy, Manel.

Manel se detiene y me mira con dulzura. Pasa la punta de los dedos por mi frente arrugada para suavizarla y sonríe con aire enigmático, como siempre, sin perder nunca la calma. Esa calma acabará con mis nervios.

—Tienes que aprender a controlarte. Quieres vivirlo todo con tal ansiedad... como si el mundo fuese a acabarse mañana... Ten paciencia, vive la vida despacio, saborea cada instante, no temas ni programes el futuro, no quieras controlar todo lo que va a pasar.

—¿Controlar? Eres tú el que quiere controlarlo todo, vives encerrado en una urna de cristal, rodeado de un muro de autosuficiencia para que nada en tu vida pueda descontrolarse. ¿Tú vienes a decirme que soy quien quiere controlar? ¿No ves que yo aquí no controlo nada? ¡Estoy en tu ciudad, paseando contigo y oyéndote decir una sarta de disparates, después de haberme confesado que quieres a otra mujer! Y todavía me pides que me controle... Ostras, ¿no podías habérmelo contado por teléfono?

—Claro que no, Vera, no entiendes que hubiera sido una falta de educación y...

—¿Y no te parece una falta de educación decirme eso cuando estamos acostados, justo después de hacer el amor? Tú no estás bien de la cabeza. No puedes estarlo. Para ti lo primero es la educación y la forma de las cosas, el contenido es secundario. Si se hace bien, todo está permitido. Me traes aquí para hacerme sentir bien, porque no quieres conflictos, y me sueltas esa historia del viaje en barco. Bueno, al final, ¿qué es lo que quieres?

Seguimos andando. En un extremo del puerto hay un velero flamante que debe de medir unos quince metros. Mi ojímetro lo mide de punta a punta. Es bonito y debe de costar por lo menos cuarenta millones de escudos. Manel lo señala con el dedo.

—Es aquél.

No ha querido oír lo que le he dicho. No quiere oírme, sabe que tengo razón, sabe que empezamos demasiado deprisa y ahora ninguno de los dos sabe cómo parar. Él no sabe lo que siente por mí y por eso quiere perderme. Pero tengo que tomar una determinación. Tengo que hacerlo porque, si no, significa que no estoy aprendiendo nada de lo que la vida me ofrece.

—Muy bonito. Espero que algún día consigas comprarlo. Ahora escúchame con atención. Me pides que me calme y voy a seguir tu consejo. Por eso te digo con toda la calma posible que quiero alejarme de ti. Quiero que tengas tiempo y espacio para pensar qué es lo que quieres. Marta vive aquí. Hace muchos años que forma parte de tu vida, a lo mejor, tiene muchas más cosas en común contigo que yo. Te gusta controlar las situaciones o, por lo menos, te gusta tenerlo todo bajo control. Yo soy de

Lisboa, me muevo en un mundo que conoces poco y no dominas, no tenemos amigos comunes, no conozco a tu familia ni tú a la mía; en el fondo, lo que tenemos en común es únicamente intrínseco y eso te molesta. Con Marta es diferente. Hay proximidad y familiaridad a pesar de todo. Vosotros crecisteis juntos, tal vez ella haya sido la única mujer a la que has amado de verdad. A partir de este momento me retiro del juego. No quiero un juego de tres; para mí, un compañero es suficiente. Me alejo de ti y se acabó. Es mejor así. Si quieres, ven a buscarme otra vez. Pero sólo si tú quieres. Ahora llévame a casa, que quiero marcharme.

Regresamos al coche en silencio. Manel está pensando en lo que va a decirme. Pongo música y abro la ventanilla para respirar hondo, tanto como me es posible. He dicho lo que tenía que decir. No sé si es lo que siento, pero por lo menos lo he intentado.

En casa, recojo las cosas en un momento y me quedo de pie junto a la puerta de la entrada para que comprenda que de verdad deseo marcharme. Manel me mira como si quisiera pedirme que me quedara, pero no dice nada. Si me lo pidiese, lo haría. No me queda orgullo ni amor propio, estoy vacía, no tengo nada, él podría hacer de mí lo que quisiera, porque yo no me resistiría. Y a lo mejor es consciente de ello, pero prefiere quedarse callado y quieto. Ante la duda, Manel escoge siempre el silencio, es menos comprometedor. Consulto el horario. Mierda, acaba de salir un tren a las dos. Tengo que esperar al de las cuatro y veinte.

—¿Qué tren quieres coger, querida?

Parece que intenta tratarme otra vez con suavidad. Debe de ser para ablandarme.

—Acabo de perder uno ahora mismo, cogeré el de las cuatro y veinte.

—¿Quieres ir a comer algo ligero?

—Bueno.

—Entonces, vamos a una terraza nueva muy bonita que hay junto al puente Dom Luís, ¿te parece bien?

Está bien, vamos adonde tú quieras, de todas formas no vamos a ningún lado, así que adonde te apetezca. Idiota. Egoísta. Imbécil. Tienes cara de niño mimado y es así como me conquistaste. Cabrón, cabrón, cabrón. Un día ya ajustaremos cuentas.

Antes de llegar, suena su teléfono.

—¿Sí? Hola, Marta, ¿cómo estás? Oye, ¿puedo llamarte dentro de un rato? Está bien, a las cinco, de acuerdo. Hasta luego.

Era lo que me faltaba. Veo la gota de agua resbalando, a cámara lenta, por el borde del vaso. Se acabó, no tengo paciencia ni temperamento para aguantar esta situación. Nos sentamos y pido un bocadillo de jamón de York y un batido de chocolate. Manel se toma un café. Está claro que hay algo entre ellos. No pregunto nada, pero tampoco es necesario.

—Estás muy guapa con esas gafas oscuras y esa camiseta azul claro, te queda muy bien.

—No me fastidies.

—Sólo estaba diciendo lo que pienso. Estás muy bien.

De repente, oigo detrás de mí una voz terriblemente conocida. Vuelvo instintivamente la cabeza. No puede ser. ¡Esto es demasiado! João, Sofia y los niños han ido a coger una mesa justo detrás de nosotros. João me ve, vacila un momento y decide acercarse a saludarme. Me da un beso en la mejilla y sonríe algo cohibido.

—¡Hola, Vera! ¿Tú por aquí? ¡Pero qué coincidencia!

Manel le extiende la mano mientras los presento. Se saludan con cierta ceremonia. João está visiblemente nervioso por haberme encontrado y Manel lo mira, evaluándolo. Sofia lo observa todo de reojo y Manel pregunta con la delicadeza que lo caracteriza: perdona, ¿aquélla no es Sofia? João asiente con un gesto y Manel se levanta: si me permitís, voy a saludarla. Es que somos amigos de la infancia y hace más de diez años que no nos vemos.

Se levanta y se queda de pie hablando con ella. Esta historia parece de película. ¡Es que ni a propósito! Además de encontrarme con João, resulta que Manel conoce a Sofia. Claro que la conoce. Son de la misma edad y Oporto es un pueblo. Sería raro que no se conociesen.

De repente, me sobreviene un ataque de sentido de la oportunidad y le digo a João: ya sé quién es ese tal Adérito. ¿Sí?, pregunta João, ansioso. Es su tío. ¿Tío de quién? Tío de Manel. ¿Qué?, exclama João con aire de incredulidad. No puede ser. Sí puede, sí, respondo entre dientes mientras Manel vuelve a la mesa, sonriente y afable, e inicia una conversación de circunstancias con João, justificándose, diciendo que hacía muchos años que no veía a Sofia y felicitándolo por los hijos que, entretanto, están sentados lamiendo cada uno su helado. João regresa a la mesa con aspecto de haber visto un elefante de color rosa con lunares amarillos sobrevolando el cielo montado en un zepelín, y le digo a Manel que ya podemos irnos.

—Es simpático, tu amigo. Tiene gracia que esté casado con Sofia. La conozco desde pequeña.

—Él es mi Marta.

—¿Quién? ¿El tal João?

—Sí, el mismo.

—¿Cómo has dicho que se llama?

—No lo he dicho. Es João Assis Teles.

Manel afloja el paso y me mira con aire intrigado.

—¿De la familia Assis Teles del corcho?

—Sí, entre otras cosas. ¿Por qué? ¿Los conoces?

—No, sólo de nombre. —Continúa andando—. Lo quisiste mucho, ¿verdad?

—Claro que sí, pero ya no lo quiero. Supongo que ésa es la diferencia entre tú y yo.

Lo miro fijamente, pero él finge que no se da cuenta. Caminamos a lo largo de la ribera. Es domingo y la calle está llena de gente. Los barcos bajan por el río, dorado por los reflejos del sol, bailando en pequeñísimas y melodiosas olas. ¡Qué bonita es esta ciudad! Es una pena que deba irme. Manel me va contando cómo la ciudad resistió heroicamente las invasiones francesas y señala las colinas.

—Esta ciudad respira fuerza, ¿no crees? Mira la muralla fernandina. Esas piedras llevan allí siglos, una sobre otra, nada puede moverlas, bien unidas, formando parte de un todo indisociable. Un todo común, el patrimonio de un lugar. Esas piedras pertenecen a la ciudad y la ciudad les pertenece.

Después se calla, fija la mirada en el río y me asaltan unas ganas estúpidas e irracionales de llorar. En ese momento, como buen jugador que es, juega su última baza.

—Yo también soy así con las personas que quiero. Llevo a Marta dentro de mí, tal como llevo a otras personas que he querido. Han sido pocas, pero se han quedado para siempre. Soy aquello que fui y que llevo conmigo. Las personas que he amado estarán siempre conmigo, ¿entiendes?

Entiendo, Manel, entiendo, pero no puedo darte la razón. Yo también llevo a João dentro de mí, también sé que las personas a las que amamos se quedan para siempre dentro de nosotros. Pero he perdido la voz y las ganas de hablar, estoy vacía, apática, derrotada y sólo puedo escucharte, antes de que se haga la hora de marcharme, sin saber siquiera si voy a volver algún día. Pero Manel no quiere cerrar la puerta, intenta decirme algo.

Después de un breve silencio, me advierte con aire docto y magistral:

—Puedes alejarte de mí si quieres. Pero yo no pienso alejarme, porque formas parte de mí.

Cojo el tren a tiempo. Manel aún intenta darme un beso de despedida, pero aparto la cara y subo deprisa a un vagón, sin comprobar siquiera si es el mío. El resultado es una caminata penosa a lo largo de todo el tren hasta encontrar mi plaza, separada de los demás, junto a una ventana al final de un vagón casi vacío. Me siento exhausta, agotada después de haber cargado la bolsa que me parece inútilmente grande, con las manos doloridas por el peso y el corazón cansado de latir.

Entonces, y sólo entonces, acunada por el susurro monótono e hipnótico de las ruedas metálicas sobre los raíles, me hundo en una enorme tristeza y lloro silenciosamente, con las gafas oscuras puestas para disimular la cara mojada por donde las lágrimas insisten en caer a pares, como gemelas separadas al nacer que nunca se han de encontrar, unas detrás de otras, formando dos hilos de agua paralelos que vacilan junto a la curva del mentón, hasta que los dorsos de mis manos los reduzcan a gotas perdidas, absorbidas por pañuelos competentes y discretos.

El tiempo es para el amor como el viento para los incendios. Apaga los débiles y aviva los fuertes. Es una especie de test, una prueba ciega, una forma inequívoca de aclarar eso que insistimos en llamar amor y que no es más que el minúsculo embrión de un futuro incierto y tantas veces improbable. Pero el amor es para el tiempo como una vela encendida a la luz de la luna, trémulo, impaciente, frágil, voluble, fácil de encender y todavía más fácil de apagar. Me enamoré de Manel sentada a la mesa de un restaurante, unida a él por un mismo sentimiento de amargura. Me separo de él poco después con la sensación de que nada de lo que hemos vivido juntos tiene ahora sentido. Ojalá entendiese lo que me atrae tanto de este hombre. Pero no lo entiendo y ahora quiero olvidarlo. He de continuar mi camino, aunque no haya camino, aunque el camino se haga al andar.

Quien se va no siempre sabe el porqué, pero sabe que no puede ser de otra manera. Si él me quiere, vendrá a buscarme. Ahora quiero descansar, pararme, olvidar. Quiero pensar y entender por qué hemos llegado hasta aquí y hacia dónde nos dirigimos a partir de ahora. Esto no puede acabar así. No puede. No puede. NO PUEDE.

# 17

Lunes por la mañana. Salgo temprano, como de costumbre y, antes de las ocho, llamo a Vera, que me contesta con voz adormilada, para pedirle que venga a comer conmigo. No pregunta por qué. Me conoce demasiado bien para saber que si la llamo a estas horas ha de ser por algo realmente importante. Sé que no debería haberla telefoneado, pero espero que lo entienda. Es grave. Grave y complicado. Tengo que averiguar por qué mi padre tiró a la basura mil hectáreas que ahora valdrían mil millones de escudos. Nunca fue generoso, de alguna manera debieron de obligarle a hacer lo que hizo. La Herdade das Gafas era sólo una parte de su patrimonio: también tenía la fábrica y casi veinte edificios en Lisboa, por no hablar de la Herdade das Tréguas, de dos mil ochocientas hectáreas de alcornoques, que por suerte no fue a parar a manos de nadie. Pero ¿por qué narices prefirió vender la Herdade das Gafas por un precio inferior a su valor? ¿Para esconder al hijo ilegítimo? Sabía que probablemente hoy día sería fácil probar la paternidad. El tipo se parece a él, ¡joder! Tiene su misma estatura, los mismos andares, la misma mirada de lince canalla e imperturbable. Incluso se está quedando calvo como mi padre: en la coronilla. No hay duda de que es hijo suyo. No hace falta ningún análisis de ADN, basta con mirarlo. Cuando lo vi en Oporto con Vera, casi me da un ataque. Mi padre allí, delante de mí. El muy cabrón todavía se parece más al viejo que yo. Y eso de que esté con Vera me revuelve el estómago. Con tantos tíos como hay en el mundo, ¿por qué tenía que liarse con un hermanastro mío? Desde luego, qué puntería. Pero ella tendrá que ayudarme. Si no es ella, nadie me ayudará. No puedo contar con Isabel. Sería injusto enfrentarla a todo esto al cabo de tantos años. Hay que mantener un cierto orden. Y después, no sé por qué, pero creo que la clave del misterio está en ese Adérito y en su mujer. Fueron ellos los que le sacaron la finca a mi padre, probablemente con el beneplácito de Isabel, pero si de hecho ella hubiese ganado algo con ello, ¿por qué iba a seguir trabajando en la fábrica, lejos del hijo y de la familia? No, Isabel no tuvo nada que ver en el asunto. Después de haberse mantenido fiel a mi padre toda la vida, no me parece lógico que haya cambiado. Las personas no cambian. Pueden evolucionar, disfrazar o alterar pequeños comportamientos, pero nunca cambian. Su naturaleza persiste siempre, por encima de todo. Isabel es profundamente buena, tanto como mi padre era profundamente malo. Adérito es profundamente ambicioso y seguro que su «esposa», Odete, no le va a la zaga. Después de haber educado al niño, hicieron cuentas con la vida e idearon un plan para sacar una buena tajada de mi padre. Hoy, la Herdade das Gafas debe de valer mil millones de escudos, como mínimo, y dará rendimientos de por lo menos diez millones al año. Diez millones de escudos al año sin mover un dedo no es un mal negocio. Tengo que averiguar a nombre de quién está aquello. En un minuto, llamo al abogado que me garantiza que hoy mismo se entera, que es fácil, basta con llamar al registro de la propiedad de Évora, donde trabaja un antiguo alumno, y antes de las cuatro de la tarde me proporciona todos los datos. Pero Vera es quien me puede ayudar. Espero que aparezca como hemos quedado. Seguro que aparece. No va a fallarme.

Llego a la fábrica antes de las ocho y media y espero

a que Isabel llegue poco después. La oigo entrar y aún dudo en llamarla a mi despacho, pero opto por no hacerlo. Hablaré con ella más tarde, cuando haya descubierto más cosas. Todavía es pronto, no quiero asustarla y mucho menos dejar escapar a ese Manel al que estoy investigando.

A las diez me llaman al teléfono directo. Es Miguel, el gestor de mi cuenta en la Banca Privada del BIP, que llama para proponerme la compra de nuevas acciones que, según él, constituyen una excelente inversión. Conozco a Miguel desde hace muchos años, es un hombre íntegro y con una buena formación que sabe lo que hace, es competente y cauteloso, gracias a él he ido saliendo adelante. Para tranquilizar la conciencia, me acuerdo de preguntarle si conoce a un tal Manel Menezes de Oporto.

—Lo conozco perfectamente. Es el director de la oficina principal de la Banca Privada de Oporto, ¿por qué?

Malo. A ese tipo no sólo le tocó el gordo con la Herdade, sino que está metido en la banca.

—¿Estás seguro de que es el mismo?
—No lo sé. ¿Cómo es el Manel que tú conoces?
—Es un hombre bajo, de ojos azules y aspecto de finolis...
—Entonces es el mismo. Un tío tranquilo, con buena pinta, que habla despacio...
—Eso ya no lo sé. Sólo hablé con él treinta segundos.
—Ha de ser el mismo.
—¿Y qué sabes de él?
—Pues... nada especial. Sé que trabaja bien y es un tipo muy ambicioso. Me parece que estudió en el extranjero y que tiene algún negocio de familia, pero del resto, ni idea. Es un hombre muy discreto, de esos que nunca hablan de su vida privada. Pero ¿por qué tienes tanto interés en ese tío?

—Un día de éstos te lo contaré.

—Está bien. Mira, no sé si vendrá a cuento, pero la última vez que estuve con él fue hace dos meses, cuando fui a Oporto a fotografiar la oficina principal de la Banca Privada para la revista de la entidad. Fui con una chica, por cierto, muy atractiva, que nos hace la revista del banco, una tal Vera Lorena, ¿sabes quién es?

El tío no sabe que conozco a Vera. No puede saberlo... ¿o estará tomándome el pelo?

—Sí, vagamente, pero ¿de qué la conoces?

—Fui con su hermano a la facultad. La chica es muy guapa. En cuanto llegó, cayó rendida a sus pies, ya sabes, lo típico de cuando se quedan coladitas. Los hay con suerte.

Me dan ganas de decirle que cierre la boca por hablar así de Vera. No creo que las cosas pasasen de esa manera, pero más vale que me calle. A saber si Miguel también es amigo del tío y no tiene ni idea de lo que pasa. Lo mejor es mantenerlo en la ignorancia. La información es un bien escaso y debe administrarse como tal.

—Bueno, Miguel, compra seiscientos mil escudos de esas acciones y ve diciéndome cómo evolucionan las cosas, ¿vale? Adiós.

En cuanto cuelgo suena otra vez el directo. Es Vera. O lo que queda de ella, porque el hilo de voz me dice que algo no va bien.

—Qué, ¿te has levantado ya? Perdona que te haya despertado a las ocho de la mañana, pero necesito hablar contigo urgentemente. ¿Podemos vernos para almorzar?

—João... no iré a comer contigo.

—Pero ¿por qué?

—Porque estoy hecha una mierda y...

Creo que se ha callado para contener las lágrimas. Está a punto de echarse a llorar. Cuando éramos unos críos la hice llorar varias veces, es como si de repente estuviese reviviéndolo todo.

—¿Qué te ha pasado, Vera? Habla, sabes que conmigo puedes hablar.

—No puedo, en serio.

—Oye, ya veo que estás mal, pero haré lo que sea preciso, iré a buscarte a la una, o si prefieres llevaré la comida, me quedaré contigo y te haré compañía.

—Ya sé que debe de ser algo muy importante, pero, francamente, en el estado en que me encuentro, no sé cómo podría ayudarte...

—Si hay alguien en el mundo que pueda echarme una mano, ésa eres tú. Siempre has sido tú y siempre lo serás —respondo con dulzura. Ostras, ¿qué le habrá pasado para estar en este estado? El cabrón ese puede haberle hecho alguna jugada. Ella estaba entusiasmada—. Estoy ahí a la una ¿vale? Si quieres pedimos una pizza y charlamos un rato. Venga, anímate. Un beso. Hasta luego.

La casa de Vera. Me asalta la nostalgia. No he vuelto allí desde la última noche que pasamos juntos. Ocurrió hace tanto tiempo que ya ni me acuerdo. Años y años. Me acuerdo de su cuerpo encajado encima del mío, los dos sentados en el sofá, la luna llena iluminándole el contorno del pecho, el cuello y los ojos, una pieza perdida para siempre de un rompecabezas deshecho. Mutilé mi vida al no quedarme con ella, pero ahora es tarde. Ya no recuerdo quién escribió: «Yo no soy yo, soy yo y mis circunstancias», pero tenía razón. Yo soy yo, Sofia, João Maria, Teresinha, los desatinos de mi padre y los problemas de la fábrica, y no merece la pena pensar que pueda ser de otra forma.

Toco el timbre antes de la una y Vera tarda en abrir. Subo la empinada escalera que conduce a la buhardilla del edificio y vuelvo a entrar en el santuario que hace tanto tiempo que no pisaba. Nunca he querido volver después de casado, ni Vera me ha invitado, pero hoy, no sé por qué, me ha parecido natural venir aquí, y a ella también. Es casi imposible que llegue el día en que no estemos en la misma sintonía. Vera abre la puerta en camisón, envuelta en una bata azul cielo que hace que parezca un delicioso chorizo.

—Sólo con esta cosa encima consigues parecer gorda.

Siempre me ha gustado más verla así, en la intimidad, vulnerable, que con zapatos de tacón y lencería sexy. Cuando un hombre ama a una mujer, le gusta mucho más cuando más cerca está ella de lo que es. Las mujeres no se dan cuenta de esto porque, incluso en la más absoluta intimidad, continúan arreglándose. Pero a lo mejor no es para nosotros, sino para ellas mismas.

Tiene la cara abotargada y los ojos hinchados, como si se hubiese pasado la mañana llorando. Nunca la había visto tan triste, insegura, desprovista de su capa de mujer perfecta y exitosa que, con más o menos convicción, siempre se ha empeñado en venderme. Delante tengo otra vez a la Vera que conocí hace tiempo, con dieciséis años, con los ojos enrojecidos e hipidos, la mirada perdida y el paso vacilante de una chiquilla que nunca quiso crecer.

Se deja caer en el sofá como si estuviera exhausta y le pregunto qué le pasa, aunque ya lo he adivinado.

—¡Soy tan estúpida! ¡Tan estúpida! ¿Cómo me he dejado enredar en esto?

—¿Quieres contarme qué ha ocurrido?

Se levanta y empieza a andar de un lado para otro, aleatoriamente, sin rumbo.

—¡Ni lo sueñes! Sería el colmo de la ironía que ahora me pusiera a llorar en tu hombro por otro tío, ¿no crees? ¡Ya tengo bastante con lo que lloré por tu culpa en el hombro de otras personas! ¡Qué diablos! No puedo pasarme la vida así, como una Magdalena.

Me levanto, me pongo delante de ella y le apoyo las manos en los hombros.

—Escucha, Vera, nosotros somos mucho más de lo

que fuimos en el pasado. Al cabo de todos estos años, nuestra relación está hecha de muchas cosas, de amor, de amistad, de complicidad, de proximidad, de solidaridad, de cariño, de un montón de cosas que se conjugan y que hacen que podamos contar el uno con el otro, al margen de todo lo que pasó entre nosotros. Eres la persona más cercana a mí, quieras o no, y yo soy probablemente la persona que mejor te conoce. Sé lo que sientes, de qué tienes miedo, qué te inspira y te motiva, lo que te asusta y lo que más anhelas. Te conozco por dentro y por fuera, has crecido conmigo, formas parte de mi vida y, aunque no nos viésemos nunca más, nada ni nadie podría arrebatarme lo que tenemos.

La abrazo con la misma ternura con la que estrecho a Teresinha cuando tropieza en el jardín y se acurruca en mis brazos en busca de protección. A lo mejor es eso lo que siento por Vera. Un lazo familiar casi visceral, un lazo que no podría borrarse ni en toda una eternidad.

—No te compadezcas de mí, João, por favor, no quiero compasión. Es lo peor que se puede sentir por una persona.

—No pienses en eso. Me preocupo por ti, pero no te compadezco. Sólo compadezco a ese cabrón, que no sabe valorar a una persona como tú.

—Tú tampoco supiste —responde bajito, con la cara apoyada en mi hombro, esperando que no la oiga o que finja no haberla oído.

—No, yo me enamoré de otra persona, pero nunca he dejado de ser tu amigo.

—Él también, ¿no lo entiendes? Él también está enamorado de otra persona. Ostras, ¿qué tendré de malo para que los hombres a los que quiero se enamoren siempre de otras mujeres?

—¿Y Tiago?

—Tiago no cuenta, fue un error que debía ser corregido, ¿entiendes?

Un error que debía ser corregido. Ésta sí que es buena. Voy a guardármela.

—A lo mejor no es culpa tuya, sino de ellos.

—¿Qué quieres decir con eso?

—Pues que eres peligrosa, representas una amenaza para cualquier hombre. En apariencia no tienes defectos, ni eres frágil, y los hombres desconfían de las mujeres perfectas. Además, eres independiente, haces lo que quieres, eres un poco irascible y dices todo lo que te pasa por la cabeza; eso asusta a cualquiera, porque les haces sentir que en el fondo no los necesitas para nada.

—¿Estás diciéndome que ahuyento a los hombres?

—Estoy diciéndote que no correspondes al tipo medio de mujer portuguesa al que los hombres están acostumbrados, y que ellos tienen alguna dificultad en lidiar con eso.

—Pero tú sabes que cuando quiero a alguien, lo hago todo por esa persona, incluso demasiado.

—Entonces, debe de ser ese demasiado lo que está de más. Cuéntame, ¿qué ha pasado con Manel?

—Me he enamorado de él, pero él no está enamorado de mí. Es una persona cerrada, un tipo difícil...

—No hay hombres difíciles, Vera, créeme. Las mujeres son difíciles por naturaleza; los hombres no. No existen hombres difíciles: o fingen que lo son o ni siquiera se molestan en disimular. Lo que las mujeres toman por indiferencia no es más que falta de iniciativa o apatía. O si no, es que son tan orgullosos que vuelven la cara. Y la mayor parte de las veces están confusos, creen que lo que sienten no puede ser aquello que racionalmente deben querer y lo confunden todo, ¿entiendes?

—También puede que simplemente no quieran.

—¿Cómo que no quieran?

—Pues eso, que no quieran. Es obvio que Manel no me ha querido. Estaba ilusionado, pero no me quería. Y no me quería porque quiere a otra mujer.

—No creo que sea de esa manera tan lineal. A lo mejor todo empezó demasiado deprisa para su ritmo. Te conozco. En cuanto lo conociste, enseguida empezaste a salir con él, ¿a que sí?

—¿Cómo lo sabes?

—Sé cómo eres. Conmigo fue igual. Aunque era diferente. Eras una chiquilla y yo tampoco era precisamente un adulto.

—Me parece que confundes rapidez con facilidad. Vosotros siempre confundís las dos cosas.

—O quizás empezó a quererte y vio que no podría controlar la situación, por eso decidió alejarse antes de perder totalmente el control.

—¡Qué estupidez!

—Para un hombre, lo estúpido es perder el control, ¿no lo entiendes? Los hombres viven la ilusión de que mandan, huyen de las situaciones que no dominan como el diablo de la cruz. Como todos los hombres, ese Manel tiene un problema de control. Además, con los antecedentes tan complicados que tiene...

—¿De qué estás hablando?

Nos sentamos en el sofá y le cuento que Manel es hijo de Isabel y de mi padre, lo que le convierte en mi hermanastro. Vera escucha en silencio, completamente atónita, sin disimular la estupefacción. Se levanta y anda de un lado a otro mientras me escucha, pasándose las manos por la frente y levantándose el pelo, en un gesto mecánico y repetitivo.

Está extrañada y sorprendida.

—Pero es un hombre muy bien educado, hasta diría que refinado. Tendrías que ver su casa: todo impecable, de un gusto exquisito, buenos muebles, buenos cuadros, grabados antiguos, como si supiese lo que es bueno desde pequeño, ¿sabes?

—A lo mejor aprendió deprisa. Debe de ser un tipo inteligente, si no, no te habrías enamorado de él. Y el buen gusto también tiene un componente innato, casi genético. Isabel es una excelente persona. Él no tenía por qué salir maleducado, a no ser que se le pegara algo de Adérito, que es un tipo inconcebible.

—Tienes razón. Parezco estúpida. La nobleza está en el alma, no tiene que ver con los orígenes. Pero explícame lo que pasa.

Le cuento mi conversación con Adérito y que necesito averiguar qué impulsó a mi padre a vender la Herdade das Gafas por un precio diez veces por debajo de su valor real.

—Pero ¿no entiendes que no puedo ayudarte? Él no va a llamarme nunca más.

—Claro que sí, Vera. Claro que lo hará. ¿Qué te dijo antes de que regresaras?

Vera me cuenta la confesión sobre Marta, el paseo por la orilla del río y la conversación acerca de las piedras y de la muralla fernandina. Hay tíos con tal labia que deberían ser condecorados. Ostras, qué cara más dura. Inmediatamente, me acuerdo de Ramón, un amigo mío español, que estudió conmigo en Londres. Cuando veía que Guido, el italiano más mujeriego de los del campus, se llevaba a las tías de calle, siempre comentaba con rabia: me encantaría ser un cabrón. Eso es lo que me gustaría ahora, ser un grandísimo cabrón. Cogerla en brazos, llevarla a la cama y amarla como hice tantas veces cuando todavía era una chiquilla, sabiendo que al día siguiente ni siquiera la llamaría por teléfono. Pero eso era antes. Ahora la quiero demasiado para hacerle algo así. Alejo la idea de mi espíritu a regañadientes y le sugiero que vayamos a la tasca de la esquina a comer cualquier cosa. Vera entra en su habitación, se viste en dos minutos y vuelve peinada y aparentemente tranquila.

—Entonces, recapitulando: quieres que la próxima vez que esté con él le saque toda la historia de la compra de la hacienda, ¿no?

—Si puedes y quieres, claro.

—Bueno, es un poco ruin por mi parte, pero hasta me daría cierto placer, sobre todo después de lo que me ha hecho.

—Tú eres la única persona que me puede ayudar en todo este proceso, Vera. Pero si ves que no puedes...

La mirada se le ilumina.

—No te preocupes. El muy cabrón ha estado jugando conmigo. Le voy a sacar toda la historia, como que me llamo Vera. —Respira profundamente, da otro bocado y comenta sonriente—. Va a ser el tiempo justo de llegar al fondo de la piscina y volver. Este bistec con patatas de la tasca es insuperable, ¿no crees?

# 18

Vuelvo a casa en silencio, ausente de mí mismo una vez más, después de haber dejado a Vera en la estación. Se ha marchado deprisa, sin despedirse, como si no quisiese dejar nada atrás. He vuelto al coche después de buscarla con una última mirada por entre los cristales de las ventanillas del tren. No me ha visto, avanzaba con determinación por el pasillo del vagón, cargando la bolsa de fin de semana que siempre parece demasiado pesada para ella. De nuevo en casa, recogido en mi solitario refugio, cierro los ojos para recordar su cuerpo esbelto, su boca ansiosa, sus ojos pidiéndome en silencio que la ame. Como si eso se pudiese pedir a alguien. Nuestra relación no resultaría; cuanto más la conozco, más me convenzo de ello. Hay demasiadas diferencias que nos acercan y semejanzas que nos alejan. La misma determinación, la misma costumbre de controlar las relaciones, la misma ambición, la misma sensibilidad, la misma perspicacia, la misma inteligencia. Otra ciudad, otra educación, otro pasado, otra forma de vivir. Una vida mundana que no me convence. Toda una vivencia, un pasado que no conozco, no controlo ni me interesa. Y ese novio idiota que me montó la escena de las borlas. ¿Cómo pudo estar con semejante imbécil? Sin contar con que no conozco su vida. La facilidad con que se metió en mi cama me asusta. La facilidad con que se ha entregado todavía me asusta más. No la siento serena, sensata, equilibrada; todo me parece poco meditado e inconsistente, tan firme como una espiga que se inclina a favor del viento. Hay algo en su sinceridad que me lleva a desconfiar de ella. Esa necesidad de tenerlo todo muy claro siempre, como si los sentimientos no pudiesen ser confusos y ambivalentes, como si sólo hubiese una verdad. No hay una única verdad, sino varias verdades. La verdad deja de serlo cuando hay más de una persona que cree en ella. Sé que no la amo, aunque el deseo permanece y no quiero desligarme de ella, me siento atado a ella como a un vicio, ella me seduce y me fascina, me desafía intelectualmente, su cuerpo me atrae, su voz me cautiva, la forma en que se deja llevar entre mis brazos cuando bailamos me hace sentir que vale la pena tenerla en mi vida, pero me asusta su carácter impulsivo, la prisa, la impaciencia. Esa falta de calma, el desasosiego, la ansiedad, el quererlo todo de una vez y exigirme cosas que no se piden, que no tienen nada que ver conmigo. Se ha ido enfadada, como si no me hubiese portado decentemente, cuando he hecho la única cosa decente que estaba en mi mano: contarle la verdad sobre Marta. Cualquier otro hombre habría mantenido las dos historias paralelas, habría sido mucho más fácil y cómodo para todos. No sé lo que quiero, pero sé que Marta nunca ha llegado a desocupar el lugar que siempre le guardé y ahora, cuando la veo regresar a mi vida y la llevo de nuevo a mi cama y la tomo en mis brazos, sé que es a ella a quien quiero. Vera debería aceptar lo que siento, debería alejarse sin hacer que me sienta culpable, como si le hubiese hecho promesas de un futuro que nunca he imaginado, o que si he imaginado ya no me acuerdo.

Son casi las cinco y llamo a Marta. De nuevo el corazón me late con fuerza en el pecho sólo de pensar que volveré a verla, como cuando tenía diecisiete años y trepaba por la hiedra para entrar en su dormitorio y amarla interminablemente. Son las cinco y poco cuando llega. Sin hablarnos siquiera, la llevo a la cama y hacemos el amor durante horas, como si quisiésemos recuperar todos los años perdidos en el silencio y en la ausencia. Amo su cuerpo, su olor, su pelo, amo su cara, su boca, sus ojos, amo sus manos, sus piernas, su pecho y su sexo, amo su corazón y su alma. Y cuando paramos de amarnos, son las once de la noche y Marta sale a toda prisa, preocupada por su hijo, sintiéndose culpable por no haber estado con él, por haberse abandonado en mis brazos, diáfana, huidiza, etérea como ninguna otra. A veces creo que sólo soy una terapia, que no sirvo para nada más, un objeto vivo para compensar carencias y malos tragos. Tal vez Marta me utilice como yo utilizo a Vera, pero no me importa.

Desde el domingo, no he vuelto a tener noticias de Marta. La llamé al día siguiente y tenía el teléfono desconectado. Dejé un mensaje y he esperado a que me devolviese la llamada. Pero Marta siempre hace lo contrario de lo que cabe esperar. No me ha llamado, no ha vuelto a aparecer. Tengo ganas de verla, de volver a abrazarla, de protegerla, de decirle que este reencuentro al cabo de tantos años significa que ella ha entrado otra vez en mi vida sin haber salido nunca de mi corazón, pero no es posible hablar con quien no quiere escuchar. Las secuelas de una separación turbulenta le han secado el corazón, no me quiere a mí ni quiere a nadie, está perdida y, cuando una persona está perdida, nunca consigue encontrar el rumbo, aunque le pongan delante flechas luminosas. Marta siempre ha sido así, indiferente y complicada, una presencia ausente, perdida en sí misma. Nunca ha sabido lo que quería y prueba de ello es el caos de su vida: dos carreras abandonadas a la mitad, una pasión por los animales que la llevó a entrar en Veterinaria, para dejar la carrera en mitad del segundo año por su inclinación por las artes, que la empujó a estudiar pintura. Finalmente un vago interés por los niños la llevó a trabajar en un jardín de infancia hasta que nació su hijo y se dio cuenta de que, al final, lo que de verdad quería era ser madre y cuidar de sus propios hijos. Las comparo y casi lamento no amar a Vera que, con todos sus defectos, sabe muy bien lo que quiere, hacia dónde va, qué camino seguir para conseguir sus objetivos. Del aplauso nace el amor, me dice siempre para explicar el amor que siente por mí, una mezcla de orgullo y admiración, alquimia perfecta del cuerpo y el espíritu. He compartido con ella momentos inolvidables y, cuando miro atrás y revivo el poco tiempo que hemos pasado juntos, siento que a veces lo menos es más y veo lo importante que ha sido tenerla cerca y poseerla, no sólo como mujer, sino como espíritu. Lo que no se comprende no se posee, y por eso Vera no me entiende, por mucho que yo la entienda a ella. No debería renunciar a ella, nos llevamos bien en demasiadas cosas y, tal como ella me dijo una vez, son las diferencias lo que nos acerca, si las sabemos llevar.

Ya han pasado tres días desde que Vera estuvo aquí y, de repente, me apetece llamarla y medir la cercanía. Ahora, al final de la tarde, la luz cae sobre el río mientras conduzco hacia casa escuchando una cinta que ella me regaló, en la que Tony Bennett y Ella Fitzgerald interpretan la mejor colección de melodías de amor que he oído en toda mi vida. Si no fuese por Vera, todavía escucharía la música del programa de radio *La edad de la inocencia*. Claro que continúo haciéndolo, pero ya no es lo mismo. Ya nada es lo mismo desde que ella entró en mi vida y la volvió del revés, como una bola de nieve incontrolable.

La llamo al móvil y me responde una voz sorprendida y feliz de oírme. Le hablo dulcemente, como es costumbre en mí, e inmediatamente me doy cuenta de que ella sigue ligada a mí como siempre lo ha estado, desde el primer instante en que me crucé con ella en la sala de espera del banco. Hablamos un poco de todo, le pregunto qué ha hecho, cómo está y la siento más cerca que nunca, como si la conversación que tuvimos el domingo por la tarde, mientras paseábamos por la orilla del río contemplando las vistas de Oporto, sólo hubiese tenido sentido cuando acabó y le dije que no me alejaría de ella porque forma parte de mi vida. Le hablo de mis preocupaciones y de nuestras diferencias, de lo que me asusta en ella y me hace retroceder. Pero Vera no conoce el significado de palabras como «prudencia», «moderación», «desconfianza». Para ella todo es siempre tan fácil que no parece verdad.

—Tú buscas la perfección en todo, Manel, para ti el mundo que te rodea tiene que estar hecho a tu medida y, como no encajo, no sabes qué hacer conmigo, ¿verdad? Pero no vas a encontrar la perfección si sólo vas buscando imperfecciones. No pienses demasiado, siente antes de pensar y actúa en función de eso. Si Dios quisiera que fuésemos sólo cerebrales, no nos habría dotado de alma, ¿no crees?

Poco a poco me dejo encantar por su tono de voz, como una serpiente al son de una flauta experta y manipuladora. Pero Vera no es manipuladora, sólo lucha por lo que quiere, y eso me seduce.

Presintiendo mi fragilidad, me invita a pasar el próximo fin de semana en Lisboa: tiene entradas para un concierto y quiere que la acompañe. Reflexiono durante un par de minutos mientras desvío la conversación hacia trivialidades y acabo diciéndole que llegaré el viernes por la noche. Cuando pulso el botón para finalizar la llamada, me invade una alegría infantil y me dan ganas de trepar a un árbol o pasar una tarde jugando al fútbol.

Paso los dos últimos días de la semana con lecciones de golf a las siete de la mañana y trabajando el doble de lo habitual para poder salir el viernes por la tarde sin dejar nada pendiente. He concertado una salida a Sintra con mi agente inmobiliario para ver una quinta que en su opinión puede ser una buena inversión. No tengo ningún motivo para comprar una quinta en los alrededores de Lisboa, pero tampoco hay nada que me impida hacerlo, y nunca está de más ver lo que hay por ahí en el mercado. Podría quedarme en casa sin hacer nada, pero creo que no lo soportaría, tengo la sensación de que me volvería estúpido rápidamente. Además, el trabajo en el banco me da una noción amplia y actualizada de lo que pasa en el mercado financiero, y me permite saber qué anda haciendo mi hermano con el dinero de la familia. No es que piense en reclamar aquello a lo que tendría derecho por ley. Soy un hombre de palabra y lo que se acordó con mi tío Adérito fue que yo renunciaría a todo, incluyendo el reconocimiento de la paternidad, a cambio de la Herdade das Gafas. Mi padre hizo el peor negocio de su vida y yo garanticé mi futuro. En cuanto la compré, tuve ya varias propuestas para vender, pero ¿para qué? Cada año que pasa se revaloriza, y con lo que produce hago otras inversiones. Si todo va bien, voy a llegar a los mil millones de escudos antes de los cuarenta, aparte del patrimonio que va en aumento. Cualquier día me compro el barco. Incluso podría comprarlo ya, pero quiero dejarlo todo bien atado. No se gastan cuarenta millones de escudos sin sopesar los pros y los contras. Aunque a lo mejor, antes de lo del barco, le compre un piso a mi madre y la traiga a vivir a Oporto. Toda una vida trabajando para esa gente es más que suficiente. Pero las cosas hay que hacerlas con calma, con mucha calma. João anduvo haciendo preguntas al tío Adérito y me molestó la idea. Aun así, y para que nunca pueda acusarme de ocultarle datos y documentos, al día siguiente le envié por correo una fotocopia de la escritura de compra de la Herdade. ¡Cuarenta millones de escudos! Pobre viejo, debió de costarle lo suyo tragarse el orgullo, pero los errores se pagan caros, y más vale que sea en esta vida, porque en la otra nadie puede decir cómo van las cosas y quién sabe si Dios, en su grandeza, no hubiera acabado perdonándole. Nunca conocí a mi padre. A pesar de que mi madre intentó presentármelo varias veces, el cabrón del viejo decía que iba a aparecer y después nada. La peor de todas, la vez que más sufrí, fue el fin de semana en que cumplía doce años. Quedó en que vendría a buscarme para conocernos. Me senté en las escaleras de la entrada del colegio a esperarlo. Esperé el día entero. Allí sentado, inmóvil, sin ni siquiera mover un dedo, con miedo de que el más mínimo movimiento interfiriese en su llegada. Después empecé a llamarlo bajito, papá, papá, papá...

Estaba convencido de que debía quedarme allí quieto, a la espera, para no desviarlo de su ruta. No apareció. Llamé a mi madre con toda la calma que pude, y después me encerré en la habitación. Nadie me vio llorar ni oyó mis gritos de rabia. Aprendí a dominar mis flaquezas ante los demás, a no mostrar nunca, bajo ninguna circunstancia, mis debilidades. Entrené el orgullo y la discreción a partir de ese día y los tomé como rasgos de carácter indisociables de mi postura. Lo que no nos mata nos hace más fuertes, dice muchas veces Vera. Dice que fue Maria quien se lo enseñó, pero antes de que ella me lo enseñara a mí, ya lo había aprendido por mi cuenta.

Al día siguiente, mi madre vino a buscarme. Nunca más pregunté por él ni quise conocerlo. Lo que no nos mata a veces también nos mata de otra forma, y mi padre mató mi capacidad de creer en las personas. Cobarde. Cobarde e inhumano. Un hijo es un hijo. ¿Cómo puede un hombre que tiene un hijo negarse a reconocerlo? Yo fui el cuarto, antes que yo nacieron tres descendientes legítimos, pero incluso así, cada vez que pienso en ello, lo odio más a él y también a mi madre, que siempre antepuso a su hijo el amor ciego e idiota por un hombre que siempre la utilizó y nunca la amó. Pero hay mujeres así, estoicas y obstinadas, que prefieren un amor frustrado a no tener ningún amor, como si el hecho de no poder amar significara la muerte. Tal vez Vera también pertenezca a este tipo de mujeres, las que aman compulsivamente, las que aman por amar, que aman más al propio amor que al objeto amado. Nunca he creído en los amores relámpago, que acaban tan deprisa como empiezan, basta un soplo, una palabra, un desacuerdo para destruirlos. La prisa es enemiga de la consistencia, de la verdad, de la perfección. Sé que no se encuentra la perfección si sólo se buscan imperfecciones, pero evito todo lo que no me parece cien por cien correcto y controlado. Una mujer como Vera puede cambiar la vida de un hombre para siempre, y yo no quiero en absoluto cambiar mi vida. O tal vez sí quiera, pero el único cambio que deseo tiene que ver con Marta, y Marta continúa desaparecida. Probablemente porque no quiere que yo forme parte de ningún cambio significativo en su vida. Qué ironía. Yo aquí pensando en una mujer que no me quiere y sin saber qué hacer con otra que lo daría todo por que yo la amase. Una mujer que, en principio, tiene mucho más en común conmigo que Marta. Con Vera podría construir mi vida basándola en un entendimiento difícil, pero posible. Además, ¿qué interés tendría si fuese fácil? La vida es así, siempre es así, inevitablemente, lo que hace falta es entender exactamente lo que pasa. Es la única forma de controlar la situación. También Dios se equivocó cuando creó para Adán una mujer con inteligencia y voluntad. Lilith se dejó seducir por el Diablo y rápidamente fue eliminada de la historia. Después de ella, sólo existió Eva, creada de una costilla, fácil de controlar, aunque a pesar de ello encontró la manera de meter a Adán en un buen lío con el episodio de la manzana. Las mujeres son más peligrosas cuanto más inteligentes son, pero es necesario un número interminable de mujeres estúpidas para olvidar a una mujer inteligente. Todo empieza en la cabeza, y el amor no constituye una excepción. Si consiguiese amar sólo con la cabeza, sería el paraíso.

Cuando perdí a Marta, lo perdí todo. Las ganas de

dormir, de comer, de vivir. Después de una semana encerrado en mi habitación sin hablar con nadie, cogí todos los regalos que me había hecho Marta, las cartas, las fotografías, los billetes de tren y los sobres de azúcar escritos con letra de colegial, te quiero, te quiero, te quiero, lo metí todo en una maleta, caminé hasta la mitad del puente Dom Luís y, con el corazón saliéndoseme del pecho, lancé la maleta al aire. Me quedé allí, traspasado por el frío y la llovizna que caía en esa tarde gris y helada de diciembre. La gente pasaba por mi lado, pero yo no veía nada, el motor de los coches era un zumbido perdido y distante en mi cerebro desconectado, no tenía manos, ni cuerpo, ni pies, ni cara; sólo ojos para ver la maleta, perdida en las agitadas aguas del río, deslizándose hacia la desembocadura, llevando mi alma dentro, y con ella mi amor por Marta, mis sueños con Marta, mi vida con Marta y aquella sensación de pérdida irreparable, de vacío inmenso y profundo, de rabia contenida por haber perdido todo lo que era importante y la determinación de no volver a cometer nunca más los mismos errores, de no volver a entregarme nunca más a una mujer.

Vera no tiene la culpa, ninguna de las mujeres que he querido y no he podido amar después de Marta tiene la culpa, pero, una vez más, sólo estoy preparado para abrir mi alma a una mujer, la primera que me tocó el corazón y me dio la felicidad.

Salgo para Lisboa absorto en mis pensamientos, como hago tantas veces, en un mecanismo que se ha convertido en un reflejo condicionado. Un dispositivo de autodefensa frente a mi propio corazón, que empiezo a querer desmontar, esperando que, en los brazos de Vera, logre encontrar algo nuevo, algo diferente, rescatar la ternura perdida hace tanto tiempo, sumirme en un sueño profundo y descansado después de la entrega, esa entrega de la que Vera tanto habla y cuyo sabor olvidé hace tanto tiempo.

Cuando mi padre murió, no quise ir al entierro. Y nunca he pisado el cementerio para visitar su tumba. Él nunca existió mientras estaba vivo, ¿para qué convivir con su imagen después de muerto? Renegué de él definitivamente, y renunciar a su herencia formó parte de mi proceso de rechazo. No quiero tener nada que ver con esa gente podrida y mal preparada para la vida, no quiero conocer a mis hermanos, no quiero siquiera pensar que soy hijo de un hombre que siempre trató a mi madre como a una criada, que nunca tuvo un gesto de generosidad o de nobleza, él que era todo títulos y blasones. La nobleza está en el alma, o se nace con ella o nunca se gana, es un rasgo de carácter no un atributo postizo. Lo único que de algún modo lamento es no conocer a mi hermano João. Tiene que ser un hombre con ciertas cualidades para que Vera se enamorase de él. O tal vez no. Tal vez sea sólo otro hijo de papá, estirado y lleno de caprichos. Pero paciencia. Paciencia y calma nunca me han faltado. Algo que Vera nunca tendrá, pobre. Ya estoy llegando a Lisboa, cae la tarde y me falta la luz de Oporto, las carreteras de Oporto, Foz y el Duero. No soy de aquí, sólo estoy de paso para huir del silencio de Marta, de la indiferencia de Marta, de su distanciamiento insalvable. Aquí me espera una mujer excepcional en cualidades y defectos, una mujer que me ama y anhela que le dé algo a cambio. Pero no tengo nada, nada, estoy vacío, perdido, olvidado de mí mismo, sumergido desde hace demasiado tiempo en esta no existencia cómoda y dulce de la que no quiero abdicar. Por lo menos así es más fácil vivir.

# 19

Está a punto de llegar; cierro los ojos y lo veo conducir por la autopista demasiado deprisa, siempre demasiado deprisa, conducir es la única cosa que hace deprisa, sólo conduce despacio cuando está preocupado. Debe de ser una costumbre de cuando era pequeño y se pasaba la vida en los campeonatos de karts, que por supuesto ganaba casi siempre, lo suficiente como para consagrarse como campeón hasta que Marta lo desvió hacia otras carreras. De esa época debe de provenir el vicio de acelerar, de volar siempre por el carril de la izquierda, de adelantar más de diez coches seguidos para después frenar a fondo al borde del desastre, con un coche delante a menos de un metro y otro coche en el carril de la derecha, pero sin miedo, sin susto, ni el menor rastro de temor, como si no le importase que la vida pudiera terminar en ese instante para iniciar un viaje eterno y, ése sí, ciertamente lento, muy lento, el viaje de las almas cuando se liberan los cuerpos y vagan por la eternidad. A la velocidad a la que conduce, llegará en menos de dos horas y media, dos horas y media pasan volando, son las seis de la tarde y acaba de salir de Oporto. Regreso a casa con el corazón en una algazara ensordecedora, parece la batería de una escuela de samba, tan tan, tan tan, tan tan, el tráfico es un infierno, Jorge está insoportable, el nuevo número de la revista del BIP está listo, un primor, con ese reportaje sobre la oficina principal de la Banca Privada en la avenida da Boavista y, de no ser por el reportaje, no estaría ahora camino de casa, ensordecida por mi propio corazón, esperando a un hombre que no tiene nada que ofrecerme, excepto dudas e incertezas, que tiene miedo de lo que siente y quiere, que prefiere pensar siempre con la cabeza, como si la cabeza valiese algo sin el corazón, como si pensar fuese tan vital para sobrevivir como sentir. Pero Manel es demasiado racional para entender lo que intento explicarle, y cuando le digo que no hay relaciones perfectas y que la perfección no existe, sé que mis palabras son inútiles, que vive demasiado apegado a su equilibrio para arriesgarlo, aunque sea de la manera más inofensiva. Sé que con él no tengo nada que ganar, que no puedo ni debo invertir esfuerzos en una relación que no tiene ningún futuro: primero, porque él no me quiere; segundo, porque no quiere invertir nada; tercero y más importante, porque ama a otra mujer. He de acostumbrarme a esta idea, por más que duela, por más tiempo que duela. El dolor aleja al dolor, esto lo aprendí hace mucho tiempo, cuando todavía no tenía veinte años y me iba con el primero que pasaba cada vez que João me rechazaba, y me enamoraba a propósito del sustituto para olvidar el dolor mayor. El dolor voluntariamente infligido sobre el anterior lo relativiza y atenúa, le quita fuerza y sentido. En el fondo, es una defensa como otra cualquiera. Tal vez me haya enviciado con esta forma estúpida, desgastante y estéril de vivir, pero no consigo parar, para mí el vértigo está en quedarme quieta, no sentir, despertarme por la mañana pensando que mi vida está llena de nada porque no amo a nadie. Por eso continúo entregándome, confiando más en mi instinto que en mi sentido común, tan débil y tan escaso, pobre, atenta al corazón y haciendo oídos sordos a mi cabeza. Si el amor fuese racional, todos encontraríamos a la persona adecuada, bastaría con crear un formulario con la lista de cualidades pretendidas y defectos indeseados y distribuir copias, recogerlas después y seleccionar a quien se equivocase menos, como en los exámenes para el carnet de conducir, como hace Patrícia y tantos otros. Nunca he utilizado un formulario, aunque a veces lo haya elaborado en secreto, burlándome de mi propia estupidez. No quiero a una persona hecha a mi medida para que todo vaya como la seda, quiero a alguien lo suficientemente igual para que me dé cariño y lo suficientemente distinta para que siempre me ofrezca algo que aprender. Y Manel tiene esa combinación alquímica de mente y cuerpo, sensibilidad y sensatez que me seducen y me hacen soñar con tenerlo en mi vida, no hoy ni mañana, sino siempre y para siempre. Amar también es no saber por qué, soltarse. Mientras quiero a un hombre, él vive dentro de mí, viaja conmigo, me hace soñar, miro el mundo y distingo mejor los contornos, los sonidos se hacen más puros, estoy atenta, me siento viva y siento que merece la pena vivir.

El dolor aleja al dolor, pero es mejor sentirlo que no sentir nada. Como Afonso, que consume carne humana sin alma, que nunca se entrega y anda siempre buscándose a sí mismo, sin saberlo. O como Manel, que teme aquello que desea, que se impone barreras insalvables que sólo existen en su cabeza para, al final, no alcanzar lo que tiene al alcance de la mano, accesible, próximo, posible. Prefiero el dolor al vacío, al lago estancado, al desierto sentimental, al luto emocional. Prefiero el dolor, que con el paso de los días acaba por desvanecerse hasta que no queda más que un montón de cenizas y recuerdos vagos. Paso la vista por el cuaderno donde casi todos los días le escribo cartas a Manel. No me canso de escribirle, incluso sabiendo que son cartas para el cajón, que nunca conocerán sobre ni destinatario. Escribo lo que me dicta el corazón, y el corazón siempre tiene voz y cosas que contar. Lo más probable es que mi destinatario nunca llegue a saber de la existencia de estas cartas. Pero mi corazón es mi escudo.

Mientras siga latiendo, todo irá bien. Mi corazón es lo que me hace soñar y lo que, con el tiempo, me convertirá en una persona mejor.

Llego a casa y me preparo un baño. El vapor inunda el cuarto de baño de niebla y el perfume de la espuma se esparce por el aire. El corazón sigue latiendo más fuerte y más deprisa de lo que sería recomendable. Si no me tranquilizo, estaré completamente exhausta cuando él llegue. El eterno control de las expectativas. Ya debería haber aprendido a no esperar nada de las relaciones. Si lo hiciera, todo lo que llegase llegaría para bien. Cada momento que siento que Manel se aproxima, recorriendo la distancia a toda velocidad, lo noto más distante, como si estuviese haciendo el recorrido inverso. Si fuese una buena estratega, no lo habría invitado a venir, pero me he precipitado otra vez, he sido demasiado transparente y voy a pagar por ello. Manel pertenece al tipo de hombres que necesita que se lo pongan difícil para dar valor a lo que tiene, y no sé ni quiero saber jugar a ese juego. Prefiero perderlo al principio, aceptar una derrota por falta de sentido táctico, a luchar de una forma en la que no creo. Si una relación precisa de este tipo de artificios y juegos ya desde el principio, entonces ¿qué necesitará en el futuro? Nada, porque no tiene futuro. Y lo peor es que tampoco tiene presente. Sólo existe el embrión de un sueño que va a esfumarse antes de tomar forma, como un globo que explota antes de que se haya acabado de hinchar.

El timbre del teléfono me devuelve a la realidad. Es Afonso. Quiere saber cómo me encuentro, se quedó preocupado cuando fuimos a cenar el otro día al Bica do Sapato. Intento disimular, diciéndole que Manel viene de camino y, sin proponérmelo, acabo quedando para cenar con él y con Patrícia mañana por la noche. Cuando colgamos, ya estoy arrepentida; mi instinto me dice que estoy cometiendo una imprudencia si junto a

Patrícia con Manel, ¿o será que estoy tan insegura que me he vuelto paranoica? Poco después, salgo del baño, me seco con la lentitud y el perfeccionismo de una geisha, me extiendo la crema hidratante por todo el cuerpo y por la cara, me doy un masaje en la cabeza mojada que me alivia y me hace sentir más ligera, y empiezo el baile de la ropa, que es lo que hace una mujer cuando se siente insegura o confusa; en vano, pruebo varias combinaciones de faldas con jerséis, blusas con pantalones, haciendo un gran esfuerzo, aunque poco eficaz, por encontrar la combinación ideal. Acabo poniéndome una falda azul marino y un jersey azul claro entallado. A Manel le gusta verme de azul claro y nunca permanece indiferente a la visión de mis piernas, así que estaré bien, seguro.

Casi una hora después, suena otra vez el teléfono. Es Manel que está aparcando y ya no se acuerda del número de la puerta. Qué puntería: justo cuando acabo de arreglarme. Me miro por enésima vez al espejo. No estoy bien ni mal, sólo estoy nerviosa. Nerviosa y triste. Pero hay que aguantarse. Lo mejor es no esperar nada, y todo lo que llegue, que llegue para bien.

Manel llega impecablemente arreglado, con una bolsa de cuero de esas que parece que han costado un ojo de la cara y me da un beso suave y afectuoso. Más allá de su flema imperturbable, le noto un brillo en los ojos. Se alegra de haber venido. Lo observo con la mayor objetividad que me es posible y no consigo entender qué es lo que vi en él para perder la cabeza. No es mi tipo, ni físicamente, ni en su forma de ser y estar. Es formal y ceremonioso, demasiado apegado a los bienes materiales para mi gusto, y vive demasiado pendiente de su propia imagen. A lo mejor me enamoré de él porque necesitaba enamorarme de alguien, porque necesitaba, de una vez por todas, quitarme a João de la cabeza y del corazón. Me enamoré de su inteligencia y de su agudeza, pero no de su forma de ser meticulosa y perfeccionista. O, sin saberlo, todavía fui más básica, más instintiva, y vi en él el reflejo de João. João, siempre y todavía João en mi vida. Incluso cuando pienso que lo he olvidado, y sólo porque me he enamorado de un hombre que casualmente es medio hermano suyo. Qué puntería la mía. Joder, hay que ser desgraciada. Y con esta manía de que me gusten los retos, no hay duda de que me enfrento a uno de verdad. Enamorada del hermanastro del hombre que más he querido en toda mi vida y que casualmente está enamorado de otra mujer.

La historia de Marta acabará conmigo. Hace que me sienta pequeñita, reducida a una insignificancia que no acepto. No hay ninguna mujer a la que le guste que la pongan en un segundo plano por otra. Entre las mujeres hay pocos rasgos tan agudizados como el sentido de la competición. Pero todavía quiero tenerlo en mi cama, todavía sueño con el peso de su cuerpo sobre el mío, todavía deseo sentirlo dentro de mí como si de alguna forma, por algunos momentos, me perteneciese, me amase y me quisiese para él. Debe de ser ésa la magia del acto sexual. La sensación de pertenencia, la posesión transformada en propiedad temporal, la certeza efímera de la proximidad inquebrantable, de la unión de los cuerpos que encajan como las piezas de un rompecabezas. Sólo que el rompecabezas es una utopía, somos nosotros los que lo inventamos, los que lo imaginamos, los que lo hacemos real, incluso cuando la relación no pasa de una ecuación imposible entre dos seres que, inevitablemente, nunca llegarán a construir nada juntos.

—Pareces cansada, ¿te pasa algo?

—Es viernes, siempre llego así al fin de semana —respondo evasivamente.

Le hablo del número de la revista que ya está listo y él se deshace en elogios por mi trabajo. Me siento tentada de contarle que compré un cuaderno donde le escribo cartas, pero todavía es pronto, o tal vez sea ya demasiado tarde, en cualquier caso, éste no es el momento. En vez de eso, cambio de tema y le hablo de la cena de mañana por la noche con Afonso y Patrícia, cosa que le alegra porque así podrá ver de nuevo a Afonso al cabo de quince años. Salimos poco después para no llegar tarde al concierto de la fundación Gulbenkian. El programa es uno de mis preferidos: Rachmaninoff, el concierto para piano núm. 2 y Tchaikovsky, el concierto núm. 1. Un repertorio perfecto para las masas, tipo grandes éxitos de la música clásica, pero a mí qué me importa. Hay pocas cosas que me proporcionen más placer que oír una pieza sinfónica de la que me conozco casi todas las notas de memoria. Llegamos justo a tiempo. Poco después, el pianista se sienta y me dejo llevar por cada nota, vuelo alrededor de la sala como una mariposa ciega, cierro los ojos y me imagino en la cama con Manel, tendida sobre su cuerpo pequeño y proporcionado, balanceándome suavemente, con las manos entrelazadas, los brazos doblados junto a la cabeza, mi boca mordiendo suavemente la suya, su mirada de niño pequeño cuando se acurruca junto a mi pecho y sigue obedientemente mi ritmo, tímido, discreto, perfecto como siempre ha sido, como siempre es, sin un fallo, sin vacilaciones, sin un paso en falso o un gesto mal medido. En un reflejo instintivo, me paso la mano por el cuello, la bajo despacio casi hasta el pecho, acaricio con las yemas mi piel erizada. Manel parece adivinar lo que siento, como si esta cálida oleada hubiese adquirido color a mi alrededor y dibujase anillos de deseo de todos los colores. Me mira intensamente y me coge la mano, la baja y la posa en su regazo, presionándola con la suya sobre los pantalones, donde siento crecer su miembro despacio.

Volvemos a casa en silencio, Manel conduce deprisa, rozando apenas el asfalto. Los dioses están de nuestra parte, un sitio en la misma puerta de casa aparece como por milagro y, antes de subir la escalera, empieza a besarme apasionadamente, introduce las manos abiertas y deseosas por debajo de mi jersey. Después, de repente y sin darme tiempo a reaccionar, me empuja contra la pared del fondo, debajo de la escalera, me da la vuelta y, con un gesto rápido y preciso me baja las bragas, se desabrocha el pantalón y me penetra sin pedir permiso. Siento que su sexo hierve, la piel le hierve, su boca hierve apoyada en mi oído, le hierven las manos pegadas a mi pecho, que crece. Mi boca crece, mi sexo crece, mi deseo crece, no quiero parar, no quiero parar nunca y él adivina todo lo que deseo, me agarra del pelo y tira mi cabeza hacia atrás, acelera el ritmo mientras repite en voz baja mi nombre y dice te quiero, te quiero, te quiero. El tiempo se detiene, el mundo se detiene, el ruido de la calle se detiene, todo desaparece, la existencia se esfuma, ahora somos un solo cuerpo y un solo espíritu, él dentro de mí, mío, sólo mío, mío para siempre mientras dure esta eternidad. Lo siento más cerca que nunca, como pidiéndome que le permita quererme, que le permita estar siempre y para siempre donde está, parte de aquello que somos y de todo lo que aún queremos ser, sueño y materia, voluntad y anhelo, cuerpo de mi cuerpo, carne de mi carne.

Subimos la escalera despacio, exhaustos, despeinados, las piernas me tiemblan de placer, las manos alisan la falda y el pelo. Entramos y nos apoyamos en el mármol de la cocina jadeantes, con la respiración incierta y trabajosa que casi siempre acompaña a la pasión, que aleja el miedo y las palabras. Permanecemos allí una buena media hora, bebiendo vasos de agua, uno tras otro, con avidez y cansancio, mirándonos a los ojos sin que las palabras estropeen ese estado de gracia siempre único, siempre mágico y siempre irrepetible del amor hecho carne, olor y sabor.

Pasamos la noche en vela charlando, acurrucados el

uno en brazos del otro, y le abro el alma y el corazón, le cuento que me siento triste e insegura con nuestra relación, pero Manel parece inundado de una paz celestial, me acaricia el pelo y la cara, me pide que tenga paciencia y que sepa esperar, porque nunca me había deseado tanto como esta noche y nunca ha estado tan cerca de mí. Hablamos otra vez de nuestros miedos y dudas, de nuestra infancia y adolescencia, de lo que sentimos y todavía no atinamos a explicar. Manel abre también su alma y me habla por primera vez de la rabia que siempre le ha inspirado su padre y de cómo trató éste a su madre. Me habla de la venganza planeada por él, junto con su tío Adérito, para sacarle al viejo Assis Teles la Herdade das Gafas a cambio de que la paternidad quedara en el anonimato y de cómo quintuplicó, en poco más de diez años, su fortuna personal, mientras João se pasa la vida haciendo números para salvar lo que queda del patrimonio familiar. Habla con un dolor gélido, atemorizador, casi escalofriante. Y de repente conozco a otro Manel, el Manel estratega y calculador, jugador y manipulador, frío, meticuloso e implacable, pero ni siquiera eso me asusta o me hace quererlo menos.

Le muestro el cuaderno donde reposan las cartas llenas de amor que le he ido escribiendo, pero él no lo quiere leer ahora, me pide que lo guarde porque: tal vez un día podamos leérselo juntos a nuestros nietos, y quiero creer en sus palabras, abandonarme en sus brazos como cuando me quedé en Oporto.

Y al día siguiente, cuando se levanta para descorrer las cortinas de la habitación y dejar que entren los primeros rayos de sol, no sé si estaré a su lado cuando empiece a quedarse calvo, pero ya no me importa, quiero vivir cada momento como si fuese eterno, aplazar el futuro, olvidar que mañana será otro día, quiero tenerlo en mis brazos durante el tiempo que él desee y después dejarlo volar, acceder a que su corazón parta para siempre y nunca más regrese. Y entonces, sólo entonces, podré llorar mi amor fallido, mi amor desperdiciado, el miedo a quedarme sola otra vez, conmigo misma, en esa inmensa soledad que es la de las almas que buscan en vano una compañía.

# 20

A veces pierdo la paciencia con Vera. Siempre tan seria, como si fuese la dueña de toda la sabiduría del mundo. Adora las citas y tiene la manía de hacerse notar. Ya en el colegio era igual. La niña prodigio. Tenía que ser siempre la mejor en todo. Menos en matemáticas. Los números nunca han sido su fuerte. Al contrario que yo, que parezco Tío Gilito. Debe de ser por haberme pasado tres años sin comer solomillo, viviendo en una casa liliputiense de tres habitaciones en el barrio Da Encarnação, después de volver de Mozambique con una mano delante y otra detrás. Retornados, qué palabra más vomitiva. Debe de ser la palabra que más asco me provoca. Teníamos una buena vida allá, pero con la vuelta repentina a Portugal, la vida de mi padre nunca más se enderezó. Perdió completamente el juicio, sólo hablaba de volver. Todavía hoy, habla de aquello como si fuese la tierra prometida. Y lo fue, para su generación. Ahora sólo lo es para organizar safaris y conseguir un bonito bronceado. El resto es paisaje. Mi madre, la pobre, que sólo ha sabido decir amén a todo lo que mi padre decía y hacía, me fue avisando por detrás: a ver si encuentras un hombre mejor, hija, que tu padre no es que sea bueno o malo, no sirve para nada. Desde luego, para ganar dinero no sirvió. Lo que sirvió fue que mi madre siempre se mantuviese inflexible con relación a mi educación y que dijese que si era necesario se pondría a coser dobladillos para que yo fuese a un buen colegio. No cosió y terminé el bachillerato en uno de los mejores colegios de Lisboa. Fue allí donde aprendí muchas de las cosas que me han sido útiles hasta hoy. Como por ejemplo, comer en la mesa sin levantar los codos. En mi casa, nadie ha comido nunca con la boca abierta y todos sabían limpiarse la boca al terminar de comer. Pero mi padre dejaba los cubiertos apoyados sobre el plato, usaba el mismo cuchillo para todo y mi madre tenía la manía, los días de fiesta, de poner las servilletas de papel enrolladas dentro de los vasos de vidrio que imitaban, en estilo y pretensión, copas de cristal. Y cuando empezaron a abrir restaurantes chinos después de la Revolución, se encaprichó con una vajilla negra que tenía sólo para esa finalidad. Con un mantel de color de rosa y unas servilletas a juego. Aquello era peor que el vómito de perro. Y, sin querer, tuve que ir rompiendo, uno a uno, los platos especiales para comida china hasta que la vajilla quedó reducida a añicos. Supongo que mi madre era una buena persona. Siempre me compró la ropa, los zapatos y las botas que le pedí. Nunca me faltó de nada. Después de todo, era hija única, ¿a quién si no iban a darle los caprichos? Sólo estaba *Lombrices*, un perro salchicha al que mi madre adoraba y que siempre estaba peleándose con *Manchitas*, el dálmata de nuestra vecina en el barrio Da Encarnação al que un día mi madre decidió envenenar, con tan mala fortuna que fue *Lombrices* quien fue al plato del otro y devoró, sin ningún instinto de supervivencia, una dosis mortal de Ratax. Con la muerte accidental de *Lombrices*, mi madre no volvió a pensar en tener animales, excepto por la pareja de canarios que tenía en la galería junto a la puerta del jardín.

Vera fue mi compañera de pupitre desde primero. También estuvo a punto de irse del colegio después del 25 de Abril por falta de dinero, pero era tan buena alumna que la madre superiora le regaló un año lectivo para que continuase y, algún tiempo después, la familia consiguió recuperarse del bajón y volvió a pagar el colegio. Y después está la historia de aquel abuelo completamente loco que dilapidó la fortuna en el juego y con españolas. Cuando el viejo murió, tuvieron que vender la Quinta de Colares, donde Vera había pasado los mejores veranos de su infancia.

Vera me cae bien, soy amiga suya, pero a veces me ponen enferma la arrogancia y la altivez con las que habla de ciertos temas, como si fuese más que nadie. Como si fuese más que yo, que hoy en día gano dos veces más que ella y llevo una vida de tres pares de narices con Alberto. Alberto es director general de una empresa farmacéutica, gana un montón de pasta y tiene todos los beneficios sociales que quiere y más. Hace dos o tres años, empezó a jugar a la bolsa y, sin darse cuenta, triplicó lo invertido. Como ya había heredado dinero del padre, el pastel llegó a los doscientos mil en un instante y fue entonces cuando vi que allí estaba mi futuro. No quiero a Alberto ni más ni menos de lo que he querido a otros, pero es un buen tío que me da todos los caprichos. Ya he pasado de los treinta y el cuerpo, que era mi orgullo hasta hace bien poco, ha empezado a redondearse. La puta gravedad, que acaba con el más pintado en un santiamén. Esto es de la píldora o de no haber vuelto a hacer gimnasia nunca más, pensé. Pero un día fui a cenar a casa de mis padres, miré a mi madre y me di cuenta de que esta mierda es genética. Mi madre es cilíndrica toda ella, sólo destaca la cabeza. Es tan gorda, tan gorda, que si fuese al zoológico, serían los elefantes los que le tirarían a ella cacahuetes. Y yo, si no llevo cuidado, cualquier día de éstos acabo igual. Enseguida me puse a dieta y traté de ir por el buen camino. Fue entonces cuando conocí a Alberto. Fui al banco a ingresar un cheque y él estaba delante de mí en la cola. Cuando salí, me lo encontré apoyado en la pared y me preguntó por qué había tardado tanto en salir, que ya llevaba esperándome diez minutos. Me pareció un imbécil y le di la espalda, pero el tío siguió en sus trece y empezó a caminar a mi lado por la calle. A cierta altura frunció el ceño y me preguntó si yo había ido al Sagrado Coração de Maria. Es que él tenía la costumbre de ir a ver a las chicas a la hora de la salida y le sonaba mi cara. Y entonces fuimos a tomar un café. Yo estaba en una fase de mi vida un tanto desordenada, iba al Kapital los viernes y los sábados, y Afonso continuaba follando conmigo cuando le apetecía. Ni siquiera estaba enamorada de él ni de nadie, pero de vez en cuando me acostaba con el primero que pasaba sólo por no estar sola y, cuando se entra en esa dinámica, es difícil parar. Después me metí en un grupo de locas que se pasaban las noches esnifando coca e invitando a tíos para montar numeritos raros, e hice unos cuantos disparates importantes. Hasta empecé a encontrarles cierta gracia a las mujeres, me enrollé con dos o tres sólo para ver cómo era eso y a qué sabía. Era muy bueno y sabía muy bien. Pero no me volví tortillera ni nada que se le parezca, sólo que entendí mejor a los hombres. Una mujer no tiene pito, pero por lo demás tiene de todo y mucho mejor que un hombre. La piel, el olor, el tacto. Por lo menos sabe lo que hace y, cuando lo hace, lo hace bien; no como algunos a los que más les valdría que les dibujaran un croquis. Andaba realmente perdida, me tiraba a todo bicho viviente: tíos, tías, niñatos de primer año de facultad, vendedores de seguros, intelectualoides de izquierda, de esas con gafas de colores con el pelo a los años cuarenta que fuman en boquilla y sólo se visten de morado y negro. Después, hubo una tía que se enamoró de mí y que casi me vuelve loca. Me acosté con ella un par de veces, pero sólo para follar. Ni se me pasó por la cabeza salir con una mujer. Yo no salgo con mujeres, me las tiro y ya está. Fue todo un problema explicarle que una cosa es el deseo y otra muy diferente el amor.

Empecé a pensar que acabaría ahogándome en toda

la mierda en la que me estaba hundiendo. En ese momento hablé con Vera y me desahogué con ella. Estaba perdida, necesitaba de verdad hablar con alguien. No podía llegar a casa y decirle a mi madre que no sabía qué hacer con mi vida, porque sólo me apetecía esnifar coca y lamer coños. Me pareció que Vera era la persona más indicada. Se quedó boquiabierta mientras me oía, después se enfadó conmigo. En vez de apoyarme, me acusó de estar destruyendo mi vida, me dijo que fuera al psiquiatra, que había entrado en caída libre y que le parecía repugnante la vida que llevaba. A mí también me lo parecía, pero eso era precisamente lo último que necesitaba oír.

Cuando la llamaba por cualquier cosa, siempre estaba ocupada. Y también estaba aquella amiga de Oporto, Maria, que siempre me ha puesto de los nervios. No sé qué pudo ver Afonso en esa sosaina. El pelo rubio y lacio, delgada y alta como un eucalipto, la piel blanca y una nariz de muñeca, como hecha de cera. Esa fijación de Afonso por ella no me parece normal. A veces creo que el tío empezó a follar conmigo sólo porque sabía que no nos soportamos. También les fue mal. A Maria no le preocupó en absoluto, se encerró en su concha y, cuando quisimos darnos cuenta, se había prometido con António y tenía las maletas preparadas para largarse a Santarém. Me encontré con Afonso la noche de la boda de ella, a la que, obviamente, no había sido invitado, con un pedo que no se tenía en pie. Lo llevé a casa, le preparé un café y nos pasamos el resto de la noche follando. Es posible que Afonso no sepa hacer el amor, pero lo que es follar, folla de maravilla. Y está muy bueno, enseguida me hice a la idea de que mejor era eso que nada. Lo malo es que como el tío no estaba enamorado de mí, desaparecía cuando le venía en gana y se pasaba varias semanas sin dar noticias. Y Vera siempre criticando: eres una pervertida, quién te manda salir con él, ya sabes que está loco, qué estás esperando, un sermón que no había quien lo aguantara, como si ella no tuviese lo suyo, liada con João y él ya estaba con Sofia, pero se la jugó bien porque el tío se casó con la otra y pasó de ella. Pobre Vera, nunca más se recuperó. A continuación, empezó a actuar como una virgen santa hasta que apareció Tiago e hizo de él lo que quiso. El otro día, el tío me llamó y fuimos a comer juntos. Estaba hecho polvo. No hay nada más triste que un tío con un par de cuernos en la cabeza. Incluso pensé en consolarlo, pero le imaginé una cuenta corriente poco interesante y no sé por qué enseguida se me quitaron las ganas. Al menos Alberto es un tío con un buen futuro. Tengo que convencerlo de que compre una casa en Cascáis, eso del dúplex en la avenida Infante Santo está muy visto: Cascáis sí que sería una cosa con nivel. A mis padres les encantaría, pobres, los sacaría del barrio Da Encarnação los fines de semana. Y mi padre podría colgarme las lámparas, estaría bien. Tengo que casarme con este tío y comprar la casa sin pérdida de tiempo, antes de que él cambie de idea. Hay que pillarlos en el momento preciso, y mi madre dice que él está justo en su punto. No es tan guapo como Tiago ni de buena familia como Afonso, pero tiene pasta y me trata bien, ¿qué más puedo pedir? El Mercedes Clase A por mi cumpleaños me vino como anillo al dedo. Ese día, todavía me convencí más de que Alberto era el hombre de mis sueños.

A Vera se le salían los ojos de las órbitas cuando vio el Mercedes. Ella sí que es tonta. Si quisiese un tío con pasta, no le costaría nada conseguirlo. Ese tío mayor con el que andaba se pasaba la vida regalándole cosas y ella rechazándolas, haciéndose la que no lo necesita. Si me ofreciesen un reloj de infarto, ya veríamos si decía que no. Pero Vera es muy fina, muy distinguida, llena de manías de independencia. Por eso sigue metida en esa buhardilla en Santa Catarina, a la que para llegar sin caerte para los lados tienes que comerte dos bistecs. Es muy fina, pero ni siquiera tiene garaje ni ascensor. No entiendo a estas niñas de buena familia que llevan unos coches que se caen a pedazos, les encanta ir a las rebajas y viven en edificios viejos que huelen a meado de gato. Deben de creer que todo les queda bien, incluyendo los trapos que se compran los domingos en el mercadillo de Cascáis.

Me quedé asombrada cuando me llamó para invitarme a cenar fuera con Afonso y ese nuevo novio que vino a pasar aquí el fin de semana. Vera está completamente colada por él. Pero, o mucho me equivoco, o el tío pasa mucho de ella. Y ella fingiendo que no se da cuenta. Pues ya le está bien. Que no hubiese largado a Tiago. Yo en su lugar, habría seguido con el otro tío mayor. No le complicaba la vida para nada y sólo le reportaba ventajas.

Acabo de arreglarme justo antes de que llamen a la puerta. Menos mal que Alberto tenía un congreso este fin de semana en Vimeiro y no vuelve hasta el lunes por la tarde. Es que hasta lo quiero, pero no me apetecía mezclarlo con Afonso y con ese tal Manel. Son de otra clase, les parecería un provinciano. Esforzado, pero provinciano.

Me retoco el rímel mientras el ascensor se desliza edificio abajo. Ahí están los tres esperándome: Afonso, ese guaperas de siempre; Vera, con su típico aire de niña buena que no ha roto un plato; y el tan nombrado Manel. Si esto es un tipo con clase, que baje Dios y lo vea. Es un retaco con aspecto de haber dejado los pañales hace media hora, cara de ratón y ojos azules. El traje sí que es bueno. Y la corbata también. Por no hablar del coche, que tampoco es para hacerle ascos. Me ha gustado mucho el tapizado, pero he estado a punto de clavarme un taco de golf en el culo nada más entrar. Manel se ha apresurado a pedirme disculpas y me he quedado pensando que también tendría que convencer a Alberto de que se meta en esto del golf, siempre da un cierto estatus y se conoce a gente que puede interesar. Este Manel, a lo mejor, también puede resultar interesante, aquí hay pasta por un tubo.

De camino al restaurante, Afonso, que no me toca un pelo desde hace tres semanas, aprovecha enseguida para deslizar discretamente la mano entre mis piernas. Como los dos vamos sentados detrás, nadie se da cuenta de nada. Incluso antes de llegar al restaurante, me coge la mano y se la apoya en la braqueta. Nunca he visto un cabrón como éste, todo le excita. Una o dos caricias y ya está armada. Ya me he dado cuenta de que esto, hoy, va a traer cola.

Vamos a cenar al XL, que es de esos sitios donde está bien que te vean y donde, por cierto, no se come mal. Afonso, que es amigo de los dueños, ya había llamado para reservar mesa y nos sentamos al fondo. Vera no está en sus mejores días. Tiene ojeras y parece un poco desanimada. El tío apenas la mira. Desde que hemos entrado en el coche se ha puesto a hablar con Afonso sobre las aventuras de adolescencia en el colegio, no le hace ni caso y a ella no le está gustando nada la idea. Mimada como es, no está acostumbrada a esto. Tiago siempre la llevaba en bandeja, chatita mía por aquí, chatita mía por allá, daba hasta náuseas. Éste no, es ella la que está coladita por él. Siempre pasa igual. Una mujer raramente se resiste a un canalla con encanto, es una mierda. Los sosainas, que son los que no nos dan ningún trabajo, tampoco nos dan placer. La conversación pasa del colegio de ellos al nuestro, y Manel empieza a hacerme preguntas sobre mi pasado, tema que siempre me ha parecido una pérdida de tiempo. Le explico el regreso de Mozambique, eliminando con criterio y discreción las partes más aburridas, y aprovecho para novelar un poco la vida que llevábamos allá, tipo princesa rusa en período bolchevique. Vera sabe que es un farol, pero no abre la boca, se limita a comer pan con mantequilla, una rebanada tras otra. Desde luego, esta mala pécora no va a engordar en la vida. Si comiese un tercio de lo que ella se ha metido entre pecho y espalda en este rato, quien tendría que recoger los cacahuetes con la trompa sería yo. Para disimular, pido una ensalada de marisco y Afonso pide un vino tinto excelente que asegura que es muy especial: Cartuxa tinto, del 94. Observo discretamente a Manel. Salta a la vista que el tío no la quiere, y que está coqueteando conmigo para picarla. El muy cabrón. Los hombres son todos iguales. A la que conocen a una tía, enseguida empiezan a imaginar cómo debe de estar desnuda, en la cama, a cuatro patas, con el culo en pompa. El tío está haciéndose el simpático para ver hasta dónde aguanta ella. Hijo de puta. Pues lo tienes claro conmigo. Puedo estar como una cabra, pero no jodo la vida a mis amigas deliberadamente. Y mucho menos con los tíos que están con ellas. Eso sí que no. Pobre Vera: a veces me exaspera, pero hostia, somos amigas desde hace tantos años que me jode verla así. Decido no prestarle atención y ocuparme de Afonso, que está sentado delante de mí. Me quito el zapato y, lánguidamente, empiezo a meterle el pie por la pernera del pantalón. Él continúa tan campante, cortando el bistec y contando las novatadas que hacían en el colegio, como cuando los desnudaban y los pintaban de blanco, excepto el pito, y luego los fotografiaban para la posteridad. Después han empezado los dos a hablar con cierto asco de Leopoldina, la tía que se tiraban uno tras otro contra el muro del colegio, que era más fea que un pecado, tenía los dientes salidos, cara de conejo y hacía aquello vete a saber por qué. Manel asegura que nunca se la folló y Afonso termina diciendo que por su culpa tardó mucho tiempo en pensar que, después de todo, las mujeres, como personas, podían tener algún encanto. Manel lo mira con una expresión maliciosa cuyo significado se me escapa.

—Por culpa de esas tías, os llenáis la cabeza de ideas

equivocadas. Las primeras experiencias son muy importantes, mucho más de lo que imaginamos —dice Vera como si se dispusiera a desarrollar las teorías freudianas de cabo a rabo—. Yo tuve más suerte. Estaba enamorada, él era algo mayor y me trató maravillosamente.

Manel se queda con el tenedor en el aire, entre el plato y la boca, molesto por la franqueza de ella. Vera lo mira fijamente, casi desafiante.

—¿Qué pasa? ¿Algún problema?

—No, cada uno sabe lo que puede contar de su vida.

—¿Te cohíbe hablar de sexo?

—No se trata de eso, es que no me parece la conversación más apropiada para una cena, nosotros aquí cortando el bistec y...

—Y yo hablando de carne, ¿no? —interrumpe Vera en tono cínico.

—Cállate —refunfuña Manel—. ¿No te da vergüenza?

Vera baja los ojos y suspira rabiosa. Afonso cambia la conversación a la inevitable dicotomía entre Lisboa y Oporto, y explica por qué el Lux se ha convertido en un local obligatorio de la noche lisboeta. Me gustan más el T-Club y el Kapital, pero debe de ser por el trauma de la tortillera que se enamoró de mí y me montó una escenita de llantos en el aseo del Lux. Tiene que ver con mi fase más depresiva, no me apetece recordar esa época negra de mi vida.

Vera no vuelve a abrir la boca hasta casi el final de la cena y el ambiente se ha enfriado un poco. Pagan ellos la cuenta y no puedo dejar de reparar en la mirada ligeramente envidiosa de Afonso cuando Manel saca de la cartera la tarjeta American Express Gold. Por cierto, a mí también me ha gustado verla. El tío es aburrido, pero tiene pasta y buen gusto, ya son dos contra uno.

Estaba cantado que acabaríamos la noche en el Lux. Como siempre, el ambiente es híbrido, muy mezclado, a lo mejor hay suerte y no me encuentro de cara con un grupo de tortilleras fanáticas con ganas de estropearme la noche. Pedimos todos un vodka, excepto Manel, que sólo bebe Coca-Cola. Este tío tiene gracia, se las da de señor y después pide Coca-Cola. Está muy bien. La que no está bien es Vera, que desaparece por la puerta del aseo. Al cabo de diez minutos, voy a buscarla y la encuentro apoyada en la pared, muy quieta, con los brazos cruzados y los ojos con el rímel corrido. Ha estado llorando y todo por culpa de ese cabrón. Se desahoga conmigo, dice que se siente insegura, que sabe que él ya no la quiere pero que no es capaz de dejarlo, que cuando están solos tiene un carácter adorable, pero que cuando están con otras personas se pasa un poco y hasta es desagradable. Intento tranquilizarla.

—Ya verás como se te pasa, es un tío como cualquier otro, un día de éstos conoces a un señor estupendo y te olvidas de Manel.

—No me olvido, no —me responde muy seria—. ¿No te das cuenta de que me he enamorado de este hijo de puta y ahora no consigo quitármelo de la cabeza? —dice con cara de víctima nuclear.

—No seas tonta. A nuestra edad, sólo una estúpida se enamora de un tío que no la quiere. Venga, vámonos, que esto de estar aquí llorando las penas, a lo mejor, es precisamente lo que el tío quiere. Le estás dando demasiada importancia. Vamos a bailar y verás como enseguida te animas.

Vera se retoca el maquillaje y salimos, pero ellos ya no están en el mismo sitio. Bajamos la escalera y los vemos junto al bar, charlando con dos chavales con pantalones ajustados y camisetas de tirantes, patillas y una pinta de gays que no engaña a nadie. Afonso habla con uno y Manel con el otro. Están tan distraídos que ni siquiera nos ven. De repente, una idea completamente absurda me pasa por la cabeza. ¿No será que Afonso es bi? Vera me mira como si me leyese el pensamiento.

—Anda, vamos a bailar.

Vamos las dos a la pista y nos ponemos de espaldas a ellos. Vera está con unos morros que le llegan hasta el suelo.

—Oye, ¿a tu novio le gusta el enemigo?
—No, pero a Afonso sí —responde con acritud.
—¿Estás segura?
—Sí.
—Pero ¿cómo lo sabes?
—Me lo contó él.

Qué cabrón. Nunca me ha dicho nada. No me creo nada de esta mierda. Este tío es el mayor follador que conozco, y nunca se me había pasado por la cabeza que le diese a todo.

—Joder, podrías haberme dicho que al tío le iban las dos cosas —murmuro entre dientes.

—¿Por qué? ¡A ti también! Vosotros sí que estáis hecho el uno para el otro.

# 21

—La próxima vez, mira a ver lo que dices. Esa historia de la cena ha sido de un mal gusto...

—La próxima vez, mira a ver lo que haces. ¡Una hora dándoles cuerda a dos maricones!

—¡No seas tonta!

—Pero ¿te has creído que Patrícia y yo somos estúpidas?

—Mira, Afonso es quien se quedó con el teléfono de uno de ellos.

—Que le aproveche.

—Nenita, pareces disgustada. ¿Qué te pasa?

—¡Hostia, deja de llamarme nenita! ¡Ya estoy harta!

—Vale, vale. No hay que ponerse así, quiero decir, no te pongas así. No te enfades, que no hay para tanto.

—¡No! ¿No hay para tanto? Primero pasas de mí durante toda la cena y después te pones a darles cuerda a unos maricones cualquiera.

—No seas tan desagradable...

—No, TÚ has sido desagradable conmigo, ¿entiendes, idiota?

—¿Tienes un ataque de niña mimada?

—A lo mejor soy una niña mimada, pero no estoy ciega. Estabas muy entretenido con Afonso, joder, ¿también eres maricón?

—¡Qué estupidez! ¡Tú, de hecho, eres muy disparatada, no piensas lo que dices!

—¡Y tú no piensas lo que haces!

—¡No seas tonta!

—¿Ahora soy tonta? Tonta sería si no te dijese nada, ¿no crees?

Manel se sienta en el sofá sacudiendo la cabeza con aire desolado.

—¡Qué carácter tienes! ¡Hace falta una paciencia para aguantarte...!

—¿Y para aguantarte a ti, querido mío? Has puesto unos morros que te llegaban hasta el suelo sólo porque he hablado de la primera vez que me acosté con alguien. ¡Como si estuviese cometiendo alguna indiscreción!

—¡Y así ha sido! ¿No entiendes que si le cuentas eso a todo el mundo estás cometiendo una falta de discreción?

—Perdona, pero hablar de eso con Patrícia, que fue conmigo al colegio, y con Afonso, que es uno de mis mejores amigos, no me parece que sea escandalosamente indiscreto, ¿no crees?

—Aun así. ¡Qué manía de contar, de decirlo todo, de llevarlo todo a la plaza pública! A estas horas, Patrícia y Afonso ya saben lo que hacemos y lo que dejamos de hacer. Eres de una manera que no me inspira confianza alguna.

—Pues mira, pasar una hora dando cuerda a dos maricones tampoco es que me inspire mucha confianza.

—¡Qué estupidez! ¿Otra vez lo mismo? ¿No ves que estábamos de broma?

—¿Estábamos? ¡Habla por ti, que a Afonso le gustan más los hombres que a mí!

—Estás rebajando el nivel de la conversación.

—¡No me digas que no sabías que a Afonso le gustan los tíos!

—Bueno, pero yo no soy como Afonso.

—¿Ah, no? ¿Y yo cómo lo sé?

—No lo sabes. Simplemente, no lo sabes. O crees lo que te digo o no lo crees. Es muy simple. Estoy diciéndote que nunca he sido ni soy gay. Si quieres creerlo, créelo. Si no quieres, no lo creas. La elección es tuya.

—¿Qué elección? ¡No tengo nada que elegir!

—Pues no. Tienes razón. Mira, lo mejor ahora es que nos vayamos a dormir, que estamos los dos un poco bebidos, a ver si mañana nos despertamos sin discusiones.

Se levanta y se va a la habitación. Me encierro en el aseo. Me lavo la cara, me aplico la hidratante y voy quitándome con un algodón todas las porquerías que me he entretenido poniéndome en la cara antes de la cena. Qué complicado es ser mujer. Tanto trabajo para nada. Apesto a tabaco, el pelo me huele a humanidad, el algodón acaba negro y no es del rímel, sino del ambiente cargado y sucio de esta maldita vida nocturna. No me ha gustado nada la noche. No me ha gustado nada la cena, esa manera protectora que tiene Manel de hablar conmigo cuando estamos con otras personas. Su frialdad y su indiferencia. Su aire de superioridad, de quien sabe todo lo que pasa, aunque finja que las cosas le resbalan. Y esa manía de controlarlo todo: lo que hace, lo que siente y lo que dice. Y encima convencido de que puede hacer lo mismo con los demás. ¡Qué estúpido! Nunca le he contado a nadie lo que pasa en nuestra vida, pero si lo hiciera, ¿qué mal haría?

Antes de salir del baño, me pongo el camisón que está colgado en la percha, doblo la ropa y la llevo a la habitación. La luz de su lado está apagada y él está de espaldas. Debe de estar fingiendo que duerme.

—¿Manel...?

—Sí...

—Vuélvete hacia a mí.

—¿Qué pasa? —responde sin volverse.

—Dime sólo una cosa: ¿por qué has venido aquí a pasar el fin de semana?

—Cariño, hablamos mañana, ¿de acuerdo?

—No, hablamos ahora.

Manel se da la vuelta.

—¿Y tú por qué me invitaste?

No sé qué responder. Lo echaba mucho de menos y había alimentado la esperanza de verlo otra vez, de hacer el amor con él. Ayer vivimos una noche fabulosa, pero pienso en João y sé que también lo invité para descubrir la historia de la Herdade das Gafas y contársela a João. Ya no sé lo que siento por él.

—Ya no sé lo que siento por ti —dejo escapar bajito.

—Y yo nunca he sabido lo que sentía por ti, pero eso no me impide querer estar aquí, a tu lado, ¿no? —responde, agarrándome y encajando mi cuerpo contra el suyo—. Venga, ahora vamos a dormir, mañana seguimos hablando, ¿vale, Verinha?

Iba a responder, pero cuando me ha llamado Verinha, me ha dejado derrotada, me he acurrucado contra él y nos hemos dormido así, muy juntos, completamente exhaustos.

Nos despertamos antes del mediodía. Todavía estoy muy cansada, pero Manel se levanta y va a la cocina a buscarme un plato de All Bran para obligarme a levantarme. Se encuentra perfectamente, con cara de bebé; la discusión de ayer parece no haberse producido. Por eso finjo que realmente no se produjo y decidimos ir a comer a Sintra. Nos duchamos rápidamente y salimos antes de la una de la tarde. Hace un sol de justicia, no corre ni una pizca de aire y el cielo se tiñe todo de azul intenso, de este azul que sólo existe en el cielo de Portugal, un azul luminoso y caliente, no sé cómo el color más frío puede ser tan caliente, pero debe de ser mi corazón destilado por el calor que lo ve todo filtrado. Tomamos la autopista a Sintra y, poco tiempo después, vemos la silueta recortada de la sierra, como en las imágenes de los libros de cuentos de hadas, todo verde, con el castillo en lo alto, cuyos colores se reflejan a una distancia impresionante.

Después de haber sido restaurado, el Palácio da Pena parece un trozo de piedra robado a Disney World, sólo faltan los globos gigantes con la cabeza de Mickey y los enanitos con el gorro encarnado cantando: ai-bó, ai-bó, cantando al trabajar, escondiendo a Blancanieves de la bruja con su repugnante verruga y un cesto de manzanas envenenadas. Cada vez que voy a Sintra, experimento esta deliciosa sensación de sumergirme en otro mundo poblado de duendes y hobbits, de hadas y brujas, de niños que nunca crecen y de historias con finales felices. Debe de ser esto lo que me falta para entrar en la edad adulta. Aprender a vivir con la idea de que no existen finales felices, de que la vida no es como en las películas ni como en los libros, de que continúa siempre, más allá de lo justo, de lo razonable y de lo absurdo, y sólo acaba con la muerte. De que los príncipes azules son el mayor fraude de la civilización occidental, y de que la frase «y vivieron felices para siempre» debería figurar en un nuevo índice, el Índice de la candidez.

—Sabes —digo en voz baja—, lo que ha pasado entre nosotros ha sido tan intenso que nos llevará mucho tiempo digerirlo y, probablemente, sólo dentro de algunos meses tendremos capacidad para valorar lo que ha pasado.

Me aprieta la mano y me mira tiernamente, como tantas veces ha hecho João. Me estremezco de los pies a la cabeza. Es la misma mirada, la misma expresión.

—Pareces João... —dejo escapar.

—Es natural —responde, desviando la mirada con una tristeza indescriptible.

Qué estúpida. Debería haberme mordido la lengua. Si aprendiese, de una vez por todas, a pensar antes de hablar, seguro que sería más feliz.

—¿Adónde quieres ir a comer? —pregunta suavemente nada más llegar a São Pedro.

—Puede ser aquí mismo, en el Cantinho de São Pedro. ¿Lo conoces?

—No, pero si a ti te gusta, seguro que está bien.

Aparca el coche y nos sentamos en una mesa junto a la ventana. Las camareras, con la blusa blanca y el delantal a cuadros, a juego con los manteles, se mueven alrededor de las mesas como cerezas gigantes y sonrientes. Pido una *açorda* de marisco y Manel se decide por unos calamares rellenos de puré de patata, precedidos de un caldo verde que sabe realmente a verde. Hablamos un poquito de todo, con cuidado siempre de no adentrarnos en detalles personales. Presiento que quiere hablar de todo menos de nosotros y respeto sus deseos. De cualquier forma, todo lo que no consiga entender o resolver, el tiempo acabará haciéndolo por mí, por eso trato de quedarme callada y de dominar mi impaciencia. He entendido que no puede quererme, pero adora mi compañía; ahora sólo tengo que aprender a vivir con ello. Sin embargo, a pesar de haberme avisado a mí misma una infinidad de veces de que debo permanecer callada, al final de la comida no resisto la tentación de hacer un pequeño resumen de lo que pasa, y concluyo, con la capacidad de síntesis que me caracteriza y de la que tanto me enorgullezco, que nuestra relación es fruto de un equívoco algo absurdo que me ha hecho pensar en él estos últimos días.

—Nuestra relación no puede llegar a ningún lado porque se ha basado en un doble equívoco: tú nunca has creído que yo te quisiera, aunque te quiero, y yo nunca he creído que no me quisieras, aunque de hecho no me quieres.

Manel me mira y medita antes de responder.

—No sé si es exactamente eso. Pero tampoco das tiempo a las relaciones para que respiren. Eres impaciente, lo quieres todo de una vez. Me he asustado con tu impaciencia, la interpretaba como un síntoma de debilidad.

—Debilidad es no enfrentarse a las cosas como son, crear situaciones ambiguas, indefinidas. Además, no sabes bien si amas. A lo mejor, hasta te gustaba amar y por eso no sabes muy bien cómo llevar la situación. Es como si yo, objetivamente, tuviese todas las cualidades que más te gustan en una mujer, pero subjetivamente no bastase y por eso dudas.

—No confundas debilidad con duda. Una persona no siempre puede confiar en sus propios sentimientos. No siempre sabemos adónde vamos y por qué. Me parece arrogante por tu parte querer estar siempre en posesión de la verdad. Es absurdo y poco inteligente, porque nunca hay una sola verdad, no sé si me explico. Estar aquí los dos y sentir que, de algún modo, formamos parte de la vida del otro es una verdad cuyo contorno se alterará cuando regrese a Oporto y vuelva a ver a Marta, ¿entiendes?

—Más o menos.

—Entiendes, yo sé que lo entiendes. Estoy siendo duro contigo, pero te mereces mi franqueza y espero poder contar siempre con la tuya —responde mientras me tiende la mano, que agarro con fuerza—. Anda, vámonos, que hay una persona esperándome y quiero enseñarte una cosa.

Enfilamos por la carretera vieja. Pasamos Seteais, la Quinta da Regaleira, la Quinta da Bela Vista y otras tantas que me conozco de memoria, son patrimonio vitalicio e indestructible de mi infancia. Ésta es la carretera más bonita del mundo. Por todas partes, las copas de los árboles tapan el cielo y sólo dejan pasar finísimos hilos de luz de un sol distante y ameno. La vida debe de ser esto: unos hilos de luz aquí y allí, nada más que unos hilos de luz tenues y efímeros... y cuando este amor acabe, incluso antes de haber empezado, voy a tener que hacer este mismo ejercicio, el de vivir la vida de los pequeños y grandes momentos que se presentan, sin pedir nunca nada. Aprender a extender la mano y a recibir sin pedir, ése debe de ser el secreto.

—Esa de allí abajo, a la derecha, era la quinta de mi abuelo —comento absorta en mis pensamientos.

—Ya lo sé —responde Manel impasible—, es allí adonde vamos.

¿Qué ha dicho? No puedo creer lo que acabo de oír.

—¡No puede ser! ¿Cómo sabes que es ésa?

—¿La de tu abuelo no es la Quinta das Três Fontes?

—¡Sí! Pero ¿cómo lo sabes?

—Sé más de lo que imaginas, Vera.

No logro articular palabra. Se me ha cerrado la garganta, la voz me ha huido del cuerpo, sólo tengo manos y piernas que tiemblan como flanes. No puede ser, no es posible, este hijo de puta va a llevarme al lugar más bonito del mundo, al lugar del que siento más nostalgia, donde pasé los mejores momentos de mi vida.

—¿Por qué me llevas allí? —consigo decir con esfuerzo y muy bajito.

Manel parece no haber oído mi pregunta. Llegamos. El portón está abierto. En el patio desierto, un Honda Civic rojo y un hombre de mediana estatura apoyado en él, hablando por el móvil. Cuando ve el coche, cuelga y se dirige a nosotros con una sonrisa cordial. Manel aparca y sale del coche. Se estrechan la mano. Sin saber cómo, porque no consigo entender qué fuerza es la que me permite moverme, salgo y le estrecho también la mano al desconocido con una sonrisa totalmente mecánica.

—Vera Lorena, mucho gusto.

—Firmino Mota, encantado.

—Entonces, ¿vamos a visitar la propiedad? —pregunta—. ¿Prefieren empezar por la casa o por el jardín?

—Podemos empezar por el jardín —responde Manel, afable y cortés.

El vendedor acomoda su paso al de Manel y camina despacio mientras desdobla los planos del terreno. Los sigo unos pasos atrás, las piernas andan solas porque el cerebro está desconectado, las manos se mueven descoyuntadas al final de los brazos, si ahora los extendiera y me quedase quieta, me caería un sombrero de paja y me crecería una zanahoria en el lugar de la nariz, me siento como un espantapájaros atemorizado de sí mismo, en el que todos los pájaros se posan para ridiculizarlo. Damos una vuelta de reconocimiento por el jardín, recorremos el paseo de los cedros y paseamos entre el boj recortado que conduce al rincón más bonito del jardín. Al fondo, las tres fuentes cuentan la leyenda de la lavandera que fue al pozo tres veces y tres veces vio reflejada en él la imagen de la muerte. En cada ocasión, advirtió a su señora. De la primera, en la que el marido aparecía tumbado junto a las vías del tren. De la segunda, en la que el niño caía del caballo. De la tercera, que mostraba a la niña envuelta en vendas. La señora pidió al marido que al día siguiente retrasase el viaje a Lisboa, y el tren descarriló. Mantuvo a su hijo encerrado, para impedirle que montara a caballo, y el casero recibió una coz en la cabeza y murió. Pero la niña, cuando lloró de dolor por la noche y la llevó al hospital, ya no volvió. Entonces, la lavandera, que no pudo soportar tanta tristeza, se tiró al pozo y murió. Después de su muerte, los dueños de la quinta mandaron levantar las tres fuentes: la fuente de la prudencia, la fuente de la incertidumbre y la fuente de la fe. En todas ellas está tallada la figura de una mujer: la lavandera dedicada y sacrificada que salvó a la familia de la desgracia, pero que no consiguió salvar a la hija menor. Fue por esta historia por lo que la quinta adquirió fama entre escritores y poetas del siglo pasado. A mi bisabuela Mariana le gustaba recibir a poetas y a artistas, hubo un tiempo en el que este lugar fue el punto de encuentro de grandes nombres de la literatura portuguesa. Pero mi abuelo sólo heredó de su madre lo peor de la bohemia: perdió la finca en el juego, justo después del 25 de Abril, la Revolución no tuvo nada que ver con el asunto. Y aquí estoy yo otra vez, junto a las fuentes, oyendo la historia que ya me sé de memoria, la historia que ha acompañado a mi familia durante cuatro generaciones, de vuelta al lugar mítico de mi infancia, a esta tierra sagrada que pasa incólume de mano en mano, vendida y comprada por desconocidos.

Manel y el vendedor entran en la casa vacía y desierta que ha sufrido daños visibles por la humedad y la falta de mantenimiento. El vendedor explica que, desde los años setenta, la casa ha sido habitada por una familia colombiana que compró la quinta a unos franceses y que, más tarde, la vendió a una pareja americana que la ha puesto ahora a la venta por un precio «interesante» y «negociable».

Suena mi móvil y en la pantalla aparece el nombre de João. Salgo pidiendo disculpas por la molestia y contesto al teléfono con un hilo de voz.

—Vera, soy yo.
—Hola.
—¿Te pasa algo?
—¡No te lo creerías si te lo contase!
—¿Has averiguado algo?
—Tenías razón, tu teoría se confirma. Renunció a la herencia y al reconocimiento de paternidad a cambio de la Herdade das Gafas. Parece ser que tu padre pasó de él. Y él, verdaderamente, odiaba a tu padre.

—Claro, no lo censuro. Yo también empiezo a odiarlo por el daño que ha hecho a tanta gente. ¿Qué te pasa? ¿Sucede algo?

—Déjalo. Después ya te lo contaré con más calma.
—¿Eso quiere decir que al final podemos vernos?
—Claro que sí, João. ¿Sabes?, empiezo a pensar que no ha cambiado nada y, además, te necesito.

—Yo también te necesito, Vera. Mucho.

Cuelgo, ajena a todo lo que me rodea. Me llevo un susto cuando Manel aparece por detrás con una extraña sonrisa de circunstancias.

—Vera, querida, ¿te apetecería dar una vuelta o prefieres que nos vayamos ya?

Tiene gracia. Continúa tratándome tan cortésmente delante de otras personas... Debe de ser más fuerte que él. Es siempre tan formal, tan ceremonioso.

—¿Sí?

—Como quieras —respondo distraída.

¿Por qué João todavía me hace vibrar? ¿Por qué estoy abriéndole otra vez la puerta? ¿Por qué me habré metido en todo este lío?

Manel se despide del vendedor, que le estrecha la mano con la firmeza de un pastel y entramos en el coche.

—Pareces inquieta. ¿Has hecho algo que no debías?

—¿Por qué me preguntas eso?

—No sé, pero pones la misma cara de quien ha robado unas chocolatinas en el supermercado y tiene miedo de que lo atrapen.

—¡Qué tontería! Estoy cansada, nada más.

—Muy bien —concluye airadamente. Detrás, el vendedor saca el coche y cierra el portón. Arriesgo una pregunta en tono inocente.

—¿Ha pasado algo?

—Tú sabrás.

—¿Qué quieres decir con eso?

—Nada, déjalo. Mejor lo dejamos aquí y así no discutimos.

Conduce a una velocidad de vértigo. Intento avisarlo de que vaya despacio, que la carretera es traicionera, pero me manda callar con malos modos y me quedo paralizada en mi asiento, como un gorrión asustado que ve al gato meter la zarpa en la jaula. ¿Habrá oído la conversación? No es posible, él estaba dentro, hablando con el otro tío. Aunque a lo mejor ha oído algo. Por lo menos, el final, cuando le he dicho a João que iba a seguir viéndolo. ¿Cómo he podido ser tan imprudente? Ver a João no tiene en sí la menor importancia, nuestra relación siempre será platónica, pero ése no es el problema. El problema es que Manel no sabe si mi relación con João es o no platónica. Sólo sabe que ha sido el amor de mi vida y que, además de eso, es hijo del hombre que le jorobó la vida a su madre, el hermanastro que representa el lado legítimo de la familia al que Manel nunca ha pertenecido. Será mejor que me quede callada y finja que no me doy cuenta de que está enfadado. Quien nada debe, nada teme y yo no he hecho nada malo. O tal vez sí, pero no tan malo que pueda ser condenada a priori sin juicio previo. En cuanto lleguemos a casa, hablaré con él. Tengo que explicarle exactamente cuál es mi relación con João, una especie de fraternidad, un lazo familiar duradero pero tenue, recuerdos de una relación que ya no existe y de la que ha quedado una amistad hecha de solidaridad. Apenas eso y sólo eso. De repente, me doy cuenta de la importancia vital que Manel ha tenido en mi vida y, finalmente, comprendo cuál es el papel que tiene. Por él, he olvidado finalmente a João, lo he reducido a su verdadera dimensión, lo he situado en la realidad a la que pertenece, lo he puesto en el estante de las historias pasadas sin posibilidad de regreso, he quebrantado la ley del eterno retorno. Sólo por eso debería estarle agradecida. Planeo contarle todo esto cuando lleguemos, pero Manel aparca el coche con los cuatro intermitentes puestos a la puerta de mi casa y para el motor con brusquedad.

—Vamos. Quiero ir a buscar mis cosas.

—Pero ¿qué es lo que ha pasado?

—Cállate. No me obligues a ser maleducado contigo —me dice, moviendo la cabeza con aire de desprecio—. Y yo como un estúpido llevándote a la quinta de tu abuelo, la quinta que estaba pensando en comprar para algún día, más adelante, poder irnos a vivir allí, y tú... y tú al teléfono con aquel tío, hablando de mí y de mi vida...

—Pero yo... yo no he hecho nada... —balbuceo sin convicción.

—¡Soy un idiota! El tiempo que he perdido contigo, como un estúpido hablándote de franqueza y ¿para qué? ¡Para nada! ¡Nada en absoluto! No estamos hechos de la misma pasta, no tienes los mismos valores...

—Pero ¿de qué estás hablando?

—¿Tú piensas que soy tonto? ¿Piensas que no me he dado cuenta de que estabas hablando con João? Por eso me dijiste que viniera este fin de semana, ¿verdad? Para sonsacarme cosas de mi vida y contárselas luego a João. Eso es muy feo, Vera, tan feo que no tiene nombre.

Y, sin previo aviso, me arranca las llaves de casa, que había sacado del bolso y me había puesto nerviosamente en el dedo índice, y desaparece en el vestíbulo. Me apoyo en el coche. La cabeza me da vueltas, los ojos me tiemblan, los párpados me pesan y las lágrimas se me agolpan y empiezan a bajar por la cara como el agua de dos grifos mal cerrados. Lo he estropeado todo. Todo. He traicionado su confianza. He traicionado lo que para él es lo más importante: la claridad, la lealtad, la franqueza, la honestidad. Me he portado como una puta. Qué estúpida he sido. ¿Cómo me he dejado enredar en esta situación? ¿Por qué accedí a espiar la vida de Manel para João, que nunca me ha querido, que nunca ha querido tenerme a su lado, que va a seguir con su podrida paz hasta el fin de sus días?

Manel baja con la bolsa de viaje. Está completamente trastornado, con los ojos inyectados en sangre, furioso, parece capaz de matar a alguien.

—No deberías de haberme hecho esto —me dice en voz baja—. ¿Cómo puedes decir que me quieres y al mismo tiempo hacerme esto?

—Estás siendo injusto.

—No. Estoy siendo duro, pero injusto no. Has traicionado mi confianza, Vera. Las personas sólo traicionan mi confianza una vez en la vida. Y tú ya has gastado la tuya.

—Lo siento mucho.

—No lo sientes, no. Si lo sintieses, habrías pensado antes de actuar. Tú no eres tonta, Vera. Sabes muy bien lo que has hecho. Has querido cortarme la cabeza y has acabado por cortártela a ti misma. No vuelvas a llamarme, necesito calmarme y pensar en todo esto con calma. Adiós.

Entra en el coche y arranca sin mirar atrás. Me quedo en medio de la calle, parada como un poste. Podría pasarme ahora mismo un camión TIR por encima, que me quedaría exactamente igual. Se ha acabado. Todo se ha acabado.

## 22

—Entonces, ¿no comes nada?

João me mira como si estuviese hablando con una niña. El bistec está flotando en la salsa, pero tengo un nudo en la garganta como una piedra que no me deja pasar ni una miga de pan.

—No me apetece. He ido perdiendo gradualmente el hambre y ahora es como si me hubiese desacostumbrado a comer, no sé, me siento rara.

Ya han pasado seis meses.

El tiempo transcurre, siempre ocurre igual, incluso cuando los días se prolongan en una agonía vana y estéril, incluso cuando al levantarte cada mañana piensas que será imposible llegar al final del día. Después de que Manel regresara a Oporto, esperé a que me llamase. Estuve tres días sin comer ni dormir, aguardando. Después fui a pasar unos días a casa de Maria. Gracias a su compañía y la de António, poco a poco se mitigó mi dolor. Jugué con las niñas y, de alguna forma, ellas me transmitieron un poco de paz. Una noche estrellada, Maria me leyó poesía para distraerme el alma y hacerla volar en otras direcciones, según me dijo con su inefable e irresistible dulzura. Cogidas de la mano, me leyó bajito a David Mourão-Ferreira, Alexandre O'Neill y un poema de José Agostinho Baptista que ya no he olvidado más: *Ahora, ni el viento mueve las cortinas de esta casa. El silencio es como una piedra inmensa junto a la garganta.*

Manel no llamó, nunca más ha llamado. El viento

hizo volar las cortinas de mi casa tranquila y solitaria, pero la piedra continúa aquí, junto a la garganta.

—Estás realmente en baja forma, nunca te había visto así.

—Ya se me pasará —respondo, aunque no consigo disimular un punto de amargura.

—Lo querías de verdad, ¿no es cierto?

—Lo quería y lo quiero. No se deja de querer sólo porque se rompa una relación, João, lo sabes muy bien.

—Pero deberías pensar que es mejor así. ¿O querías continuar una relación con una persona que no sabía qué hacer contigo?

—No, creo que eso también me hacía daño.

—¿Ves? Estás dándome la razón.

Corto un trocito de bistec que me llevo a la boca sin ganas. No me apetece comer, no me apetece dormir, no me apetece vivir. Estoy harta de todo.

—Estoy harta de no tener una persona a mi lado, ¿entiendes? Lo hago todo sola, me siento completamente aislada del mundo, un día de éstos me veo con cuarenta años y sin haber conseguido una mierda, ni una familia, ni hijos, ni nada. Mi vida es un desierto de mierda, estoy harta.

—Tranquila. Ya verás, con el tiempo conseguirás olvidarlo. Las personas que no nos quieren tampoco merecen estar a nuestro lado, ¿no crees?

Acabo de masticar antes de lanzar a la mesa una pregunta inevitable, provocadora.

—¿Como tú conmigo?

João vacila, pero, como siempre, responde con franqueza y cierto optimismo.

—Sí, en cierta forma. No digo que si ahora pudiese volver a atrás, lo hiciese todo de la misma manera, pero yo también te perdí cuando no me quedé a tu lado y estoy contento de saber que te enamoraste, a pesar de no haber encontrado todavía a alguien que esté a tu altura.

—¡Pero Manel estaba a mi altura!
—No lo estaba. De lo contrario, seguiría contigo.

Dejo los cubiertos sobre el plato después de haber engullido con gran esfuerzo un tercio del bistec.

Hacemos una señal al camarero, que se acerca y retira los platos.

—¿Quieres postre?
—No, sólo un café.

Hace una tarde soleada, el aire tibio ha puesto a volar millones de partículas que flotan entre el río y la margen sur. Al otro lado, los silos de la fábrica de cemento asesinan el litoral y el Cristo Rey abre los brazos a Lisboa, silencioso y redentor.

—João...
—¿Sí?
—Si vivieses otra vez... imagínate que volvieses y tuvieses otra vida... ¿te casarías conmigo?
—Me casaría ya en esta vida si pudiese. Pero no puedo. Y si de verdad eres mi amiga, no vuelvas a hablar de ese tema, ¿vale?
—Vale.

Regreso a casa después de haber llamado a Jorge para avisarlo de que tengo una intoxicación alimenticia y no voy a pasar por el despacho esta tarde. Claro que es mentira, pero siento el alma intoxicada, lo que tal vez sea peor. Jorge insiste en hablarme sobre los artículos del próximo número de la revista del BIP, pero lo corto alegando que el móvil está sin batería. Yo soy la que está sin batería, necesito meterme en la cama, bajar las persianas, poner el último disco de Keith Jarrett y pensar en mi vida.

Desconecto los teléfonos y me escondo de mí misma debajo del edredón. Dormito media hora y cuando me despierto, enciendo el ordenador. Tengo que hacerlo hoy y solucionar este asunto de una vez por todas, si no en mi corazón, por lo menos en mi cabeza. Las palabras han de guiarme y he de descubrir otro camino. Como dice Antonio Machado: Caminante no hay camino, se hace camino al andar. Las palabras son mis pasos, cada frase será como una piedra que dejo tras de mí para no perderme a la vuelta.

Querido Manel:

No sé cómo empezar esta carta, ni sé si tendrá algún sentido, pero necesito transmitirte todo lo que quedó por decir, antes de que reviente de dolor y de tristeza, antes de que los días se sucedan en un absurdo tan vacío e idiota que pierda las ganas de vivir.

Acepto tu marcha inesperada y tu furia. Ambas son justificables, pero permíteme darte en las que serán, sin duda, las últimas palabras que recibirás de mí, una explicación en las hojas de papel que ahora te escribo y que son el único camino hasta ti.

Me enseñaste que la verdad nunca es exacta, que cada realidad encierra en sí misma tantas verdades como personas implicadas en ella. Por eso siempre has preferido la duda al conflicto. Detestas el conflicto y en eso te pareces a mí. En eso y en otras cosas, pero no es para hablar de ello para lo que te escribo. Si así fuese, estaría a tu lado diciéndote las cosas que ya sabes, sólo por el placer de decírtelas, como tantas veces hacen los que se aman, en una dulce repetición que fortalece el amor, como quien riega una planta todos los días y la ve crecer en el silencio de una ventana desamparada y solitaria.

No: te escribo por todo lo contrario, en nombre de todo aquello que nos separa. Tal vez tengan más sentido nuestras diferencias que nuestras semejanzas. Aquéllas nos acercan más de lo que crees, porque es de la diferencia y de la complementariedad de donde nacen las mejores relaciones. Claro que, para que nazcan y crezcan, tienen que sobrevivir al conflicto, a la lucha tantas veces dura e implacable, pero siempre necesaria.

Tengo delante el cuaderno que empecé a escribirte, una especie de diario de mi pasión contenida por ti, aquel que nunca quisiste leer, aunque me alimentaste la esperanza de un futuro lejano que tal vez un día podríamos compartir, un proyecto de vida futura que nunca pasó de mi imaginación o de tu delirio. Pero ¿de qué vale un amor sin un futuro soñado, aunque nunca llegue a concretarse?

Toda nuestra existencia está condicionada por la infidelidad a nosotros mismos. Muchas veces en mi vida fui infiel a los demás, pero sobre todo a mí misma, cuando me negaba a escuchar a mi propio corazón. Y lo fui tantas veces que temí volverme igual a casi toda la gente, que sobrevive en ese estado de no existencia, sin ni siquiera ser consciente de cómo y de qué forma tan profunda se puede estar aprisionado.

Sin saber cómo ni por qué, y a pesar de mi aparente y caótica desorganización, mantuve algunos atisbos de lucidez que me permitieron analizarme, si no con objetividad, al menos con alguna precisión. Si fuese objeto, sería objetiva, pero como soy sujeto, sólo puedo ser subjetiva; no tengo por eso pretensiones de alcanzar aquello con lo que ni los dioses ni los hombres podrán revestir su espíritu: la esencia de la verdad absoluta. Pero, tal vez porque soy mi mayor verdugo, puedo inclinarme sobre estas hojas para hablarte no de la verdad, sino de mi verdad, de la que llevo en el corazón. Hace muchos años que aprendí que, si existe alguna verdad, ésta se halla en los sentimientos. Así he vivido, entre otras cosas porque entregar mi existencia a otro modo de vida que no se rija por la franqueza, no tiene para mí ningún sentido. Miro atrás y veo con tristeza que mis errores han contaminado los recuerdos del tiempo en que todavía no los había cometido, y eso hace que me sienta culpable de cosas que no hice. Por eso me aplico a mí misma una especie de autoflagelación, esperando que el dolor infligido borre el original y que cuando el segundo desaparezca, poco más quede del primero, a no ser el sabor eterno y amargo de una pérdida irreparable. Y los errores desfilan ante mis ojos como un cortejo silencioso.

El primer error que cometí fue enamorarme de ti. Aún hoy, no sé explicar qué me pasó. Es como si de repente hubiese salido de mí misma y asistiese al desarrollo de la pasión que crecía desmesuradamente sin que pudiese hacer nada para evitarlo. Tal vez, sin querer o sin saber, tocases los puntos cardinales de mi inseguridad y en ellos se encendió una luz que seguí, ciega y sorda, como revolotean los insectos en una noche de verano alrededor de una bombilla que alguien se olvidó de apagar. Pero el amor es así: absoluto, estúpido, y todo menos sensato. O tal vez me enamorase sólo de tu imagen y, cuando te volviste real a mis ojos, te adapté a un ideal humanamente perfecto, a la luz de mis deseos. De cualquier forma, me enamoré de ti, y ése fue el error primordial, el primero de todos, probablemente, el único importante. Los demás errores nunca se habrían producido si este primero no hubiese crecido como una bola de nieve perdida en una avalancha. No sé evaluar exactamente lo que sucedió, ¡pero hay tan poca exactitud en la observación de los misterios más simples! El mundo, para cada uno de nosotros, sólo existe en la medida en que podemos confinarlo en nuestra vida, en lo que vemos, sentimos, oímos, soñamos, tememos y creemos. Y todos encerramos un misterio que ni nosotros mismos entendemos. Y por eso, al ser espectadores de nuestra existencia, sufrimos cuando la vemos caminar hacia donde no queremos, pero asistimos impávidos e impotentes al curso natural de las cosas.

El segundo error, y de éste asumo toda la culpa, fue no haberte ocultado que te amaba. Te quería tanto que pensé que eso te obligaría a amarme. ¡Qué tonta y qué infantil fui! El amor no tiene nada que ver con la gratitud, aunque ambos escondan estados de afecto. El amor no se busca, simplemente, nos viene a las manos y sólo amamos lo que es diferente, aunque nos parezca de alguna manera semejante. Tú tienes esa diferencia que me cautivó. Pero debería haber aprendido a escuchar tus señales y a descifrarlas antes de delatarme con las mías, mucho menos sutiles, mucho más temerarias. Soy una guerrera, Manel, el amor es mi arma. Mi corazón es mi escudo, avanzo sin lanza ni casco, caigo y me levanto cuantas veces sea necesario, pero no me paro nunca. A no ser que el camino se cierre.

Cuando te fuiste, supe que tu puerta se había cerrado para siempre. António Lobo Antunes dice que el corazón, cuando se cierra, hace más ruido que una puerta, y créeme, todavía oigo el ruido de tu silencio como una piedra junto a la garganta. Pero me ha servido para aprender algunas cosas, entre ellas, que permanecer quieta también es una acción. Y al quedarme quieta, he conseguido dejar de soñar y he empezado a vivir los días uno tras otro, a salir a la calle y respirar el aire caldeado por la luz del sol como un don de Dios. Cuando soñamos mucho, corremos el riesgo de dejar de vivir en este mundo, pasamos a otra dimensión y no pocas veces arrastramos con nosotros a nuestros seres amados. Y aquello con lo que soñamos pasa a ser nuestro deseo y, en función de eso, respiramos, vivimos, nos dormimos y nos despertamos.

Pero ¿por dónde iba y qué quiero decirte con mis palabras? Ah. Es verdad, estábamos enumerando mis errores. No te sientas tentado de sentir algún tipo de compasión, únicamente léeme hasta el final, es todo lo que te pido. Sólo quiero que me oigas.

Mi tercer error ya te he dicho cuál fue. Caímos en un doble equívoco: tú nunca creíste que yo te quisiera, aunque siempre te quise; y yo nunca creí que no me amaras, y al final ni siquiera llegaste a quererme. En el amor, los hombres son paranoicos y las mujeres obsesivas. Ellos no creen en el amor de ellas y ellas no admiten la falta de amor en ellos. Tú y yo fuimos tan sólo un caso más entre tantos y tantos millones, y, una vez más, la historia se repitió.

Otro de mis errores fue no reconocer en ti lo que yo misma soy, lo que me convirtió en víctima de mis propias armas. Tú eres un seductor compulsivo y un jugador nato. Seduces para conquistar y juegas para ganar. No puedes vencer siempre en el juego de la seducción, porque quien seduce también acaba siendo seducido, aunque sea por sus propias maniobras, pero cuando juegas es siempre para ganar. Fue lo que hiciste con tu padre, ha sido lo que has hecho en la gestión de tu carrera y de tu patrimonio, es lo que continúas y continuarás haciendo con todo durante toda tu vida. Debería haber presentido que tu sed de victoria superaría siempre cualquier otro interés o propósito. Tal vez lo presintiera. Con los presentimientos siempre sucede así: imaginamos que los hemos tenido porque no nos perdonamos no haberlos tenido. Tal vez presintiera que, bajo esa apariencia de calma y tranquilidad, de bonhomía y tolerancia, bullía un espíritu bélico e implacable, habituado a seducir, a controlar y a vencer.

Y éste fue otro de mis errores. No haber reconocido en tu personalidad el deseo obsesivo, casi enfermizo, de controlar todas las situaciones, como si la vida pudiera llevarse de las riendas y las aflojásemos o tirásemos de ellas conforme a nuestros intereses y conveniencias. Al contrario que tú, no juego para ganar, ni siquiera juego, porque no sé esperar, no tengo aptitudes de estratega, no respeto reglas ni cumplo los tiempos. Pero cometí además otro error al callarme, al no haberte dicho desde el primer instante todo lo que pensaba. Siempre creí que el silencio acabaría estropeando nuestra relación. Me acusas de falta de sinceridad, pero ¿cómo decirte lo que pasaba si nunca me autorizaste a confesarte mis sentimientos? Puedo ser poco franca, pero no soy como tú, ambiguo, indefinido, indeciso, lábil, enigmático, manipulador, sutil en tu juego, cauteloso en tus pasos, sinuoso y voluble. Con el tiempo, aprendes a observarte y a analizarte con el mismo empeño que un científico se lanza sobre las probetas en busca de fenómenos semejantes o diferenciadores que le permitan construir reglas, fórmulas o teorías. Me falta claridad de espíritu, a veces pienso que las ideas se mezclan en una amalgama amorfa y absurda de razonamientos inconexos, pero enseguida vuelvo a controlar el timón, enseguida retomo la dirección y vuelvo a estudiarte con lupa, como siempre hacen los que aman cuando quieren saber en qué han fallado.

¡Es tan fácil juzgar a los demás! Como si tu postura te diese alguna impunidad. Ni los propios errores pueden quedar impunes. Acabamos siempre pagándolos de una forma u otra.

Tal vez no lo sientas todo a flor de piel como yo, que soy todo corazón y no sé por qué Dios me dio cerebro, si nunca lo uso para las cosas más importantes de la vida. Tú eres frío, cerebral, huyes de los sentimientos como un niño de un perro grande, sin entender que todo empieza y acaba en los sentimientos, que el mundo está hecho de cosas tan simples y grandiosas como el sexo, el amor, el odio, la rabia y la añoranza y que son los instintos más básicos los que hacen girar el mundo, siempre con conflicto y lucha, siempre y además con voluntad.

Tu cinismo e indecisión con relación al amor te han creado un caparazón del que ni tú mismo consigues liberarte. Tal vez por eso Marta sea tu luz, todos tenemos una luz que es nuestro faro, la que nos guía a través de nuestros miedos y ahuyenta nuestros fantasmas. Pensé que tú eras mi faro, pero ahora sé que no, porque mi luz es grande y sabe perdonar y cuando se ama, como dice Maria, se perdona todo. He sabido que compraste la quinta de mi abuelo, fue por casualidad, aunque nada es casual: las coincidencias no existen. Justo el otro día me encontré con el tal Firmino, que, mira tú qué mala suerte, vive al final de la calle, aquí en Santa Catarina, y me felicitó por la compra. Debió de pensar que era un regalo que ibas a hacerme, que estábamos casados o algo por el estilo. Habría sido el final perfecto para una comedia romántica, pero la vida no tiene nada de comedia romántica, nunca acaba como en las películas, nunca acaba bien, sólo acaba cuando llega la muerte y nos lleva. Y entonces es tarde, ya no nos queda tiempo para nada, rebobinamos nuestra existencia a una velocidad vertiginosa, los recuerdos adquieren contornos acuosos, oímos las voces de los demás como si estuviésemos todos hablando en el fondo de una piscina y nos lamentamos por todos aquellos de quienes nos alejamos, con los que nos peleamos, por quienes nos convertimos en peores personas.

No reniego del amor que me has inspirado, pero no acepto tu intolerancia, la facilidad con la que juzgas a los demás, la ligereza con la que me condenaste.

Poco tiempo después de tu marcha, hablé con

Maria. Me sentía tan irremediablemente sola que me quedé por allí unos días digiriendo el dolor y la tristeza de haberte perdido. Maria, que como tú nació y creció en Oporto. Ella había hablado con su hermana y le había preguntado por ti. La respuesta fue inquietante: poco se sabía de ti, eras un tipo reservado y misterioso, no se te conocía ninguna novia, sólo algunos amigos cuyas tendencias sexuales no estaban totalmente definidas. Nunca he dudado de tu heterosexualidad, siempre he creído en tu palabra. Sin embargo, ¡me era tan fácil dudar!

En las casas antiguas, no son los fantasmas lo que nos asusta, sino la posibilidad de que existan. ¿Ves ahora lo que nos separa?

No te juzgo, ni a ti ni a nadie. Únicamente creo, o no, en las personas.

Te he amado de una forma torpe, arrebatadora e incondicional, siempre queriendo y deseando lo mejor para ti. Lo mejor, sólo tú mismo podrás encontrarlo y, hoy por hoy estoy segura de que no pasa por incluirme a mí.

No es el dolor del rechazo lo que me tortura, es el dolor de saber que nada podrá quedar de este amor. Que la amistad no tiene espacio ni voz entre dos personas que desconfían la una de la otra con la facilidad de un inquisidor contratado a sueldo.

Cada vez estoy más convencida de que amar es dar, y todo lo que nos es dado, se pierde. Y que la amistad es, tal vez, la más bella forma de amor, porque es gratuita e intemporal, no necesita de promesas ni de carne, no se deshace con enfados ni se desvirtúa con el tiempo. Pero no puedo darte mi cariño, mi afecto, mi amor domesticado en amistad, si ni siquiera tienes la valentía de abrir los brazos para recibirla. Las mujeres tardan algún tiempo en trasformar un sentimiento en pensamiento, sobre todo cuando el primero es profundo, y en el sosiego de mi casa, donde sólo me comunico con el mundo exterior lo suficiente como para mantenerme viva, guardo intacto todo lo que siento por ti. Cerrada al mundo y a los demás, me siento cada vez más sola, sumergida en una oscuridad voluntaria y estéril que me aplaca la voluntad y los sentidos. Con la muerte de este amor por ti, muere también una parte de mí, algo cuyos contornos no consigo aún perfilar, pero que distinguiré con el tiempo, cuando el alma apaciguada restañe las heridas de este dolor derrotado y pasivo ante tu silencio y tu aparente indiferencia.

Pero es mejor que nunca más se crucen nuestras miradas, es mejor que la palabra adiós sea de verdad esa y no otra. Hemos llegado al final del camino. A partir de aquí, todas las palabras serán inútiles.

Nunca sabré hasta qué punto obras con el corazón o sólo con la cabeza. Hasta qué punto te entregas o sólo juegas. Hasta qué punto sientes y actúas, o sólo observas. Y precisamente por no haber sabido nunca quién eres, sé que un día conseguiré olvidarte.

Siempre sostuve que las diferencias servirían más para unirnos que para alejarnos, pero ahora sé que no. Al contrario que tú, no soy, ni nunca seré, espectadora de mi propia vida.

Lisboa, 21 de febrero de 2000

# OTROS TÍTULOS
DE ESTA COLECCIÓN

# LA MUJER COMESTIBLE

## Margaret Atwood

Irónica, ingeniosa, divertida e inteligente, *La mujer comestible* narra la fabulosa transformación de una joven durante los días que preceden a su boda.

Marian, a punto de alcanzar el sueño de cualquier mujer de su edad y condición sufre una paulatina desintegración de su ego, al tiempo que adopta unos comportamientos que a duras penas pueden explicarse con la razón.

Margaret Atwood demuestra una vez más una maestría impresionante en el manejo de la escritura y unas dotes innegables para la observación del ser humano. Asimismo presenta una galería de personajes inolvidables, cuyo carácter ha sido penetrantemente observado.

Ésta es la primera obra publicada por la prestigiosa autora de *El asesino ciego* y *El cuento de la criada*.

# DESDE LA DIMENSIÓN INTERMEDIA

## Mercedes Salisachs

Tras sufrir un atentado, Felipe Arcalla se debate entre la vida y la muerte y allí, en esa dimensión intermedia, ve desfilar su propia existencia. Desde su humilde infancia en San Sebastián bajo el franquismo, hasta su exitosa carrera como escritor, Arcalla contempla el día a día con su mujer e hijos, su determinante amistad con Pablo y la obsesiva relación con Micaela. Sin embargo, lo sorprendente de su estado atual es que le permite percibir qué ocurrió realmente bajo las apariencias y los comportamientos que él creía dominar y conocer a fondo.

Esta novela confirma una vez más la hondura psicológica de la narrativa de Mercedes Salisachs, reconocida autora de obras como *La conversación* o *La gangrena*.